古典詩歌研究彙刊

第三十輯

龔鵬程 主編

第6冊

辛派三家詞研究（下）

蘇淑芬 著

國家圖書館出版品預行編目資料

辛派三家詞研究（下）／蘇淑芬 著 -- 初版 -- 新北市：花木蘭文化事業有限公司，2021〔民110〕

目 8+194 面；17×24 公分

（古典詩歌研究彙刊 第三十輯；第6冊）

ISBN 978-986-518-544-2（精裝）

1. 宋詞 2. 詞論

820.9　　110011269

古典詩歌研究彙刊

第三十輯 第六冊　　ISBN：978-986-518-544-2

辛派三家詞研究（下）

作　　者　蘇淑芬

主　　編　龔鵬程

總 編 輯　杜潔祥

副總編輯　楊嘉樂

編　　輯　許郁翎、張雅淋、潘玟靜　美術編輯　陳逸婷

出　　版　花木蘭文化事業有限公司

發 行 人　高小娟

聯絡地址　235 新北市中和區中安街七二號十三樓

電話：02-2923-1455／傳真：02-2923-1452

網　　址　http://www.huamulan.tw 信箱 service@huamulans.com

印　　刷　普羅文化出版廣告事業

初　　版　2021年9月

全書字數　315170字

定　　價　第三十輯共8冊（精裝）新台幣15,000元

辛派三家詞研究（下）

蘇淑芬 著

目次

上冊

下　冊

第五章　豪氣縱橫的陳亮

第一節　陳亮的生平與詞集

一、陳亮生平

陳亮（1143～1194），少時取名汝能，字同甫，同父，號龍川，二十六歲改名為亮，三十六歲又改名為同，世稱龍川先生。宋高宗紹興十二年九月初七，生於永康龍窟村（在今浙江永康市橋下）。

他是南宋著名的愛國思想家、文學家。他的曾祖父陳知元在汴京保衛戰中犧牲，祖父母從小「教以學，冀其必有立於斯世。」家庭環境的薰陶，使他在青少年時期就有經略四方之志，他以抗金復國為已任，曾五次上書孝宗，提出一系列改革時弊、中興圖強的主張，力主抗金，反對議和，因而遭到權貴的嫉恨，三次被補入獄。懷著遠大抱負，乾道八年（1172），陳亮先後十餘年在小崆峒「保社」和壽山石室（今五峰書院）收徒講學，益力著書，著有《龍川文集》、《龍川詞》等。

《宋史・陳亮傳》：「為人才氣超邁，喜談兵，議論風生，下筆數千言立就。」對於「隆興和議」，他獨排眾議，表示反對。他不僅在政治上，在學術上也提出獨到的見解。他具有用世精神，曾多次上書，申論時政，強調富國強兵，反對投降派的主和論，為抗金四處奔走，始終執著積極的抗戰精神。引起主和派的嫉恨，二次下獄，幾乎喪失生命。

至五十一歲才考中進士第一名，在給宋光宗後帝的〈及第謝恩和御賜詩韻〉中仍不忘抗金大業，發出「復仇自是平生志，勿謂儒臣鬢髮蒼」的壯語。五十二歲派官沒上任就去世。一生遭遇不幸。

陳亮也是一位堅定的樸素唯物主義者。他力倡「道在物中」，圍繞王霸、義利、天理和人欲等重大哲學問題，同程朱理學展開辯論。在大辯論中，陳亮寫了〈又甲辰秋書〉、〈又乙巳春書〉等第一系列給朱熹的信，獨樹一幟力倡事功，建立以「事功」為核心的嶄新思想體系——永康學派。

陳亮在世時，詞作已廣為流傳，「學士爭誦唯恐後」，〔註 1〕但「世遷版毀，書亦散佚，間有存者，復為當道持去，而原本不概見矣。」〔註 2〕他的詞舊刻最多三十首，後人從有關資料輯錄出四十四首，今共有七十四首，其詞慷慨激昂，豪放有力，政論尖銳鋒利，富有愛國思想，不愧為「人中之龍，文中之虎」，讀之使人熱血沸騰，確是一時之豪。

二、陳亮的詞集

陳亮作品《龍川集》的版本有：

1.《龍川文集》三十卷，清文淵閣四庫全書本　四庫薈要本。

2.《龍川文集》三十卷，日本嘉永三年如不及齋活字本。

3.《龍川先生文集》三十卷，明成弘間刊黑口本。

4.《龍川先生文集》三十卷，明嘉慶史朝富刻本。

5.《龍川先生文集》三十卷，明龍川書院刻本。

6.《龍川先生文集》三十卷，明朱潤刊本。

7.《龍川先生文集》三十卷，其他明刻本。

8.《陳同甫集》三十卷，清初活字印本。

9.《龍川先生文集》，其他清刻本。

〔註 1〕宋．葉適：《水心集．陳同甫王道甫墓誌銘》，頁 434。
〔註 2〕宋．陳亮：《陳亮集．王世德舊跋》，附錄三，頁 471。

10.（圈點）《龍川水心二先生文粹》四十一卷，宋饒輝編，宋嘉定間刊本。

11.《龍川先生詩鈔》一卷，清古鹽范氏也趣軒鈔本，宋人小集之一。

12.《龍川詞》一卷，明吳訥輯，《唐宋明賢百家詞》本。

13.《龍川詞》一卷，明抄《宋五家詞》本。

14.《龍川詞》一卷，明紫芝漫抄《宋元名家詞》本。

15.《龍川詞》一卷，補遺一卷，明毛晉輯《宋名家詞》本。

16.《龍川詞》一卷，補遺一卷，《四庫全書・集部詞曲類》本。

17.《龍川詞》一卷，補遺一卷，民國胡宗楙輯刻《續金華叢書》本。

18.《龍川詞》一卷，清抄《典雅詞十四種》本。

19.《龍川詞》補一卷，清趙氏小山堂抄本。

20.《龍川詞》補一卷，清王鵬運輯《四印齋匯刻宋元三十一家詞》本。

21.《龍川詞校箋》，陳亮撰，夏承燾校箋，牟家寬注。1961 年中華書局出版。1982 年上海古籍出版修訂本。

22.《陳亮集》點校本，1974 年北京中華書局出版，1983 年臺北漢京文化事業公司出版。

23.《陳亮龍川詞箋注》，陳亮撰，姜書閣箋注，1980 年北京人民文學出版社出版。

第二節　陳亮的政論、文論與詩論

陳亮有「開拓萬古之心胸，推倒一世之智勇」，他的詞「豪氣縱橫」〔註 3〕、「疏宕有致」。〔註 4〕然而歷年來的詞評者很少評論他的詞，歷

〔註 3〕清・陳廷焯：《白雨齋詞話》，見《詞話叢編》，冊四，頁 3794。
〔註 4〕清・王奕清：《歷代詩話》，見《詞話叢編》，冊一，頁 1240。

代的詞選也很少選他的詞，縱使有選，也都是選一些婉約綺麗的作品，不能代表他的特色。他在詞史上的地位上也不甚高，其被冷落的情形如杜甫。今傳唐人選唐詞的十種選本中，只有韋莊的《又玄集》選杜詩七首，多不是杜甫憂國憂民的關心社會的作品。杜甫臨終前一年沈痛的說：「百年歌自苦，未見有知音。」(〈南征〉)陳亮在世也曾嘆息：「至今未能有為我擊節者。」(〈與鄭景元提幹書〉頁329)，因為他的詞是「平生經濟之懷」，連葉適都「十不能解一二」，葉適甚至在〈祭陳同甫文〉說：「子有微言，余何遽知。」〔註5〕陳廷焯也說陳亮的詞「合者寥寥」。〔註6〕確實要看懂陳亮的詞，必先瞭解他的政治思想，方能明白他詞中的意義。

一、陳亮的政論

陳亮自幼「獨好伯王大略，兵機利害」(《陳亮集・酌古論序》)，「慨然有經略四方之志。酒酣，語及陳元龍周公瑾故事，則抵掌叫呼以為樂。」(〈中興五論後記〉)他在紹興三十一年著《酌古論》，乾道二年(1166)陳亮編《英豪錄》，乾道五年(1169)陳亮參加考試落榜，曾自云：

> 嘗欲輸肝膽，効情愫，上書於北闕之下。又念世俗道薄，獻言之人動必有覬，心雖不然，蹟或近似，相師成風，誰能不疑！既已疑矣，安能察其言而明其心！此臣之所大懼而卒以自沮也。(〈中興五論劄子〉頁21)

雖然曾經因隱「世俗道薄」，怕上書會有人閒言閒語，自沮上書之意。但終究不甘於自己才智被埋沒，仍以「功名之在人，猶在己也；懷愚負計，而不以裨上之萬一，是忿世也；有君如此而忠言之不進，是匿情也；己無他心而防人之疑，是自信不篤也。」(〈中興五論劄子〉頁21)

〔註5〕葉適〈祭陳同甫文〉，宋・陳亮：《陳亮集》附錄一，頁445。
〔註6〕清・陳廷焯：《白雨齋詞話》，見《詞話叢編》，冊四，頁3794。

（一）乾道五年上《中興五論》

陳亮決定乾道五年（1169）至臨安，上書《中興五論》。書上不報，宋孝宗未曾看到，因此沒有任何消息。

陳亮的抱負未得施展，「行都人物如林，其論皆不足以起人意。」（〈上孝宗皇帝第一書〉卷一）這段時間正是宋理學張、呂、朱三家闡揚講學，蔚為學風，但他們的論點與陳亮不合。他說：

> 又四、五年（案：乾道三年前後），廣漢張栻敬夫、東萊呂祖謙伯恭，相與上下其論，前皆有列於朝。新安朱熹元晦講之武夷，而強立不反，其說遂以行而不可過立。齒牙所至，嘘枯吹生。天下之學士大夫賢不肖，往往繫其意之所向背，雖心誠不樂而亦陽相應和。若非余不願附，而第其品級，不能高也。（〈錢叔因墓碣銘〉頁420）

他又說：

> （周葵）晚又教以道德性命，非不曲折求合，然終不近也。如亮所聞，則又有異焉。（〈與韓無咎尚書元吉〉頁252）

理學空談性命，排斥事功，是他無法同意的。他說：

> 性命之微，子貢不得而聞，吾夫人所罕言，後生小子與之談之不置，殆多乎哉？禹無功，何以成六府？乾無利，何以具四德？如之何其可廢也！（《宋元學案・龍川學案》頁465）

事功既無可廢，他便開始蒐羅群書，一一研讀。從乾道七年（29歲）到淳熙四年（35歲），這七年間，他「考古今沿革之變，以推極皇帝王伯之道」。葉適〈陳同甫王道甫墓誌銘〉云：

> （亮）著《中興五論》，奏入不報。後十年，同甫在太學，睨場屋士餘十萬，用文墨少異雄其間，非人傑也，棄去之。〔註7〕

〔註7〕宋・葉適：《水心集・陳同甫王道甫墓誌銘》，頁434。

淳熙四年（1177），陳亮參加禮部舉辦的太學公試，不中。陳亮說：

亮本太學諸生，自憂制以來，退而讀書者六七年矣。雖蚤夜以求皇帝王伯之略，而科舉之文不合於程度不止也。（〈上孝宗皇帝第三書〉頁14）

陳亮於是在鄉間苦讀，然仍心存天下，他的心情是複雜矛盾的。既要忍受人們對他的誤解攻擊，又認為科考的不公平事，因此他決定「棄學校而決歸耕之計矣」（〈上孝宗皇帝第三書〉頁14）

然而國家依舊偏安，群臣沒有銳意恢復之心，他實在無法忍受。

（二）淳熙五年（1178）陳亮上孝宗三書

距第一次乾道五年（1169）上〈中興五論〉到淳熙五年（1178），剛好十年，陳亮決定再上書孝宗陳述中興國家大計。他在〈上孝宗皇帝第三書〉中表達上書動機：

臣自是始棄學校而決歸耕之計矣，旋復自念：數年之間，所學云何？而陛下之心，臣獨又知之。苟徒恤一世之謗，而不為陛下一陳國家社稷之大計，將得罪於天地之神而與藝祖皇帝在天之靈而不可解，是故昧於一來。舊名已在學校之籍，於法不得以上書言事。使臣有一毫攫取爵祿之心，以臣所習科舉之文更一二試，考官又平心以考之，則亦隨例得知矣。何忍假數百年社稷大計，以為一日之僥倖，而徒以累陛下哉。（頁14～15）

陳亮所說「舊名已在學校之籍，於法不得以上書言事。」因為那時「兩學猶用秦檜禁，不許上書言事，陳亮曾遊太學，故特棄去。」〔註8〕淳熙五年，春正月，陳亮更名同，〔註9〕伏麗正門上書。

陳亮〈上孝宗皇帝第一書〉後，「孝宗赫然震動、欲榜朝堂以勵群臣，用种放故事，召令上殿，將擢用之。左右大臣莫知所為，惟曾觀覿

〔註8〕宋・葉紹翁撰：《四朝聞見錄》，見《景印文淵閣四庫全書》，冊一〇三九，頁673。

〔註9〕宋・葉適：《水心集・陳同甫王道甫墓誌銘》，頁434。

知之將見亮；亮恥之，踰垣而逃。覿以其不詣己，不悅。大臣尤惡其直言無諱，交沮之。」（《宋史・陳亮傳》）葉適〈陳同甫王道甫墓誌銘〉云：

天子始欲召見，倖臣恥不詣己，執政尤不樂，復不報。

喬行簡〈奏請諡陳龍川劄子〉亦云：

當淳熙之戊戌，三上書，極論社稷大計。孝宗皇帝覽之感涕，召赴都堂審察，將以种放故事不次擢用。左右用事亟來謁亮，欲掠每市恩，而亮不出見之，故為所讒沮而止。〔註 10〕

因為大臣的讒言交沮之，陳亮始終沒有得到孝宗召見，「由是八日待命，未有聞焉。」（〈上孝宗第二書〉頁 11）因此再詣上闕。書既上，乃有都堂審察之命。（〈上孝宗第三書〉頁 12）當時執行審察之命的是同知樞密院事趙雄等人。〔註 11〕在審察過程中，大臣拱手稱旨以問，時陳亮觸犯趙雄。他在〈復何叔厚〉書中言：

亮寓臨安，卻都無事，但既絕意於科舉，頗念其平生所學，不可不一泄之以應機會，前日遂極論國家社稷大計以徹於上聽。忽蒙非常特達之知，欲引之面對，乃先召赴都堂審察。亮一時率爾應答，遂觸趙同知。（頁 269）

因為陳亮的陳述，使大臣「相顧駭然」（〈上孝宗第三書〉卷一），《宋史・陳亮傳》又云：「宰相臨以上旨，問所欲言。皆落落不少貶。又不合。」

陳亮既然已經觸怒大臣，他想面對孝宗的機會又無法實現，只好「待命十日，再詣闕上書。」即〈上孝宗第三書〉，希望得到孝宗召見，並稱自己已經年老，再待命三命，若無召見，便要「誓將終老田畝。」（〈上孝宗第三書〉頁 15）

〔註 10〕宋・陳亮：《陳亮集・宋喬行簡奏請諡陳隆川箚子》，附錄二，頁 463。

〔註 11〕董平、劉宏章：《陳亮評傳》（南京：南京大學出版社，1996 年 3 月第 1 次印刷），頁 61。

陳亮三次上書的結果是，「帝欲官之，先生笑曰：『吾欲為社稷開數百年之基，寧用以博一官乎！』亟渡江而歸。」他在與〈與呂祖謙〉書中云：

> 亮本欲從科舉冒一官，既不可得，方欲放開營生，又恐他時收拾不上；方欲出耕於空曠之野，又恐無退後一著；方欲俛首書冊以終餘年，又自度不能為三日新婦矣；方欲盃酒叫呼以自別於士君子之外，又自覺老醜不應拍。每念及此，或推案大呼，或悲淚填臆，或髮上衝冠，或拊掌大笑。今而後知克己之功，喜怒哀樂之中節，要非聖人不能為也。（頁262）

陳亮回到故鄉，直到淳熙十四年（1187），他再一次上禮部，他對這次的考試早準備，他在淳熙十二年寫〈乙巳答朱元晦書〉云：

> 後年隨眾赴一省試，或可僥倖一名目，遮蔽其身，而後徜徉於園亭之間以待盡矣。（頁283）

不料這次考試前他生一場大病，勉強考完，狼狽回家，命差點喪掉。結果當然不中。

（三）淳熙十五年（1188），陳亮〈再上孝宗皇帝書〉

淳熙十四年（1187）十月，宋高宗薨於德壽殿，陳亮在十月八日入都。他在〈與周丞相必大書〉：

> 亮至節後，以小故一至浙西，取道行都。（頁320）

又在〈與章德茂侍郎又書〉云：

> 亭十月八日入都，首得參覲，以究所欲言而未能言者，尚冀臺照。（頁256）

在陳亮眼中孝宗遲遲不北伐，是因為高宗健在，使孝宗不便行事。現高宗已薨，則顧忌較少。因此陳亮再度往金陵、京口觀察形勢，作恢復失土打算。

高宗死後，金國來弔喪，《宋史・陳亮傳》云：

> 高宗崩，金遣使來弔，簡慢。而光宗繇潛邸判臨安府。亮感孝宗之知，至金陵視察形勢。復上疏曰：「……。」大略欲激孝宗恢復。

《陳亮龍川詞校箋》云：「考高宗趙構卒於淳熙十四年丁未十月乙亥（初八日），十六年己酉二月壬戌初二日，孝宗下詔傳位於皇太子趙惇（光宗）。高宗卒之次日，即以書璞等為金告哀使，是月二十一日（戊子）又以顏師魯充金國遺留國信使。翌年（淳熙十五年）二月丁亥（二十一日）金遣宣徽使蒲察克忠為宋弔祭使。而顏師魯等已於二月七日（癸巳）自金廷辭歸。金主以遺留物中玉器五、玻璃器二十及慕，今受之，義有不忍。歸告爾主使知朕意也。」〔註 12〕宋即日遣京鏜等使金報謝。故陳亮以為莫大恥辱，是年四月〈戊申再上孝宗皇帝書〉：

> 高宗皇帝於虜有父兄之仇，生不能以報之，則死必有望於子孫。何忍以生遐之哀告之仇哉？遺留報謝，三使繼遣，今帛寶貨，千兩連發，而虜人僅以一使，如臨小邦。聞諸道路，哀祭之辭，寂寥簡慢。義士仁人，痛切心骨。豈以陛下之聖明智勇而能忍之乎？意者，執事之臣，僾畏方端，有以誤陛下也。（頁 17）

與十年前的上書相較，這次的上書內容更新，旨在鼓動孝宗恢復之志，希望他「尋得即位之初心」，「以天下為更始」，以其「喜怒哀樂愛戀之權以鼓動天下」。具體主張為經營建業，而且要不居常格擢用人才，認為「有非常之人然後才有非常之功」，然而當時「孝宗將內禪，不報。繇是在廷交怒，以為狂怪。」陳亮成為眾人恥笑的對象。

綜觀陳亮的政論，從〈酌古論〉以天下之志、天下之謀為立論根本，充分強調決策的重要性。〈酌古論〉雖是論述古人故事，但亦是針對南宋的現實。陳亮希望〈酌古論〉所寫的歷史故事，能為抗金的任務

〔註 12〕姜書閣：《陳亮龍川詞箋注》（北京：人民出版社，1980 年 9 月初版），頁 37。

提供一些借鑒，更希望表現其中對於兵機利害的剖析及其用兵之方法能引起世人的重視。綜觀陳亮的政論是：

乾道五年（1169）上書的〈中興五論〉，是由〈中興論〉、〈論開誠之道〉、〈論執要之道〉、〈論勵臣之道〉、〈論正體之道〉，並序文一篇。〈中興五論〉主要是向孝宗進獻平定中原，恢復故國之政策。要抓住有利的時機，盡早恢復。因此陳亮分析大局，要及時恢復大業。他提出兩大點理由：

（一）就金而言，國勢衰頹，宜抓住時機殲滅敵人。完顏亮已於紹興三十一年（1161）為部下所殺，「今虜酋庸懦，政令日弛，舍戎狄鞍馬之長，而從事中州浮靡之習，君臣之間，日趨怠惰。……不於此時早為之圖，縱有他變，何以乘之！萬一虜人懲創，更立令主；不然，豪傑並起，業歸他姓，則南北之患方始。」（〈中興論〉卷二）

（二）就宋而言，父老凋謝，「南渡之後，中原父老日以殂謝，生長於戎，豈知有我！……過此以往而不能恢復，則中原之民烏知我之為誰！縱有倍力，功未必半。……則今日之事，可得而緩乎！（〈中興論〉卷二）

總之〈中興論〉是求皇帝趕快恢復失土，但又不能操之過急，而須立大體，詳加規畫，並首重內政改革，等到籌畫周密，復於攻守之間施以奇變，則在戰略上便掌握主動權，必能收復失土。

〈論開誠之道〉是針對皇帝不肯信任大臣而言。孝宗雖「英睿神武」，然即位八年「而所欲未獲，所為未成」，「天下之氣索然而不吾應」，究其原因，乃在「明白洞達，而開之以無隱之誠者容有未至乎！」

〈論執要之道〉重在闡述皇帝的職分，對君王的獨裁提出批判。陳亮分析孝宗主政八年的設施是「獨斷」，凡事「上勞聖慮」，以致殫精竭力而無功，大臣卻無不付責任而無過。所以陳亮以為人主之職，本在於辨邪正，專委任，明政之大體，總權之大綱」，須「操其要於上，而分其詳於下」，若「屑屑焉一事之必親，臣恐天下有以妄議陛下之好詳也。」

〈論勵臣之道〉強調君臣同心，同舟共濟，並要求皇帝須以身作則，生活儉樸，以勵臣下之志。

〈論正體之道〉，以君臣之體為論，其實乃重申前意，強調君臣須各守其職分，以共圖恢復之功。

〈中興論〉的內容是一貫關連性的，也是陳亮三十歲前後的思想。完全是一腔忠心，痛陳時弊，談恢復之道，可惜上書毫無結果。

從乾道五年（1169）獻〈中興論〉，到淳熙五年（1178）整整十年，他再度上書孝宗，內容是：

（一）中原為正氣之所在，以中國之衣冠禮樂而寓之偏方，即便天命人心猶有所繫，並非久安之計；使中原淪於夷狄，天地之氣鬱結而不發，中國的禮樂流寓於一隅，乃有史以來所未有之奇恥大辱，故須立志恢復以發泄天地之正氣。陳亮云：

> 中國，天地之正氣也，天命之所鍾也，人心之所會也，衣冠禮樂之所萃也，百代帝王之所以相承也，豈天地之外夷狄邪氣之所可奸哉！不幸而奸之，至於挈中國衣冠禮樂而寓之偏方，雖天命人心猶有所繫，然豈以為可久安而無事也！使其君臣上下苟一期之安而息心於一隅，凡其志慮之經營，一切置中國於度外，如元氣偏注一肢，其他肢體，往往萎枯而不自覺矣，則其所謂一肢者，又何恃而能久存哉！天地之正氣，鬱遏於腥羶而久不得騁，必將有所發泄，而天命人心固非偏方之所可久係也。（頁 1）

（二）偏安既久，國人已淡忘國恥，而金人仿效中國，百姓將懷念其德，若不抓緊時機，以快恢復之計，則其事必更難以處置。陳亮云：

> 南師之不出，於今幾年矣。河洛腥羶，而天地之正氣抑鬱而不得泄，豈以堂堂中國，而五十年之間無一豪傑之能自奮哉！其勢必有時而發泄矣。苟國家不能起而承之，必將有承之者矣。不可恃衣冠禮樂之舊，祖宗積累之深，以為天命人

心可以安坐而久繫也。皇天無親，為德是輔；民心無常，惟惠之懷。自三代聖人皆知其為甚可畏也。（頁2～3）

（三）金人稱霸中原，行政設施全以中國為法，其根植既久，一難動搖；而宋朝偏安東南，竟上下苟且怠惰，任用非人，文恬武嬉，府庫不積，只想逍遙過日，不顧亡國五十年之恥難，此皆和議之惡果，故痛斥和議，並希望孝宗誓必復仇，以勵天下之志。

今醜虜之根植既久，不可以一舉而遂滅；國家之大勢未張，不可以一朝而大舉。而人情皆便於通和者，勸陛下積財養兵以待時也。臣以為通和者，所以成上下之苟安，而為妄庸兩售之地，宜其為人情之所甚便也。……今和好一不通，而朝野之論常如虜兵之在境，唯恐其不得和也，雖陛下亦不得而不和矣。……然使朝野常如虜兵之在境，乃國家之福，而英雄所用以爭天下之機也，執事者胡為速和以惰其心乎！……陛下何不明大義而慨然與虜絕也！貶損乘輿，卻御正殿，痛自克責，誓必復仇，以勵群臣，以振天下之氣，以動中原之心。（〈上孝宗皇帝第一書〉頁3）

（四）闡論本國史事，論國家立國之本末，希望孝宗隨時因革，不拘舊法，廣黃財路，達成恢復大業，陳亮云：

南渡以來，大抵遵祖宗之舊，雖微有因革增損，不足為輕重有無。……陛下憤王業之屈於一隅，勵志復仇，而不免籍天下之兵為強，括郡縣之利為富；加惠百姓，而富人無五年之積；不重征稅，而大商無巨萬之藏；國事日以困竭。臣恐尺籍之兵，府庫之財，不足以支一旦之用也。陛下早期宴罷，以冀中興日月之功，而以繩墨取人，以文法蒞事。聖斷裁制中外，而大臣充位；胥吏坐行條令，而百司逃責；人才日以闒茸。臣恐程文之士，資格之官，不足以當度外之用也。（〈上孝宗皇帝第一書〉頁6）

（五）論天下形勢之消長，主張移都建業，重鎮荊襄。陳亮云：

竊嘗觀天下之大勢矣。襄漢者，敵人之所緩，今日之所當有事也。控引京洛，側睨淮蔡，包括荊楚，襟帶吳越，沃野千里，可耕可守，地形四通，可左可右。……襄陽既為重鎮，……一旦狂虜玩故習常，來犯江淮，則荊襄之師率諸軍進討，襲有唐鄧諸州，見兵於穎蔡之間，示以必截其後。（頁23～24）

上述五點，是陳亮上書的重點，有些觀點在〈中興五論〉都十分明確的表達了。可惜書上不報。

陳亮上〈孝宗皇帝第三書〉的內容是：

（一）徽、欽北狩之痛，是國家大恥，而天下公憤，故必圖恢復之策。

（二）天下奉規矩繩墨以從事，若束縛太多，勢必萎靡不振，故須寬文法，以求度外之功。

（三）今天下之士萎靡不振，實為可厭，故須變通家法，去其萎靡，以培國家之根本。

淳熙十五年（1188），陳亮的〈戊申再上孝宗皇帝書〉，內容與上次上書相似，總在陳述復仇大義，必鼓動孝宗恢復之志。

從這些記載，再閱讀陳亮的詞，就可知道葉適說：陳亮「每一章就，輒自嘆曰：「平生經濟之懷，略已陳矣。」陳振孫《直齋書錄解題》云，陳亮的詞「自負以經濟之意具在。」〔註13〕也是葉適所說：「同甫微言十不能解一二。」陳振孫也說：「（陳亮詞）是尤不可曉也」〔註14〕陳亮打破詞為豔科外，賦給詞一種新生命能陳述政治經濟理念，他也是「指出向上一路」。

〔註13〕宋・陳振齋撰：《直齋書錄解題》，見《景印文淵閣四庫全書》，冊六七四，頁850。

〔註14〕同上註。

二、陳亮的文論

辛派三詞人中，辛棄疾是個「散文高手」，〔註15〕他寫的〈美芹十論〉、〈九議〉等，雖是文筆雅健雄厚，善於觀察分析敵國，有豐富的思想內容，可是他沒有提到任何文論。劉過除詩詞外，只留下雜著十篇，其中祝賀文佔五篇，上梁文一篇，書信二篇，都沒有提到任何文論。

關於陳亮的文論，他在《陳亮集》中專論也不多，但在序論、題跋、書函中偶有提到。在文論方面，陳亮主張「文以載道」，他〈復吳叔異〉云：

> 亮聞古人之於文也，猶其為仕也。仕將以行其道也，文將以載其道也。道不在我，則雖仕何為，雖有文，當與利口者爭長耳。（頁335）

這段話兩個重點：

（一）「為文猶為仕」，寫作者的使命與任務何等大，相當於在朝廷做官者。有生活示範指導與影響民風之重任。

（二）強調「文以載道」說，他以「仕將以行其道」，為仕以道為根本，即要行道，合乎道方能輔佐王業，使國運蒸蒸日上，並敦厚民心。作文也要載道，有教化功用，敦厚風俗。如此為文與為仕，毫不相悖，皆為宣揚道、實行道。如果沒有以道為本，雖仕何為？失去目標，光為利祿而仕，只是求一口飯吃，毫無意義。如果缺乏道，為文毫無風骨、無病呻吟，則「與利口者爭長耳」，這樣的文章不寫也罷。

因為陳亮的基本論調是「文以載道」所以：

（一）他批評五代之文，「卑陋萎弱，其可厭甚矣。」（〈變文法〉頁129）

（二）他也批評楊大年、劉子儀「瑰奇精巧」的西崑體，令人厭之。他也不滿紹聖、元符以後的文風，他說：「紹聖、元符以後，……士皆膚淺於經而爛熟於文」，他不滿北宋膚淺於經，而文章是熟爛。

〔註15〕四川大學編：《宋文選．前言》，見楊慶存〈稼軒散文藝術論〉，《辛棄疾研究論文集》，頁321引。

（三）他對南宋文壇的看法，是：

> 中興以來，參以詩賦經術，以涵養天下之士氣，又立太學以聳動四方之觀聽。故士之有文章者，德行者，深於經理者，明於古今者，莫不各得以自奮，蓋亦可為盛矣。然心志既舒，則易以縱弛；議論無擇，則易以浮淺。凡其弊有如明問所云者，故其勢之所必至也。（〈變文法〉卷十一）

對於在他所處的時代，因「心志既舒」，「議論無擇」，縱弛、浮淺的結果，以至於「學校之士，於經則敢為異說而不疑，於文則肆為浮論而不顧，其源漸不可者長。」然而「古人重變法，而猶重於變文，則必有深意焉。」實在指文學關乎世風。

所以他推崇歐陽修文章，以為「公之文根乎仁義而達於政理，蓋所以翼《六經》而載之萬世者也。」（〈書歐陽文粹後〉頁194）陳亮又在〈書作論法後〉意與理勝提出他的看法：

> 大凡論不必作好語言，意與理勝則文字自然超眾。故大手之文不為詭異之體而自然宏富，不為險怪之辭而自然典麗，奇寓於純粹之中，巧藏於和易之內。不善學文者，不求高於理與意，而務求於文采辭句之間，則亦陋矣。故杜牧之云：「意全勝者，辭愈樸而文愈高；意不勝者，辭愈華而文愈鄙。」昔黃山谷云：「好作奇語，自是文章一病；但當以理為主。」理得而辭順，文章自然出群拔萃。（頁203）

從這段話是在闡明文章「意與理」與語言文辭的關係，可分為：

（一）創作以「意與理」為主。他認為「意與理勝則文字自然超眾」，文章有獨特的立意及道理，文章自然高雅，理論透闢，文字自然超眾。而且他所要求的是，文字不作詭異之語，不為險怪之辭，這並不表示他不追求文章宏富典麗，奇與巧，他要求的是「奇寓於純粹之中，巧藏於和易之內。」總之他要求文章要有實在的內容，有「章與理」，而不是片面追求雕章琢句。然而不善學文者，只追求「文采辭句」文章自然卑下。元盛如梓《庶齋老學叢談》云：

陳同甫作文之法曰：經句不全兩，史句不全三，不用古人句，只用古人意。若用古人語，不用古人句，能造古人所不到處。至於使事而不為事使，或似使事而不使事，皆是使他事來影帶出題意，非直使本事也。若夫布置開闔，首尾該貫，曲折關鍵，自有成模，不可隨他規矩尺寸走也。〔註 16〕

他指出陳亮作文「不用古人句，只用古人意」，「使他事來影帶出題意」，「使事而不為事使」，強調取古人意，而且文章結構「布置開闔，首尾該貫，曲折關鍵」，均以義為貫，不以文句取勝，因此文章「自有成模」，形成個人獨特風格與方式。

（二）文以載道說的擴充，宋初古文運動承續唐的古文運動，結合文統與道統，至周敦頤提出「文所以載道也」，陳亮接受「文以載道」說，更強調「意與理勝」，這表明：

他沒有將道的實際內涵狹隘地理解為儒家所倡導的道德性命，而是將時代內容、現實生活以及作家本人的思想情感都包含在內的。」儘管「理與意」都不可能違背聖人之道，但文以「意與理勝」較之「文所以載道」，無疑顯得更為寬平，並且更為突出了文學自身特質。……實際上便要求道與文的統一，內容與形式的統一。〔註 17〕

（三）作品不是觀賞用的而是精神產物，是宣傳政治抱負與理想社會的工具。他引杜牧與黃庭堅之言以證其說。說明意勝辭樸則文自然高，意不勝而辭華，文就越鄙陋。這其實就是歐陽修〈答吳充秀才書〉云：「大抵道勝者，文不難而自至也。」〔註 18〕所以陳亮的文論是有所本，承續古文運動而來，他追求意勝理勝，求造與平淡，文質相融合。

〔註 16〕 元．盛如梓：《庶齋老學叢談》，見《叢書集成初編》，冊十二，頁 611。
〔註 17〕 姜書閣：《陳亮龍川詞箋注》，頁 358。
〔註 18〕 宋．歐陽修：《文忠集．答吳充秀才書》，見《景印文淵閣四庫全書》，冊一一〇三，頁 704。

因為他的文論是承歐陽修的古文運動，所以他的歐陽修的文章大加讚賞。他在〈書歐陽文粹後〉云：「公之文根乎仁義而達之政理，蓋所以翼《六經》而載之萬世者也。」他對歐陽修文懷抱厚望，又云：

> 二聖相承（高宗、孝宗）又四十餘年，天下之治大略舉矣，而科舉之文猶未還嘉祐之盛。蓋非獨學者不能上承聖意，而科制已非祖宗之舊，而況上論三代！始以公之文，學者雖私誦習之，而未以為急也。故予姑掇其通於時文者，以與朋友共之。繇是而不止，則不獨盡究公之文，而三代兩漢之書蓋將自求之而不可禦矣。先王之法度，猶將望之，而況於文乎！……雖然，公之文雍容典雅，紆餘寬平，反覆以達其意，無復毫髮之遺；而其味常深長於意言之外，使人讀之藹然足以得祖宗致治之盛。其關世教，豈不大哉！（頁195～196）

可知陳亮編〈歐陽文粹〉是要藉歐陽修之文以究聖人之道，詳先王法度，因為文風關係世教。他以為高宗、孝宗時之文，已非嘉祐之時的古文，然而讀歐陽修文「雍容典雅」、「紆餘寬平」，「味常深長於言意之外」，陳亮以為其文章「以得祖宗致治之盛」，從文章進而使國家安治興盛，文風是「關乎世教」，兩者關係密切。

從他的文論，「文以載道」、「文風關係世風」、「文教關係世教」，不難看出為何他的詞不寫「妖語媚語」，表達對政治的看法，有「經濟之意」，這是可理解的。

三、陳亮的詩論

在詩方面，辛派三詞人中，辛棄疾雖存詩一百四十多篇，並曾以杜甫、孟浩然稱讚趙晉臣：「主人吟古風，格調劇清裁。我評此章句，真是杜陵輩。」（〈和趙晉臣敷文積翠石去纇石〉）「看君不似南陽臥，只似哦詩孟浩然。」（〈和諸葛元亮韻〉）陸游也評過稼軒詩：「稼軒落筆陵鮑謝」、「千篇昌古詩滿囊」。（〈辛幼安殿造朝〉，《劍南詩稿》卷五十七）同代詩人韓玉也稱讚稼軒為：「豐神英毅，端是天上謫仙人。」

（《東浦詞．水調歌頭》上辛幼安生日）稼軒也自云：「剩喜風情筋力在，尚能詩似鮑參軍。」（〈和任師見寄之韻〉之三）而且辛棄疾還學邵雍，他自己說：「學作堯夫自在詩。」（〈書停雲壁〉）又表示：「作詩獨愛邵堯夫。」（〈讚邵堯夫詩〉）又有〈有以事來請者效邵堯夫體作詩以答之〉，風格極盡邵庚節體，可見辛稼軒的詩歌創作是師承鮑照、唐杜甫與邵堯夫。

然而稼軒也沒有提出任何詩論，只有在詩中闡述儒家學說義理，如「要識死生真道理，須憑鄒魯聖人儒」，「屏出佛經與道書，只將語孟味真腴。」（讀語孟二首）」「此身果欲參天地，且讀中庸盡至誠。」（〈偶作〉）這些詩句表示他對儒家的尊崇，又〈水調歌頭〉賦松菊堂：「詩句得活法，日月有新功。」（頁 442）提到寫詩要有活法，其他沒有具體的詩論。

劉過的《龍洲集》雖存有十卷，而且「以詩鳴江西」，可惜他也沒提到任何詩論。〔註 19〕

陳亮的詩只存四首〈謫仙歌〉是早期的作品，〈廷對應制〉、〈及第謝恩和御賜詩韻〉、〈梅花〉詩，從內容看這三首都是晚期作品。雖然《陳亮集》只有一篇論〈桑澤卿詩集序〉之文，「予生平不能詩，亦莫能識其淺深高下。」（頁 166）他並非不能詩，或莫能識其淺深高下，這僅是客套。

他的詩論與文論同一主旨，他以為《詩經》所表現的無非是道，「當先王時，天下之人，其發乎情，止乎禮義，蓋有不知其然而然者。」故發而為詩，故「聖人於詩故公使天下復性情之正，而得其平施於日用之間者。乃區區於章句訓詁之末，豈聖人之心也哉！」「平施於日用之間者」，即是道的表現。唯有道的教化，才能使天下復性情之正。

他在〈桑澤卿詩集序〉云：

〔註 19〕宋．岳珂：《桯史》，見《景印文淵閣四庫全書》，冊一〇三九，頁 422。

> 嘗聞韓退之之論文曰：「紆餘為妍，卓犖為傑。」黃魯直論長短句，以為「抑揚頓挫，能動搖人心」。合是二者，於詩其庶幾乎！至於立意精穩，造語平熟，使不刺人眼目，自餘皆不足以言詩也。（頁166）

可見他論詩之旨與論文之旨相同，他要求的是「紆餘為妍，卓犖為傑」，「抑揚頓挫，能動搖人心」，詩須能感動人心，而且要「立意精穩，造語平熟，使不刺人眼目」，詩中須有立意，而且造語平熟，否則不足以言詩也。

陳亮評金華杜伯高、杜叔高的詩賦時說：

> 伯高之賦如奔風逸足，而鳴以和鸞，俯仰於節奏之間；叔高之詩如干戈森立，有吞虎食牛之氣；而左右發春妍以輝映於其間。此非獨一門之盛，蓋亦可謂一時之豪矣。〔註20〕

這段話在稱讚杜伯高賦，「奔風逸足」又能合於節奏，稱讚杜叔高「有吞虎食牛之氣」，氣勢雄邁。又說杜伯高：「意高而調高，節明而語妥，鋪敘端雅，抑揚頓挫，而卒歸於質重。」〔註21〕其實正說自己的風格意高而調高，豪邁雄雅。

第三節　陳亮的政論詞

陳亮含有政治抱負的詞有以下幾方面：

一、以詞論宋金局勢

淳熙十二年，陳亮四十三歲，所寫氣勢磅礡的〈水調歌頭〉送章德茂大卿使虜：

> 不見南師久，謾說北群空。當場隻手，畢竟還我萬夫雄。自笑堂堂漢使，得似洋洋河水，依舊只流東。且復穹廬拜，會向藁街逢。　　堯之都，舜之壤，禹之封。於中應有，一個

〔註20〕宋・陳亮：《陳亮集・復杜仲高》，頁269。
〔註21〕同上註，頁268。

半個恥臣戎。萬里腥羶如許，千古英靈安在，磅礴幾時通。

胡運何須問，赫日自當中。(頁206)

章德茂名森，《宋史·孝宗本紀》云：「淳熙十二年(1185)十一月壬辰，遣章森等賀金主生辰。」〔註22〕《金史·交聘表》：「金世宗大定二十六年(1186)三月己卯朔，宋試戶部上書章森、容州觀察使吳曦等賀萬春節。」。〔註23〕自從「隆興和議」後，宋金兩國定為叔侄關係，南宋有如女真的附庸，每年元旦和雙方皇帝生辰，按例互派使臣祝賀，但金使至宋，待如上賓，宋使赴金，多受屈辱。故南宋有志之士，常感憤慨，也有很多人視「使虜」為畏途。

淳熙十二年，宋孝宗命章德茂以大理少卿試戶尚書銜為正使，祝賀金世宗的生日，此時距「隆興和議」，已有二十多年。詞作於此時，陳亮對章德茂寄以殷切的期望。

詞中「不見南師久，謾說北群空。」正是陳亮曾在〈上孝宗皇帝第一書〉云：

南師之不出，於今幾年矣。河洛腥羶，而天地之正氣抑鬱而不得泄，豈以堂堂中國，而五十年之間無一豪傑之能自奮哉！其勢必有時而發泄矣。苟國家不能起說承之，必將有承之，必將有承之者矣。(頁2)

又在〈與章德茂侍郎第一書〉云：

主上有北向爭天下之志，而群臣不足以望清光。使此恨磊塊而未釋，庸非天下士之恥乎！世之知此恥者少矣。願侍郎為君父自厚，為四海自振。(頁255)

〈與章德茂侍郎第二書〉云：

渡江安靜且六十年，辛巳之變（指紹興三十一年，金完顏亮南侵），行三十年，和議再成（指乾道元年送向金稱侄求和），又二十三年。老秦掀天撲地，只享十六年之安，通不過二十

〔註22〕元·脫脫撰：《宋史·孝宗本紀》，冊三，頁684。

〔註23〕同上註，頁1445。

二年。今首文恬武嬉，宜若可為安靜之計，揆之時變，恐勞聖賢之馳騖矣，不待天告而後知也。（頁256）

寫到朝廷無恥小人只知苟安，不以向金人屈膝求和為恥。再也不見北伐的南師，不是沒有人才，而是人才被壓抑，「何世不生才，何才不資世！天下雄偉英豪之士，未嘗不延頸待用，而每視人主之心為如何。」（〈論開城之道〉卷二）因為主和派抬頭，上下苟且偷生，「不見南師久」。「當場隻手」等句，寫章德茂挺身出使，必能滅敵人威風，擒賊首到京師示眾。

下片對南宋政策的嘲諷，以連珠式的排句領出，「堯之都，舜之壤，禹之封」，廣大的中原土地，輝煌的歷史，應有「一個半個恥臣戎」。陳亮大聲疾呼，「萬里腥羶如許，千古英靈安在」，滿腔熱血，喚醒愛國之士，志有恢復，才能無愧先賢先烈。結論是無比的樂觀與浪漫思想，「胡運何須問，赫日自當中」，堅信國家必定統一。

這首詞完全從他的政論語詞融合，情辭慷慨。陳廷焯《白雨齋詞話》卷一云：「同甫〈水調歌頭〉云：『堯之都，舜之壤，禹之封，於中應有，一個半個恥臣戎』，精警奇肆，幾於握拳透爪，可作中興露布讀；就詞論，則非高調」。讚賞此詞的精警，又貶非高調。他是以傳統詞是豔科的標準來衡量，當然是偏頗的。

二、以詞論地理戰略形勢

宋人登臨多景樓很多，宋詞寫多景樓作品也多，但極少以戰略進攻地理形勢來填詞的。陳亮以地理形勢論金陵，如〈念奴嬌〉登多景樓：

危樓還望，歎此意，今古幾人曾會。鬼設神施，渾認作，天限南疆北界，一水橫陳，連岡三面，做出爭雄勢，六朝何事。只成門戶私計。　　因笑王謝諸人，登高懷遠，也學英雄涕。憑卻江山管不到，河洛腥羶無際。正好長驅，不須反顧，尋取中流誓。小兒破賊，勢成寧問彊對。（頁208）

張邦基《墨莊漫錄》:「鎮江府甘露是在北固山上，舊有多景樓，尤為登覽之最。蓋取李贊皇〈題臨江亭〉詩「多景懸窗牖」之句，以是命名。」〔註 24〕南宋乾道鎮江知府陳天麟〈多景樓記〉云:「至天清日明，一目萬里，神州赤縣，未歸輿地，使人慨然有恢復意。」

淳熙十五年（1188），宋高宗一死，陳亮親至往金陵、京口，考察軍事地理，批判「江南不可保，長淮不易守」的誤國謬論，指出「罪在書生不識形勢」；又上書宋孝宗，寫〈戊申再上孝宗皇帝書〉:

> 臣嘗疑書冊不足憑，故嘗一到京口、建業，登高四望，深識天地設險之意，而古今之論未盡也。京口連岡三面，而大江橫陳，江傍極目千里，其勢大略如虎之出穴，而非若穴之藏虎，昔人以為京口酒可飲、兵可用，而北府之兵為天下雄。蓋其地勢當然而人善用之耳。臣雖不到采石，其地與京口股肱建業，必有據險臨前之勢，而非止於靳靳自守者也。天豈使南方自限於一江之表，而不使與中國而為一哉？（頁 16）

此詞勁氣直達，大開大闔，詞中「嘆此意」，即指著〈戊申再上孝宗皇帝書〉所言:「天地設險之意。」故興起「鬼設神施」，寫周圍地形險要，強調京口、建業一帶，「一水橫陳，連岡三面」，形勢險峻足以與金人對抗。並非以此分割南北，所謂「天豈使南方自限於一江之表，而不使與中國而為一哉！」他藉此來批判朝廷的苟安思想，「六朝何事，只成門戶私計」。他在〈上孝宗皇帝第三書〉云：

> 二聖北狩之痛，蓋國家之大恥，而天下之公憤也。五十年之餘，雖天下銷鑠頹惰，不復知仇恥之當念，與在主上與二三大臣振作其氣，以泄其憤，使人人如報私仇，此《春秋》書衛人殺州吁之意也。若祗與一二臣為密，是以天下之公憤而私自為計，恐不足以感動天下之心，恢復之事亦恐茫然未知攸濟耳。（頁 13）

〔註 24〕張邦基:《墨莊漫錄》，見《景印文淵閣四庫全書》，冊八六四，頁 37。

言及南宋門戶之見，詞中則以六朝之事比喻當時。下片「因笑王謝諸人，登高懷遠，也學英雄涕。」說明朝廷大臣就如南朝大臣，只會牛衣對泣，他在上書中又云：

> 自晉之永嘉，以迄於隋之開皇，其在南，則定建業為都，更六姓，而天下分裂者三百餘年。南師之謀北者不知其幾，北師之謀南者，蓋亦甚有數，而南北通和之時則絕無而僅有。未聞有如今日之岌以北方為可畏，以南方為可憂，一日不和，則君臣上下朝不能以謀夕也。罪在書生之不識形勢，並與夫順逆曲直而忘之耳。（頁 17）

陳亮嘲諷投降派的苟且偷安，只會登高流淚，沒有實際的反金行動。「憑卻江山管不到，河洛腥羶無際」，以為長江是天險，就可以長保偏安。那管中原廣大的百姓正在鐵蹄蹂跌躪之下？

「正好長驅，不須反顧，尋取中流誓」用祖逖的典故，寫在如此有天險的環境，正可長驅北伐，無須前瞻後顧。「小兒破賊，勢成寧問彊對」，用《世說新語・雅量》淝水之戰的典故。〔註 25〕指南方不乏運籌帷幄的統帥，必能如謝安打敗北方的符堅。詞中之「勢成」，即陳亮的〈上孝宗皇帝第一書〉：

> 常以江淮之師為虜人侵軼之備，而精擇一人沈鷙有謀、開壑無他者，委以荊襄之任，寬其文法，聽其廢置，撫摩振厲於三數年之間，則國家之勢成矣。（頁 8）

又如〈念奴嬌〉至金陵：

> 江南春色，算來是，多少勝遊清賞。妖冶廉纖，只做得，飛鳥向人偎傍。地闢天開，精神朗慧，到底還京樣。人家小語，一聲聲近清唱。　　因念舊日山城，個人如畫，已作中州想。鄧禹笑人無限也，冷落不堪惆悵。秋水雙明，高山一弄，著我些悲壯。南徐好住，片帆有分來往。（頁 206）

〔註 25〕南朝宋・劉義慶著、劉孝標注，余嘉錫箋疏：《世說新語箋疏》，冊上，頁 373～374。

此詞夏承燾先生定為「贈妓」詞，姜書閣先生「不敢苟同」，認為是「就所見金陵社會宴安逸惰情形，抒發思感與懷抱。」這首是淳熙十五年戊申（1188 年），陳亮四十六歲，到金陵視察形勢時作。《陳亮集》卷一有〈戊申再上孝宗皇帝書〉：「嘗一到京口、建業，登高四望，……。」可證，卷十九〈復呂子約〉云：「二月間，匆匆告違，即有金陵、京口之役。舉眼以觀一世人物，唯有懷悶而已。五月二十四抵家。」可知陳亮於是年二月先到金陵，然後轉往京口（今鎮江），必再返金陵，始於五月間，回永康故鄉。《宋史・陳亮傳》：

> 高宗崩，金遣使來弔，簡慢。而光宗繇潛邸判臨安府。亮感孝宗之知，至金陵視察形勢。復上疏曰：「……。」大略欲激孝宗恢復。而是時孝宗將內禪，不報，繇是在廷交怒，以為狂怪。

《陳亮龍川詞校箋》云：「考高宗趙構卒於淳熙十四年丁未十月乙亥（初八日），十六年己酉二月壬戌初二日，孝宗　下詔傳位於皇太子趙惇（光宗）。高宗卒之次日，即以書璞等為金告哀使，是月二十一日（戊子）又以顏師魯充金國遺留國信使，翌年（淳熙十五年）二月丁亥（二十一日）金遣宣徽使蒲察克忠為宋弔祭使。而顏師魯等已於二月七日（癸巳）自金廷辭歸。金主以遺留物中玉器五、玻璃器二十及弓箭之屬持歸，曰：「此接爾國前主珍玩之物，所宜寶藏，以無忘追慕，今受之，義有不忍。歸告爾主使知朕意也。」宋即日遣京鏜等使金報謝。故陳亮是年有〈戊申再上孝宗皇帝書〉：

> 今之建業，非昔之建業也。臣嘗登石頭、鍾阜而望，今也直在沙嘴之傍耳。鍾阜之支隴隱隱而下，今行宮據其平處以臨城市，城之前則逼山而斗絕焉。……江南李氏之所為，非有據高臨下以乘王氣而用之之意。（頁 18）

陳亮建議改建金陵，恢復「鍾阜龍盤，石頭虎踞」的雄姿。不要只是「妖冶廉纖」，如「飛鳥向人偎傍」偏安情形。可惜僅管「已作中州想」，終得不到朝廷了解與重用。因為他看金陵是賦與政治眼光，所以詞中才會「秋水雙明，高山一弄，著我些悲壯。」

「鄧禹笑人無限也，冷落不堪惆悵」，陳亮常以鄧禹自喻，老不見用，使鄧禹嘲笑。即〈戊申再上孝宗皇帝書〉云：「不使鄧禹笑人寂寞，而陛下得以發其雄心英略，以與四海才臣智士共之。」

這首詞與〈念奴嬌〉登多景樓，互為表裡相得益彰。

三、以詞論抗金時機

陳亮和辛棄疾在鵝湖之會後，陳亮見到詞後，隨即步原韻和一首〈賀新郎〉寄辛幼安和見懷韻：

> 老去憑誰說。看幾番神奇臭腐，夏裘冬葛。父老長安今餘歲，後死無讎可雪。猶未燥當時生髮。二十五弦多少恨，算世間那有平分月。胡婦弄，漢宮瑟。　　樹猶如此堪重別。只使君從來與我，話頭多合。行矣置之無足問，誰換妍皮癡古。但莫使伯牙弦絕。九轉丹砂牢拾取，管精金只是尋常鐵。龍共虎，應聲裂。（頁208～209）

陳亮在詞中直接指責世事，「老去憑誰說」首句寫年華老去，知音難覓，連找一個暢談心事的人都困難。「看幾番神奇臭腐，夏裘冬葛。」指世事變化，一切都被顛倒是非。「父老長安今餘歲」與《陳亮集·中興論》：「又況南渡已久，中原父老日以殂謝。生長於戎，豈知有我。」意思相同。「後死無讎可雪。猶未燥當時生髮」，即是陳亮的〈中興論〉所云：

> 昔宋文帝欲取河南故地，魏太武以為「我自生髮未燥，即知河南是我境土，安得為南朝故地」，故文帝既得而復失之。河北諸鎮，終唐之世，以奉賊為忠義，狃於其習而時被其恩，力與上國為敵而不自知其為逆。過此以往而不能恢復，則中原之民烏知我之為誰！縱有倍力，功未必半。（頁22）

自南渡來老一輩的父老越來越少，抗金不能再拖下去，年輕一輩的，以為「無讎可雪」。他深憂偏安局勢。「算世間那有平分月」，陳亮在〈上孝宗皇帝第一書〉：

然夷狄遂得以猖王涔睢，與中國抗衡，儼然為南北朝，而頭目手足，混然無別。(頁5)

他認為夷狄與中國平分土地，真是怪事。〈上孝宗皇帝第三書〉又云：

而況版輿之地，半入於夷狄，國家之恥未雪，而臣子之痛未伸。(頁12)

〈戊申再上孝宗皇帝書〉又云：

皇天全付予有家，而半沒於夷狄，此君天下者之所當恥也。《春秋》許九世復讎，而再世則不問，此為人後嗣者之所當憤也。中國聖賢之所建置，而悉淪於左衽，此英雄豪傑之所當同以為病也。(頁15)

都是陳亮憤恨金人佔據中國，而後代子孫卻以為無仇可雪。下片寫明「只使君從來與我，話頭多合」，只有辛棄疾與他的襟懷一致，情感相投。自己「癡人」的意志誰也不能改變，「行矣置之無足問，誰換妍皮癡古。但莫使伯牙弦絕。」並願我們的情誼不改變。「九轉丹砂牢拾取，管精金只是尋常鐵。」只要有恆心信心，不怠惰，就如九轉煉成的丹砂可以點鐵成金，救國大業一定成功。結論是「龍共虎，應聲裂」，刻畫出勝利的時刻是不可阻止的。

陳亮和辛棄疾同韻寫〈賀新郎〉酬辛幼安再用韻見寄也是與政論有關，詞云：

離亂從頭說。愛吾民，金繒不愛，蔓藤纍葛。壯氣盡消人脆好，冠蓋陰山觀雪。虧殺我，一星星髮。涕出女吳成倒轉，問魯為齊若何年月。丘也幸，由之瑟。　　斬新換出旗麾別，把當時，一樁大義，拆開收合，據地一呼吾往矣，萬底搖肢動骨。這話欛，只成癡絕。天地洪爐誰鞴？算於中安得長堅鐵。淝水破，關東裂。(頁211)

這首詞是批評時局，「離亂從頭說」，造成離亂的原因，從頭追述宋真宗時，所定壇淵之盟，歲贈銀十萬兩，絹二十萬匹。宋徽宗時金滅遼，宋仍歲贈銀絹與金，數目又更多。到南宋高宗時，向遼國的歲貢是銀絹二十五萬兩匹。宋仁宗竟說：「朕所愛者，土宇生民爾，斯物非所惜也。」〔註 26〕真是忝不知恥。就是陳亮諷刺的「愛吾民金繒不愛」。也是〈戊戌再上孝宗皇帝書〉中的內容：

> 南方之紅女織尺寸之功于機杼，歲以輸虜人，固已不勝其痛矣。金寶之出於山澤者有限，而輸之虜人則無窮，十數年後，豈不遂就盡哉。」(頁 17)

「蔓藤纍葛」四字，就明白揭露南宋百餘年來的喪權辱國。所以「壯氣盡消人脆好」人心萎靡。結果是「冠柹陰山觀雪」，堂堂漢使到金廷去求和，只是陪金主出獵陰山，觀賞雪景。也使他「虧殺我，一星星髮」，心痛到髮白。

《陳亮集・問答下》第十二云：

> 然合中國而君之，既不能卻夷狄於塞外，又不能忍一日之辱，坐視百民生塗炭而莫之救，是誠何心哉？此齊景公所以涕出說女子吳也。答有云：漢之匈奴……妻之以女則不可，藉其力以平中國則不可蓋懼夷狄、中國之無辨也。(頁 48)

以齊景公懼怕南夷吳國，只有淚灑送女去和親的典故，魯國也是遭強齊的欺侮而不反抗，國事日衰一日，來諷刺南宋的懦弱無能。接著以《論語・述而篇》：「丘有幸，苟有過，人必知之。」〈先進篇〉：「由之瑟奚為於丘之門？」縱使全國以舉兵北伐為過，我們仍堅持北伐，持之不懈。

下片表現作者志在恢復時的豪情，「據地一呼吾往矣，萬底搖肢動骨。」這可與〈甲辰答朱元晦書〉相輝映：「至於堂堂之陣，正正之旗，風雨雲雷交發而並至，龍蛇虎豹變見而出沒，推倒一世之智勇，開拓萬古之胸襟，如世俗所謂粗塊大臠，飽有餘而文不足者。」(卷二十)南宋應該「據地一呼」，大顯神威，就能成就如東晉淝水破敵的雄威氣勢。

〔註 26〕宋・魏泰：《東軒筆錄》，見《景印文淵閣四庫全書》，冊一〇三七，頁 467。

淳熙十六年，離隆興和議已是二十六年，朝廷仍得過且過不思振作。陳亮寫〈賀新郎〉懷辛幼安，用前韻：

話殺渾閑說。不成教，齊民也解，為伊為葛。尊酒相逢成二老，卻憶去年風雪。新著了幾莖華髮。百世尋人猶接踵，嘆只今、兩地三人月。寫舊恨，向誰瑟。　男兒何用傷離別。況古來，幾番際會，風從雲合。千里情親長晤對，妙體本心次骨。臥百尺高樓斗絕。天下適安耕且老，看買犁賣劍平家鐵。壯士淚，肺肝裂。（頁215）

上片寫回憶去年風雪，兩人都老矣，而世人卻不能理解他愛國、報國之心。他一再的呼喊：

岌岌然以北方為可畏，以南方為可憂，一日之不和，則君臣上下朝不能以謀夕。（〈戊申再上孝宗皇帝書〉頁17）

然而這些說都等於白說。下片「況古來，幾番際會，風從雲合。」在〈上孝宗皇帝第一書〉云：

當度外之士起，為陛下之所欲用矣。是雲合響應之勢，而非可安坐而致也。（頁3）

〈上孝宗皇帝第二書〉：

今者當陛下大有為之際，陳天下之大義，獻天下之大計，而八日不得命焉，臣恐天下之豪傑得以測陛下之意向，而雲合響應之士不得而成矣。（頁11）

陳亮切望得君，以行其志，故於際會風雲之勢念念不忘，更是指出英雄難為世用。感嘆與辛棄疾情誼，「百世尋人猶接踵，嘆只今，兩地三人月。」雖然兩人分離，但精神互相支持，「千里情親長晤對，妙體本心次骨」充分表現雖遠隔千里，但天涯若比鄰，相知相慕之深。

「天下適安耕且老，看買犁賣劍平家鐵」，以消沈寫出如今既然偏安，人人安適，不如自己也買把鋤頭犁等鐵器來耕田。所謂「天下適安」，正是：

> 臣以為通和者，所以成上下之苟安，而為妄庸兩售之地。(〈上孝宗皇帝第一書〉頁3)

他又說：

> 秦檜以和誤國，二十餘年，而天下之氣索然矣。(〈上孝宗皇帝第二書〉頁15)

想到偏安二十多年，陳亮是個血氣男子，時時「推案大呼或悲淚填臆或髮上沖冠或拊掌大笑」(〈與呂伯恭正字祖謙書〉卷十九)，怪不得他會「壯士淚，肺肝裂。」

陳亮的政論詞抒發對愛國的豪情，所以吳熊和在《唐宋詞通論》云：

> 陳模《懷古錄》卷中引潘牥（紫岩），東坡為詞詩，稼軒為詞論、陳亮則更以論為詞，可與他〈中興五論〉、〈上孝宗皇帝書〉等並讀，比辛詞更近於詞論。〔註27〕

第四節　陳亮的詠物詞

陳亮最有名的是他的愛國抗金詞，然而在豪放雄健遒勁的詞外，他還有婉約的詞。毛晉初讀《龍川詞》三十首，讀至終卷時說：「不作一妖語、媚語，殆所稱不受人憐者歟！」〔註28〕後來他看到〈水龍吟〉及其他六首婉約詞時，在《龍川詞補跋》又說：「偶閱《中興詞選》，得〈水龍吟〉以後七闋，亦未能超然，但無一調合本集者。」認為這些詞前後不一致，甚至有人以為三十首後以諸篇是偽作。對此毛晉說：

> 蓋花庵與同甫俱南渡後人，何至誤謬若此！或花庵專選綺豔一種，而同甫子（沆）所編本集特表阿翁磊落骨幹，故若出二手。(〈毛晉龍川詞補跋〉頁483)

毛晉此說指陳亮詞前後風格好像「若出二年」，這正可說明陳亮風格的變化。為何陳亮詞風格如此迥異？

〔註27〕吳熊和：《唐宋詞通論》(杭州：浙江古籍出版社，1995年5月第4次印刷)，頁249。

〔註28〕明．毛晉：〈龍川詞跋〉，見宋．陳亮：《陳亮集》，附錄三，頁483。

因為陳亮一生「六達帝庭，上恢復中原之策。二譏宰相，無輔佐上聖之能」所以朝廷大臣厭惡他，他在〈與勾熙載提舉昌奉〉書說：「亮少時常有區區之志，晚節末路，尚不能自別於田閭小孺，其他尚復何言！技成而無用，且更以取辱。」（頁 323）他高談理學於事無補，常常與人論戰，學者厭惡他。一生遭遇坎坷，二次入獄，纏訟十年方休，五次參加科舉，到五十一歲才中科舉，他未赴任便一病不起，數十年飽經憂患困折，使他「精澤內耗，形體外離。」（葉適〈陳同甫王道甫墓誌銘〉）他在〈與呂伯恭正字祖謙書〉之二：

> 然一夫之憂懽悲樂，在天地之間去蚊虻之聲無幾，本無足云者。（頁 262）

他表現出寬闊的胸襟，一面要擺脫一夫之悲憤幽樂，排除「蚊虻之聲」，一面要表現高度的豪放，對自己強烈的愛國精神及民族自豪。另一面他的有志難申的痛苦，幾乎是被視為「郎疾人」，他把這種內心深處的感受，用婉約幽秀風格來表現。

一個要長期懷抱如此心志者，需要一股超強的毅力，所以陳亮的生活態度是積極。他的〈梅花〉詩：

> 疏枝橫玉瘦，小萼點珠光。一朵忽先變，百花後皆香。欲傳春信息，不怕雪埋藏。玉篴休三弄，東君正主張。（頁 204）

梅花的堅忍，是「一朵忽先變，百花後皆香」，是帶來春消息的。「欲傳春信息，不怕雪埋藏」的精神，正是南宋退縮政策，所該學習的，也是自喻，他這種自我犧牲，既壓復起的精神，使他在坎坷中仍以天下為己任。

陳亮有不少詠物詞，其中尤其多詠梅。在七十四首詞中佔有九首，他所詠的梅花都是以精神、風格為主，藉著梅花的飽經風霜來寄託與明志。他的詠物詞可分下幾類：

一、詠物明志

陳亮的愛國詞充滿大志，詠物詞也一樣懷抱心志。如〈水龍吟〉

松：「鐵石心腸，虬龍根幹，亭亭天柱。」借詠松樹的風姿，而寓自己的氣節，及自己磊落不凡的胸懷。他又在〈漢宮春〉見早梅呈呂一郎中、鄭四六監岳：稱讚梅花「未通春信，是誰飽試風霜」，飽嚐過風霜之苦難，因「此君小異，費他萬種消詳」，指梅花品格與眾不同，讓人們費許多思慮，寓自己執著抗金態度，不為世人瞭解的痛苦。又如〈漢宮春〉梅：

> 雪月相投。看一搬纔爆，驚動香浮。微陽未放線路，說甚來由。先天一著，待闢開，多少句頭。卻引取，春工入腳，爭教消息停留。　　官不容針時節，作一般孤瘦，無限清幽。隨緣柳綠□白，費盡雕鎪。疏林野水，任橫斜、誰與妝修。猛認得，些而合處，不堪持獻君侯。（頁 222）

此詞寫下雪的月夜，梅花「一枝纔爆」，不僅花朵綻開，花香幽放。因為是「先天一著」，所以引來「春工入腳」。下片寫梅花雖「無限清幽」，卻是「一般孤瘦」，他不像的「柳綠柳白」，只生在「疏林野水」，拿「費盡雕鎪」隨風搖擺的柳，與「任橫斜、誰與妝修」的梅花相比擬，這樣估高不妥協的個性，恐難獻與君侯。以梅花孤高幽潔的個性自喻。

又如〈點絳唇〉詠梅月：

> 一夜相思，水邊清淺橫枝瘦。小窗如畫，情共香俱透。　　清入夢魂，千里人長久，君知否。雨僝雲僽，格調還依舊。（頁 215）

這首詞「水邊清淺橫枝瘦」，是融化林逋〈山園小梅〉：「疏影橫斜水清淺，暗香浮動月黃昏。」及〈梅花〉詩：「雪後園林才半數，水邊籬落忽橫枝」等詩。「千里人長久」是融化蘇軾的〈水調歌頭〉：「但願人長久，千里共嬋娟。」「雨僝雲僽」是指梅花經過淒風苦雨的折磨摧殘，然而它的「格調還依舊」，梅花的清標風韻，不因環境的艱難，而有所改變。

仍以梅花自喻。雖人生中一再受打擊，被視為「狂怪」。然而他仍不灰心，立場不變，矢志抗金。直到五十一歲，所寫〈及第謝恩和御賜詩韻〉仍高唱：「復讎自是平生志，勿謂儒臣鬢髮蒼。」他像梅花不為環境所困，格調還依舊。

〈虞美人〉春愁：

東風盪颺輕雲縷，時送蕭蕭雨。水邊臺榭燕新歸，一口香泥，濕帶落花飛。　　海棠糝徑鋪香繡，依舊成春瘦。黃昏庭院柳啼鴉，記得那人和月折梨花。（頁 226）

這首詞題為春愁，在春天有何憂愁呢？陳亮詠物詞值得思索的是，常寫春愁、春恨。「東風盪颺輕雲縷，時送蕭蕭雨」，春天雲淡風清，卻時時下起蕭蕭雨。以風雨喻時局，詞人筆下的春天是風雨、落花、銜泥之燕、啼鴉，給人淒涼的感覺。《詞林紀事》卷十一錄此詞，引周草窗云：「龍川好談天下大略，以氣節自居，而詞亦疏宕有致。」〔註 29〕

〈好事近〉詠梅：

的皪兩三枝，點破暮煙蒼碧。好在屋檐斜入，傍玉奴吹笛。　　月華如水過林塘，花陰弄苔石。欲向夢中飛蝶，恐幽香難覓。（頁 217）

陳亮這首小令，從字面看沒有驚人之語，又未多用典，卻能自出新意，實有獨到之處。

「的皪」是指鮮明，用兩字點出梅花的秀潔。「兩三枝」，雖然數目不多，但在「蒼煙」的襯托下，自有特色。「好在屋檐斜入，傍玉奴吹笛」，這些梅是何等有情，深入屋簷，伴玉人吹笛，凸出梅的純潔有情。

詞的下片渲染夜色，營造優美安靜的景致。然後作者別出心裁，以「夢中飛蝶，恐幽香難覓。」更別出新意，抒發對梅的喜愛，卻是夢中雖可化蝶穿花，卻恐無幽香撲鼻而悵然若失。全詞寫對梅花的喜愛可見不可及，醒夢虛實之間，把梅品與愛梅者交織，可謂自抒胸臆。

〔註 29〕清・張宗橚編、楊寶霖補正：《詞林紀事補正》，頁 719。

二、寄託身世之感

陳亮從隆興元年（1163）到紹熙元年（1190），整整考了二十七年試，除了因父母喪期，生病，沒去應考，其他都是被主考官刷下。

他在乾道五年（1169）至臨安，上書《中興五論》，書上不報。到淳熙五年（1178），他二十九歲，到臨安〈上孝宗皇帝書〉，陳述恢復中原，奮力抗金，並提出許多計畫，可是當時的環境，卻是隆興和議後：

> 朝廷方幸一旦之無事，庸愚齷齪之人，皆得以守格令、行文書，以奉陛下之使令，而陛下亦幸其易制而無他也。徒使度外之士擯棄而不得騁，日月蹉跎，而老將至矣。（頁3）

直到陳亮五十歲，他仍是「度外之士」。蹉跎歲月，耕種家鄉。每想到自己的遭遇，說：

> 亮之生於斯世也，知木出於嵌巖嶔崎之間，奇蹇艱澀，蓋未易以常理論。而人力又從而掩蓋磨滅之，欲透復縮，亦其勢然也。（〈甲辰秋答朱元晦秘書〉頁279）

他又說：

> 每念及此，或推案大呼，或悲淚填臆，或髮上衝冠，或拊掌大笑。（頁262）

所以他在在詞中表達「悲淚填臆」的痛苦，他把身世之感表達在詠物裡。如〈小重山〉：

> 碧幕霞綃一縷紅。槐枝啼宿鳥，冷煙濃。小樓愁倚畫闌東。黃昏月，一笛碧雲風。　　往事已成空。夢魂飛不到，楚王宮。翠綃和淚暗偷封。江南闊，無處覓征鴻。（頁219）

詞先寫秋景，使人觸景傷情，「小樓愁倚」，點出主人翁的憂愁，所謂的憂愁是什麼呢？便是「往事已成空」。往事即指當年上〈中興五論〉，上孝宗皇帝的三書，全都如石沉大海，而自己仍是忠心耿耿。「夢魂飛不到，楚王宮。」以屈原自喻，而以楚王比孝宗，陳亮仍想見到他，可惜飛不到他身邊。想盡辦法把款款真情，「翠綃和淚暗偷封」，卻找不到征鴻，沒人能把他的愛國之情，抗金大計，向皇帝表明。英雄無用武之地。又如〈最高樓〉詠梅：

春乍透，香早暗偷轉。深院落，鬥清妍。紫檀枝似流蘇帶，黃金鬚勝辟含鈿。更朝朝，瓊樹好，笑當好。　花不向沈香亭上看；樹不著唐昌宮裡玩。衣帶水，隔風煙。鉛華不御凌波處，蛾眉淡掃至尊前。管如今，渾似了，更堪憐。（頁 219～220）

這首詠物詞，自喻高潔的梅花，不願意與牡丹並列，「樹不著唐昌宮裡玩」，也不願意與玉蕊花並列。「鉛華不御凌波處，峨眉淡掃尊前。」可以與之相比的是「鉛華不御」的宓妃，還有淡掃娥眉的虢國夫人。

宓妃得到賢王的青睞，虢國夫人可以承受唐明皇的恩澤，但當今皇帝所用的都是「庸愚齷齪之人」，他像梅花一般的高潔，竟扣閽無路，日月蹉跎，懷才不遇之嘆，在結句中充分表達，「管如今，渾似了，更堪憐」，空相似而際遇卻迥然相異，堪憐的不是梅花，而是自己。

宋人詠梅極多，大多把他寫得高標傲俗，孤芳自賞以寄託自己出世思想。在寫法上，一些典故如「壽陽」、「弄笛」之類，也被用得很濫。這首詞卻能另出新意，把梅花寫得高潔絕俗，難以比並，卻無傲俗之意，這是詞人積極用世思想的反映。在寫法上別出心裁，摒棄一切熟濫典故，為了凸顯梅花形象，他用了三種花的形象作為反襯，又用了兩個人物形象加以烘托，這種寫法也是少見。〔註 30〕

如〈浪淘沙〉：

霞尾卷輕綃。柳外風搖。斷虹低繫碧山腰。古往今來離別地，煙水迢迢。　歸雁下平橋。目斷魂銷。夕陽無限滿江皋。楊柳杏花相對晚，各自無聊。（頁 218）

此詞寫離情，文辭淺白，上片宗景，寫輕霞、綠柳、斷虹、碧山、煙水，雖春日風光景色旖旎，皆成惆悵。全詞顯得委婉含蓄，「楊柳杏花相對晚，各自無聊。」用移情手法，表明內心的落寞。

〔註 30〕李廷先賞析：陳亮〈最高樓〉，見張淑瓊新編：《唐宋詞新賞》，冊十二，頁 193～194。

三、寄託國家興亡

陳亮詞除了政論詞外，詠物詞也寄託國家興亡。如〈眼兒媚〉春愁：「扶頭酒醒爐香炧。愁人最是：黃昏前後，煙雨樓臺。」寫想用來麻醉自己的酒已經醒了，香爐的香也成灰，但憂國之心未湮滅。但在異族統治下的亭臺樓閣，仍嫵媚多姿實令人痛心。〈水龍吟〉春恨：

> 鬧花深處層樓，畫簾半捲東風軟。春歸翠陌，平沙茸嫩，垂楊金淺。遲日催花，淡雲閣雨，輕寒輕暖。恨芳菲世界，游人未賞，都付與，鶯和燕。　寂寞憑高念遠，向南樓，一聲歸雁。金釵鬥草，青絲勒馬，風流雲散。羅綬分香，翠綃封淚，幾多幽怨！正銷魂，又是疏煙淡月，子規聲斷。（頁225）

本詞題春恨，上片是指美好的春天花草茂盛，百花競放，雲淡風清，該是遊人踏青，使人流連忘返之地，春天會有什麼恨事？然而末四句：「恨芳菲世界，游人未賞，都付與，鶯和燕。」美好景致，卻無人遊賞，只有鶯和燕，在這芳菲世界徜徉。然而鶯燕是「能賞而不知者」遊人則為「欲賞而不得者」。〔註31〕

作者在上片中，以「鬧花深處層樓」，「畫簾」、「東風」、「翠陌」、「平沙」、「垂楊」、「遲日」、「淡雲」、「閣雨」、「輕寒」、「輕暖」表達芳菲世界，卻不得欣賞，可見內心的寂寞痛苦。所以下片表明「寂寞憑高念遠」，因為征人未回，只能期盼歸雁是否帶有消息。並懷念當時分別的情景，心中「幾多幽怨」。正銷魂時，這又是子歸啼叫的季節。這也正是他「憑高念遠」的心事。

陳亮是個「推倒一世之智勇，開拓萬古之心胸」的愛國人士，他每次寫完一首詞輒自嘆曰：『平生經濟之懷，略已陳矣！』〔註32〕葉適

〔註31〕明．沈際飛：《草唐詩餘正集》，明末刻本。引自黃清士賞析：陳亮〈水龍吟〉，頁200。

〔註32〕宋．岳珂：《桯史》，見《景印文淵閣四庫全書》，冊一〇三九，頁237。

又言：「予最鄙且鈍，同甫微言十不能解一二，猶以為可教者。病眊十年，耗忘盡矣。今其遺文大抵斑斑具焉，覽之詳之而已。」〔註 33〕陳亮的每篇文、詞都有意義。陳振孫《直齋書錄解題》亦云，陳亮詞「自負以經濟之意具在。」〔註 34〕所以他寫如此濃郁的閨怨，必有寄託。

一想到大好江山淪落異族，朝廷卻苟安求和。而北方芳菲世界，都賦與鶯和燕。陳亮借春恨來表明國仇家恨，劉熙載云：「言近旨遠，直有宗留守渡河之意。」〔註 35〕與宗澤的「渡江」相比，可見陳亮的慷慨熱誠。

又如〈一叢花〉溪堂玩月作：

> 冰輪斜輾鏡天長。江練隱寒光。危闌醉倚人如畫，隔煙村、何處鳴根。烏鵲倦棲，魚龍驚起，星斗掛垂楊。　　蘆花千頃水微茫。秋色滿江鄉。樓臺恍似游仙夢，又疑是、洛浦瀟湘。風露浩然，山河影轉，今古照淒涼。（頁 220）

這首詞可分三部份，由第一二句「冰輪斜輾鏡天長，江練隱寒光」，扣住詞題，寫月色的皎潔，倒映江面，而波明如鏡，月光與水色融合，有如長長的白色絲練。

接著第二部份寫秋月下的江鄉景色有如圖畫，有煙村、鳴根聲、烏鵲，魚龍、星斗、垂楊、蘆花，部成迷迷茫茫的游仙夢，恍若置身洛水之濱、湘江之畔。

詞人站在樓臺前，眼看「風露浩然，山河影轉，今古照淒涼」，風寒露重，江鄉美好，明月依舊，卻有江山淪陷，南北分裂，今古不同的哀嘆。所以雖是「溪堂玩月」，雖然是寫景玩月，但寄託面對殘山剩水的悲哀，感慨「今古照淒涼」。有如杜甫的〈登岳陽樓〉：「戎馬關山北，憑軒涕泗流」的感受。

〔註 33〕宋・岳珂：《桯史》，見《景印文淵閣四庫全書》，冊一〇三九，頁 434。

〔註 34〕宋・陳振齋撰：《直齋書錄解題》，見《景印文淵閣四庫全書》，冊六七四，頁 850。

〔註 35〕清・劉熙載：《詞概》，見《詞話叢編》，冊四，頁 3694。

又如〈桂枝香〉觀木樨有感，寄呂郎中：

天高氣肅。正月色分明，秋容新沐。桂子初收，三十六宮都足。不辭散落人間去，怕群花、自嫌凡俗。向他秋晚，換回春意，幾曾幽獨。　　是天上餘香賸馥，怪一樹春風，十里相續。坐對花旁，但見色浮今粟。芙蓉只解添愁思，況東籬、淒涼黃菊。入時太淺、背時太遠，愛尋高躅。（頁207）

這首詞是寄給呂祖謙的，祖謙於淳熙六年曾權禮部郎宮，故稱郎中。在陳亮眾多師友中，呂祖謙佔有重要地位。紹興三十二年，陳亮曾與他同試漕臺，而且他們還有姻親關係。〔註36〕陳亮自負才學不在呂氏之下，但數年間，呂氏已為一代師表，而陳亮卻「行不足以自見於鄉閭，文不足以自奮於場屋。」（〈甲辰與朱元晦〉）

兩人社會地位懸殊，陳亮有許多不同見解，呂祖謙雖不完全贊同，但以愛護與欣賞的態度。呂祖謙曾勉勵陳亮「虎帥以聽，孰敢違子？」借春秋時鄭國執政罕虎對接班人子產的話，來表明自己支持陳亮。陳亮也常言：「四海相知惟伯恭一人」。（〈與吳益恭安撫〉卷二十一）稱他為海內知心。

淳熙六年（1179）四月，呂祖謙不幸風痺而退居金華，每寄書陳亮必殷勤相邀，陳亮必過訪。據葉適〈龍川文集序〉：

呂伯恭退居金華，同甫間往視之，極論至夜分，呂公歎曰：「未可以世為不能用。虎帥以聽，誰敢犯子。」同甫亦頗慰意焉。〔註37〕

八年，呂氏病逝，消息傳來，陳亮跌足痛哭，並赴金華弔唁。陳亮在〈又祭呂東萊文〉曰：

〔註36〕宋・呂祖儉：《呂東萊年譜》〈呂太史外集附錄祭文・陳同甫〉，見呂祖儉：《東萊呂太史集》，《叢書集成續編》（新文豐出版公司，1989年7月出版），冊一二八，頁730。

〔註37〕宋・葉適：《水心集》，頁237。

> 一代人物，風流盡矣。……昔兄之存，眾慕如蟻。我獨從橫，無所綱紀：如彼扁舟，亂流而濟，觀者聳然，我行如砥，事固多變，中江乃爾。（頁365）

知己已逝，從此「伯牙之琴已分其不可復鼓。」（〈祭呂東萊文〉頁364）

在《呂東萊文集》與《呂太史外集》中有與陳亮書信三十四封，但《陳亮集》中〈與呂伯公書〉只有四封，可見散佚情形。

因為陳亮與呂祖謙為學，都主張「明理躬行」，反對空談性命，與陳亮為同調。木樨即桂花。作此詞以木樨抒感，藉物言志。指桂花是天國殊英，群花與之相比，顯得凡俗。桂花不選在春天開花，卻在肅秋吐芳實在是想喚起已去的春意。一片高潔心志，卻滿腔似火，以花喻人。

秋日的芙蓉，未嘗不秀美，卻是令人頓增愁沁。菊花自是秋節名花，只是東籬的秋菊，只讓人想起陶淵明的遺世獨立的歸隱出林，和作者積極熱情的用世思想不相符合。

「入時太淺、背時太遠，愛尋高躅。」末三句是詞人對桂花的評騭，可惜易開易落，「入時太淺」，且無豔色，是「背時太遠」。這正說明自己力言恢復大志，上書三次，被以為狂怪，是「入時太淺」，舉世主和，自己倡言主戰，非「背時太遠」？孤芳自賞，不肯隨波逐流，正是「愛尋高躅」。

這首詞在豪放之外，別具典雅幽秀，語意高遠，秀而有骨。詞牌、韻部，選用王安石〈金陵懷古〉詞，產生悲涼高遠的氣氛。

四、形神兼備

陳亮有詠梅詞意境頗好者，如〈品令〉詠雪梅：

> 瀟灑林塘暮。正迤邐，香風度。一番天氣，又添作，瓊枝玉樹。粉蝶無蹤，疑在落花深處。　　深沈庭院，也卷起，重簾否？十分春色，依約見了，水村竹塢。怎向江南，更說杏花煙雨？（頁219）

此首詠春雪後的梅花，林塘傍晚，香風輕送，忽然來一場春雪，使粉蝶無蹤，卻添作「瓊枝玉樹」。此時應是十分春色，可見到水村竹塢，然而雪片紛飛，寒意侵人，「怎向江南，更說杏花煙雨」，讓人不敢相信有江南春景。全詞有淡淡的幽情。

第五節　陳亮的懷友、送別詞

陳亮自贊云：「人中之龍，文中之虎。」他的詞不作妖語媚語，所以「不受人憐」。有人甚至以為《花庵》選多纖麗，懷疑那些是偽作，或有以為「同甫子沆特表阿翁磊落骨幹」。「磊落骨幹」正表現出陳亮詞特色。

許多人寫懷友、送別詞都是感情洋溢，陳亮卻出新意，以理化情，情中有「磊落骨幹」。他這類懷友、送別、酬贈詞，仍充滿個人抱負、理想及愛國之思。

陳亮的懷友詞、送別擺脫一些纏綿悱惻的寫法，這類詞中明白表達自己的情感與心意：

一、懷友詞中卻充滿諷刺

如〈鷓鴣天〉懷王道甫：

落魄行歌記昔遊。頭顱如許尚何求。心肝吐盡無餘事，口腹安然豈遠謀。　　纔怕暑，又傷秋。天涯夢斷有書不？大都眼孔新來淺，羨爾微官作計周。（頁212）

王自中，字道甫，與陳亮性格類似，《宋史・王道甫傳》說他：「少負奇氣，自立崖岸，繇是忤世」，〔註38〕他也「敢於面刺當朝宰相」。〔註39〕乾道四年，議遣歸正人，伏闕爭論，並陳復仇之義。淳熙五年中進士。王道甫處事與流俗不合，屢被罷黜，與陳亮一樣都是「不識時務」的硬骨頭，並結為好友。

〔註38〕元・脫脫撰：《宋史・王道甫傳》，冊三十四，頁11948。
〔註39〕宋・葉適：《水心集》，頁434。

陳亮〈與吳益恭安撫徽〉書曾言：「四海相知惟伯恭一人，其次莫如君舉，自餘惟天民、道甫、正則耳。」（頁 327）在《陳亮集》中六、七處提到王自中，另有二首詞寫給王道甫。葉適有〈陳道甫王道甫墓誌銘〉把兩人事蹟合寫，《宋元學案》也把陳亮與王道甫列為「同調」。可見他們時情誼與志氣。

陳亮曾在〈三部樂〉七月二十六日壽王道甫（頁 207）說王道甫「盤根錯節」、「更饒倉卒」，說他沒些兒「蹣跚勃窣」，也不是「崢嶸突兀」，都指他遭遇困頓。然而陳亮仍指望他「百二十歲，管做徹，元分人物。」預祝他活到一百二十歲，定可以成為卓越出眾的人才。

然而陳亮與王道甫並非自始至終的志同道合。陳亮在〈祭王道甫母太宜人文〉云：「某向與令子為琨、逖之相期，晚節末路，蓋管、華之異向；跡雖小戾，心實如初，追念昔游，幾成一夢。」（頁 379）陳亮〈與陳君舉書一〉云：「道甫直是一夢。」（頁 330）可見陳亮已經視兩人往昔的交遊如一夢。

從這首詞看出：上片寫陳亮目前的落魄，想到兩人昔日交游，理想目標相同，現在老了，頭髮白了，還有何要求？「心肝吐盡無餘事，口腹安然豈遠謀」，自己多年來屢次上書，力陳救國大計，卻毫無回應，如今生活安定，何須為生計奔波？《宋史・陳亮傳》指陳亮：「詣闕上第三書，帝想給他官做，陳亮說：『吾欲為社稷開數百年之基，寧用以博一官乎？』亟渡江而歸。他是心口如一，視富貴如浮雲者。

下片卻轉而諷刺老友，「大都眼孔新來淺，羨爾微官作計周」，說自己近來目光短淺，也羨慕起你雖官位卑微，卻擅於為自己生計經營，他一面對王道甫長期懷才不遇而抱屈，一面又諷刺他背棄理想，只顧生活溫飽而失望。這首詞語言婉轉，卻有「磊落骨幹」之氣。

二、懷友詞中充滿期望

陳亮〈滿江紅〉懷韓子師尚書：

曾洗乾坤，問何事雄圖頓屈。試著眼、階除當下，又添英物。

北向爭衡幽憤在，南來遺恨狂酋失。算淒涼部曲幾人存，三之一。　　諸老盡，郎君出。恩未報，家何恤。……，休更上百尺舊家樓，塵侵帙。（頁207）

韓彥古是抗金名將韓世宗三子，陳亮與他深交，在《陳亮集·與辛幼安殿撰》中，有云：

四海所係為望者，東序惟元晦，西序惟公（辛棄疾）與子師（韓彥古）耳。……前年（淳熙十一年1184）曾訪子師於和平山中。（頁321）

可見他曾於淳熙十一年（1184），訪問過韓子師。又有〈送韓子師侍郎序〉：

秘閣修撰韓公知婺之明年，以「恣行酷政，民冤無告」劾去，去之日，百姓遮府門願留者，頃刻合數千人。（頁171）

又有〈與韓子師侍郎書〉：

亮拜違又見秋矣。……懷想促膝對坐，抵掌劇談之時，每遇頡頏飛動而未能也。比聞有鄉邦之命，喜甚，至於不寐。（頁265）

由此可見陳亮與韓彥古的交深。

此詞《陳亮龍川詞箋注》定為「淳熙十六年。（1189）」〔註40〕陳亮在前一年曾有〈戊申上孝宗皇帝書〉，不報，被以為狂怪；他仍不死心，趁著韓子師即將致仕前，再申大義。

陳亮以為南渡以來，北向統一之舉，未能完成，致使韓世忠含憤而去。而現金韓世忠部屬已寥淒涼，不及當初三分一。他期望韓彥古扛起抗金重任，「諸老盡，郎君出。恩未報，家何恤。」（頁207）

「休更上百尺舊家樓，塵侵帙」，衷心勸他勿要因為一點阻礙，就要決然捨去，退隱故居，不問人間世事，不管復國大業。

又如〈踏莎行〉懷葉八十推官：「已共酒杯，長堅海誓，見君忽忘花前醉。從來解事苦無多，不知解到毫芒未。」（頁214）寫到思念葉八

〔註40〕姜書閣：《陳亮龍川詞箋注》，頁64。

十推官，魂魄飛往相見，把酒長談，竟忘花前醉酒。突然筆鋒一轉，點出唯有葉八十推官是知己，「從來解事苦無多，不知解到毫芒未？」自傷自己對事看法多與世俗不合，人以為非，自以為是，又不願從眾苟合，如此「與眾寡合」突兀的個性，只有葉八十推官瞭解。

三、送別詞中有愛國期許

宋人不愛當出使金國使者，不是受屈辱，就是吃力不討好。蘇洵〈送石昌言北使引〉寫到出使者，「聞介馬數萬騎馳過，劍槊相摩，終夜有聲，從者怛然失色。及明，視道上馬跡，尚心掉不自禁。」膽怯於虜的情形，然而出使者宜有尊嚴、勇氣。陳亮在送出使詞中充滿盼望與期許。如〈三部樂〉七月送丘宗卿使虜：

> 小屈穹廬，但二滿三平，共勞均佚。人中龍虎，本為明時而出。只合是，端坐王朝，看指揮整辦，掃蕩飄忽。也持漢節，聊過舊家宮室。　　西風又還帶暑，把征衫著上，有時披拂。休將看花淚眼，聞弦酸骨。對遺民，有如皎日，行萬里，依然故物。入奏幾策，天下裏，終定于一。（頁207～208）

〈三部樂〉是宋詞罕用詞牌，陳亮在詞中一共用兩次。此詞是紹熙元年（1190）七月送丘宗卿使金賀金主生辰之作。王宗卿是南宋主戰大臣之一。(《宋史・丘崈傳》：

> 丘崈字宗卿，江陰軍人，隆興元年進士。為建康府觀察推官，……有旨賜對，遂言「恢復之志不可忘，恢復之事未易舉，宜甄拔實才，則以內治，遵養十年，乃可議北向。」……？平日主復仇，……儀狀魁傑，機神英悟，嘗慷慨謂人曰：「生無以報國，死願為猛將以滅敵。」其忠義性然也。〔註41〕

《陳亮集》有〈宋丘秀州宗卿序〉（頁172），又有〈祭丘宗卿母碩人臧氏文〉讚他為「一世之英，百年廊廟之具。」（頁381）足見陳亮與丘崈的交情。

〔註41〕元・脫脫撰：《宋史・丘崈傳》，冊三十五，頁12109～12113。

《宋史・丘崈傳》未載其使金事，僅在孝宗朝時，曾「被命接伴金國賀生辰使」，金使為之屈服，聽命成禮而還。《宋史・光宗本紀》紹熙元年：「六月丁亥，遣丘崈等賀金主生辰」，此詞即指使虜事。

他說「二滿三平，共勞均佚」，出使賀金主生辰，非關大局，只要應付了事就好。當他持漢節，經過北宋的舊宮殿，對著北方軍隊也不用「看花淚眼」，一臉亡國無可奈何狀。對淪陷區的人民時，更要「有如皎日，行萬里，依然故物。」如皎日光明，鼓舞北方人民收復失土的決心。而且行萬里，依然是我國故土，有一日仍會回宋懷抱。「入奏幾策，天下裏，終定于一。」又信心十足的期許他出使後入朝，當向皇帝獻策，力陳恢復之議，天下將能統一。全詞專注於不可忘記恢復大業。

四、酬酢詞中有復國期望

陳亮在〈賀新郎〉同劉元實、唐與正陪葉丞相飲云：

> 大家綠野陪容與。算等閒，過了薰風，又還商素。手弄柔條人健否？猶憶當時雅趣。恩未報，恐成辜負。舉目江河休感涕，念有君如此何愁虜。歌未罷，誰來舞。（頁 206）

《陳亮龍川詞箋注》說：「此詞當作於淳熙二年乙未（1175）秋，同甫存詞中可考見年代者，當以此闋為最早。」〔註 42〕

葉衡是南宋主戰名臣之一，與陳亮交往密。《陳亮集》中有寫給葉衡四書，陳亮〈與葉丞相〉第一書云：

> 相公以碩輔之尊，鎮撫坤維，經理關隴，如聞兵備甚設，大計已定，苦於朝論之不合，……。大概國家之勢未張而庸人之論方勝，五十載痛憤之仇未報，而二十年為備之說方出。文士既不識兵，而武夫又怯於臨敵，大概皆欲委之而為說以冀其安而已。此功名之事，儒者以為難而有志者所同嘆也。（頁 316）

〔註 42〕姜書閣：《陳亮龍川詞箋注》，頁 1。

又在〈中興論〉云：

韓信有言：「能反其道，其強易弱。」況今虜酋庸懦，政令日弛；舍戎狄鞍馬之長，而從事鍾州浮靡之習，君臣之間，日趨怠惰。自古夷狄之強，未有四五十年而變者。稽之天時，揆之，當不遠矣。（頁22）

期望葉丞相能有立國大計。詞中「舉目江河休感涕」，用《世說新語》典故，宜一起努力克復神州，不須楚囚相對。陳亮對孝宗期望甚多，又在〈中興五論序〉云：

仰惟陛下以睿聖神武之資，……勵志恢復……，有君如此，而忠言之不進，是匿情也。（頁21）

故常言：「念有君如此何愁虜」，不愁不能滅盧統一中原。對恢復中原滿有期待。然而因主和派的「紛紛之論」，（〈與葉丞相〉第一書，頁316）至終仍是一事無成。

又如〈水調歌頭〉和趙周錫：

事業隨人品，今搶幾麾旌。向來謀國萬事，盡出汝書生。安識鯤鵬變化，九萬里風在下，如許上南溟。斥鷃旁邊笑，河漢一頭傾。　　嘆世間，多少恨，幾時平。霸圖消歇，大家創見又成驚。邂逅漢家龍種，正爾烏紗白紵，馳鶩覺身輕。樽酒從渠說，雙眼為誰明。（頁213）

從詞題可知趙周錫是宋宗室，其人豪氣，人品高尚，為陳亮所喜。「嘆世間，多少恨，幾時平」，人間恨事是，自己的遭遇令人難平。但如果「霸圖消歇」，那真是令壯士扼腕。然而「大家創見又成驚」，「大家」指皇帝，現今正要振作，極思恢復中原，為北向爭衡之計，然而群臣一聽，苟安成性，便爭相驚異，以為可怪，才真正可恨之事。期望趙周錫勿學斥鷃，要像鯤鵬變化，有恢弘的氣勢，扶搖九萬里而上，不受儒家教條及一些小節束縛。

又在〈瑞雲濃慢〉六月十一日壽羅春伯：

植根江表，開拓兩河，做得黑頭公未。騎鯨赤手，問何如長鞭尺箠。向來王謝風流，只今管是。（頁 209）

羅春伯，名點（1150～1194），與葉適同年，但發達較早，去世也早。他與陳亮情誼甚厚，陳亮入獄時，羅點曾極力拯救陳亮。《宋史》云：「辛棄疾、羅點素高亮才，援之尤力。」陳亮對這身居高位的好友的壽詞，是期許他在壯年，立了豐功偉業做黑頭宰相，並找到克敵之良策，如王導謝安一樣，創一番英雄事業，實現抗金大業。

第六節　陳亮的哲理詞

陳亮與朱熹是論辯之友，他們之間的論點迥然相異，朱熹認為陳亮「平日才太高，氣太銳，跡太露，論太顯；是以困於所長，忽於所短」〔註 43〕又說「同父才高氣粗，故文字不明瑩。要之，自是心地不清和也。」〔註 44〕在論辯中，他本來要陳亮放棄賤王尊霸，及義利雙行的觀點，以挽救浙人學風的偏失，沒想到陳亮不是那麼容易被說服的人，起初兩人還態度誠懇，日後語氣激烈，通信頻繁，信中暗藏冷言諷刺，最後演變到連門弟子也互相攻訐。

雖然論點不同，然而他們的友情卻是非常堅固。從相識後，陳亮每年在朱熹生日時，送信贈詞餽禮。陳亮入獄時，朱熹關心問候，陳亮也是朱熹兒子朱壽的老師，朱壽過世時，朱熹請陳亮為其子寫墓誌銘，可見兩人關係。

基本上理學影響詞比影響詩還少（見第二章第三節），陳亮的哲學思想僅在寫給朱熹的詞中略略提起，只可惜陳亮給朱熹的詞僅存壽詞三首，本節僅就陳亮與朱熹交游，及提及他們之間的思想論點的壽詞加以探討：

〔註 43〕宋・朱熹：《朱子大全・寄陳同甫第四書》（臺北：中華書局，1965 年），冊四，卷三六，頁 19。

〔註 44〕宋・朱熹：《朱子語類》，見《四庫薈要》，冊二五一，頁 190。

一、陳亮與朱熹交往

（一）淳熙九年（1182）陳亮至婺訪朱熹

淳熙八年（1181）朱熹除提舉兩浙東路常平茶鹽公事；次年正月巡歷婺州、衢州，此時陳亮有機會至婺、衢與朱熹相會，盤桓十日始去。〔註 45〕別後朱熹即派專人問候陳亮，送書數冊，並寄書云：

> 數日山間從游甚樂，分袂不勝悵然。……老兄與君舉能一來此間相聚為幸。官舍無人，得以從容，殊勝在道間關置車中，不得終日相也。……《戰國策》、《論衡》二書不自注《田說》二小帙，并往觀之，如何也？所定《文中子》，千萬攜來……別後鬱鬱，思奉偉論，夢想以之。臨風引領，尤不自勝。〔註 46〕

陳亮〈壬寅（1182）答朱元晦書〉云：

> 山間獲陪妙論，往往盡出所聞之外。世途日狹，所賴以強人意者，惟秘書一人而已。平生有作料人物世事之癖，今而後知其不可也。別去悵然，如盲者之失杖。意每有所不通，輒翹首東望，思欲飛動而未能。（頁 273）

別後朱熹已開始思想陳亮的偉論，陳亮也思索朱熹妙論「往往盡出所聞之外」。同年夏天，陳亮有〈又壬寅夏書〉：

> 不獲聽博約之誨，又復三月；起居之問不到凡格，亦復踰月矣。尊仰殆不容言。……近有〈雜論〉十篇，聊以自娛，恨舉世未有肯可其論者。且錄去五篇，或秘書不以為謬，當製此以進，然其論亦異矣。餘五篇乃是賞罰形勢，世卿恩怨，尤與世論不合，獨恐秘書不以為異耳。……六月，……但當去紹興請教，且求一碗現成飯吃，不能別生受。……胸中所欲言萬端，微秘書無以發其狂；而困於俗事，又困於諸生點課，臨風引頸，徒劇此情。（頁 275～276）

〔註 45〕清・田懋竑：《朱子年譜》，見《叢書集成新編》（臺北：新文豐出版公司，1985 年出版），冊八七，卷三上，頁 17。

〔註 46〕宋・朱熹：《朱子語類》，頁 16～17。

從這兩封信可見兩人的情感日增，書中論旱災米貴等問題，幾乎無所為談。然而兩人思想性格相差太大，都不肯輕易放棄本身看法，所以想法日行日遠。

淳熙九年（1182），陳亮開始營建幾間居室。次年夏天，他打算「就南邊營葺小園，架數處亭子，遂為老死田閭之計。」

（二）淳熙十年（1183）朱熹開始批評陳亮

淳熙十年（1183），朱熹以「粗豪」形容陳亮，認為陳亮是「自處於法度之外」，勸他「窮理修身，學取聖賢事業」，「絀出義利雙行、王霸並用之說，而從事懲忿窒欲，遷善改過之事」，並「培壅本根，澄源正本」（〈答陳同甫書〉之四）；至於陳亮則諷刺朱熹以為「今世之儒士，自以為得正心誠意之學者，皆風痺不之痛養之人也。舉一世安於君父之仇，而方低頭拱手，以談性命，不知何者為之性命乎。」〔註 47〕這年九月十五陳亮有〈水調歌頭〉壽朱熹。

淳熙十一年（1184），陳亮有牢獄之災，出獄後又遭意外襲擊，建園工作不得不停止。五月二十五日脫獄，有〈甲辰答朱元晦書〉：

> 五月二十五日，亮方得離棘寺而歸，偶在陳一之架閣處，逢一朱秀才，云：方自門下來，嘗草草附數字。到家，始見潘叔度兄弟遞到四月間所惠教，發讀恍然，時猶未脫獄也。（卷二十）

朱熹來書：

> 比忽聞有意外之禍，甚為驚嘆；方念未有相為致力處；又聞已遂辨白而歸，深以為喜。（《朱子大全·答陳同甫書四》卷三十六）

這年陳亮又有〈甲辰答朱元晦〉為漢唐之辨。及〈蝶戀花〉壽朱元晦。是年，朱熹訪問陳亮於永康，還，以為浙東士習，馳騖於外，捨天經論

〔註 47〕宋·陳亮：〈上孝宗皇帝第一書〉，為陳亮未指明朱熹，這是發生在淳熙十五年事。然元·脫脫撰：《宋史·陳亮傳》、《宋史紀事本末》皆指明其是詆朱熹。

孟而尊史遷，捨窮理進性而談世變，捨治心修身而言事功，大為學術之害，致書呂字約（子約，子謙之弟），痛訐陳亮。（《朱子年譜・朱子大全乙巳答呂子約》）

（三）陳亮請朱熹作〈抱膝吟〉

淳熙十二年（1185），陳亮一面與朱熹論辯，又一面蓋園子。他建柏屋三間，取名「抱膝」，並寫信告訴朱熹他屋宇的佈局：

> 今年不免聚二三十小秀才，以教習為行戶。一面治小圃，多值竹木，起數處小亭子。……亮舊與秘書對坐處，橫接一間，名曰燕坐；前行十步，對柏謝三間，名曰抱膝，……抱膝之東側，去五七步，作一杉亭，頗大，名曰小憩。（〈乙巳書與朱元晦〉之一，頁283）

「亮舊與秘書對坐處」，是指去年朱熹前來之時對坐處。等抱膝齋蓋好後，葉適作〈抱膝吟〉二首，陳傅良作一首，皆有諷喻之意。他先求朱熹「為亮作兩吟：其一為平和之音，其一為悲歌慷慨之音，使坐此屋而歌以自適，亦如常對晤也。」又求書「抱膝」、「燕座」、「小憩」六大字，「去僕已別賚五日糧，令在彼候五七日不妨，千萬便為一作，至懇懇。」（〈乙巳春與朱元晦書〉之一，頁284）

但朱熹的回信卻是：

> 〈抱膝吟〉亦未遑致思，兼是前論未定，恐未必能發明賢者之用心，又成虛設。（〈與陳同甫九〉頁309）

這年兩人書信來往頻繁，都是漢唐論辨，《朱子語錄》:「同父才高氣粗，故文字不明瑩，要之自是心地不清和也。」由陳君舉調停，這年結束漢唐論辨。

淳熙十三年（1186）秋，陳亮朱熹漢唐之辨，仍有餘波。陳亮〈丙午秋書〉仍求作〈抱膝吟〉：

> 連書求作〈抱膝吟〉，非求秘書粧撰而排連也，只欲寫眼前景物，道今昔之變，一為和平之音，一為慷慨悲歌，以娛其索

居處野耳。信手直寫，便自抑揚頓挫，何必過於思慮以相玩哉！去奴留待幾日儘不妨，願試作意而為之。(頁296)

朱熹來書推辭，他在信中說陳亮詞雖雄辯，終覺不可行，且讀之愈覺費力，又說：

〈抱膝吟〉久做不成，蓋不合先寄陳葉二詩來，田地都被占卻，教人無下手處也。況今病思如此，是安能復有好語道得老兄意中事耶！(頁311)

淳熙十四年，陳亮仍有〈洞仙歌〉壽朱元晦。淳熙十五年(1188)，冬偕辛棄疾游鵝湖，且會朱熹於紫溪，朱熹不至。

光宗紹熙元年(1190)，陳亮有〈跋朱晦庵送寫照郭秀才序後〉(頁202)

(四)陳亮為朱熹子寫祭文

紹熙二年(1191)，陳亮又有獄事。這年朱熹兒子朱壽卒於婺州。(《朱子年譜》)。陳亮在獄中一年多，親友多冷洌不理，朱熹和辛棄疾對他十分關切，他在獄中給章德茂的信：「朱元晦、辛棄疾相念甚至，無時不相聞。各家年齡衰暮，前程大概已可知。」(〈給章德茂書〉之四)可見朱熹對陳亮的器重愛護，長子朱塾死後，陳亮寫〈祭朱壽之文〉：

慟哭流涕不能自已，非以子之翁遇我不啻骨肉，而囚繫之餘始知人亦惟其所遭耳。……嗚呼！子之翁老矣，抱負至難之才而人惡其違世，刻意不傳之學而人惡其厲己。諸賢零落殆盡，天獨許其後死，意者將有所為也，而乃使之以六十之叟而哭子耶！(頁357)

文中吐露對朱熹的知遇之恩，「遇我不啻骨肉」。

紹熙三年(1191)〔註48〕朱熹也寫一封信安慰他出獄：

〔註48〕陳來：《朱子書信編年考證》(上海：人民出版社，1989年4月第1次印刷)，將朱子給陳亮的此封書信，「此書當在辛亥」，故編年在紹熙二年。顏虛心編纂，《宋陳龍川先生亮年譜》，卻編在紹熙三年，陳亮出

> 自聞意外之患既解，而益急地遠無從詷知洞息，親舊書來，亦不能言其詳，第切優嘆而已。數日前得沈應先書，乃報云云，自是必可伸雪。今日忽見使人得所惠書，乃知盲科亦誤中也。急拆疾讀，悲喜交懷，……觀望既息，黑白自分，千萬更且寬以處之。天日在上，豈容有此冤枉事也！（《續集》卷七）〔註 49〕

他並且向陳亮「訴哀敘謝」，也哀懇陳亮為其子作墓誌銘，具道朱塾生前「尊慕」陳亮的文章：

> 亡子卜葬以得地，……此兒素知尊慕兄之文，此亦少慰之矣。更有少懇，將來葬處，欲得數語識之。……以老兄素有教誨獎就之意，輒以不朽為托，伏惟憐而許之，千萬幸甚。更一兩月，當遣人就請也。（《續集》卷七〈與陳同父〉）

紹熙三年十一月，朱熹將長子葬於大同北麓。

（五）紹熙三年（1191）陳亮訪朱熹於閩

紹熙三年（1191），辛棄疾正攝閩帥，在福州。王懋竑以前的朱熹年譜，像戴《朱子實紀》，李默《紫陽文工先生年譜》，洪嘉植《朱子年譜》等，都在紹熙三年壬子下有一條：「陳同甫來訪」。但王懋竑《朱子年譜考異》說：「壬子之來訪，則兩家文集俱不之及。同父以癸丑（紹熙四年）第，朱子有書與之，亦不言壬子之來也。年譜蓋誤以壬寅為壬子，而未詳考其實耳。」所以他把「陳同甫來訪」，移至淳熙九年壬寅。從此再無人知道紹熙三年有朱陳考亭之會。〔註 50〕在韓淲的〈送陳同甫丈赴省〉癸丑正月十六日：

> 四海平生幾過從，晚向閩山訪晦翁。又見稼軒趨召節，卻隨

獄應在紹熙三年才是。此書信在《朱子》續集卷七頁 1805。卻誤為《朱子大全》卷三六。

〔註 49〕宋・朱熹：《朱文公文集續集》《四庫全書縮印本初編》，冊十，卷七，頁 1805。

〔註 50〕束景南：《朱子大傳》（福建：教育出版社，1992 年出版），頁 845。

> 舉子赴南宮。風雲變態高情表，歲月侵尋醉眼中。可見龍川便真隱，乘十勛業尚須公。〔註51〕

「晚向閩山訪晦翁」，可見陳亮到閩去探望朱熹。而紹熙三年底，辛棄疾召赴行在，便是詩中的「又見稼軒趨召節」，必在紹熙三年十二月。辛棄疾到達建安在紹熙四年正月四日。〔註52〕韓淲是上饒人，這首詞是正月十六日，可見陳亮訪問朱熹以後，「卻隨舉子赴南宮」，指淳熙四年癸丑正月，陳亮赴臨安春試。隨辛棄疾一起北上入京經上饒時，韓淲所作的送行詩。〔註53〕據鄧撰辛譜：「據知稼軒於此次應召途中，入曾於浙東與陳氏相會晤。其向陳氏盛稱潘友文政績，亦必此時事。」〔註54〕其實是辛與陳同行，紹熙四年，陳亮有〈信州永豐縣社壇記〉云：

> 吾友潘友文文叔之作永豐也，……稼軒辛幼安以為文叔愛其民如古循吏，而諸公猶詰其驗，幼安以為「以為役法之弊，民不可受役，至破家而不顧。永豐之民往往乞及今令在時就役，是孰使之然哉。」……少行張南軒呂東萊學，步趨必則焉；而又方卒業於朱晦庵。……余過永豐道上，行數十里而民無異詞；及見文叔，則謙然自指，說其不能。民與文叔皆可無憾矣。（頁185）

潘友文是朱熹弟子，朱熹在〈與潘文叔明府〉說：「辛幼安過此，極談佳政。」《〈柳待制文集〉卷十八》根據「余過永豐道上」，更可證明陳亮紹熙三年，曾南下閩訪問朱熹，並偕同辛棄疾路經信州永豐。〔註55〕

〔註51〕宋・韓淲：《澗泉集》，見《景印文淵閣四庫全書》，冊一一八〇，頁763。

〔註52〕宋・辛棄疾撰、鄧廣銘：《稼軒詞編年箋注》〈水調歌頭〉題云：壬子，三山被召。又〈西江月〉題云：「癸丑正月四日，自三山被召，經從建安，席上和陳安行舍人韻。」

〔註53〕宋・韓淲：《澗泉集》，見《景印文淵閣四庫全書》，冊一一八〇，頁763。

〔註54〕宋・辛棄疾撰、鄧廣銘：《稼軒詞編年箋注・稼軒年譜》，頁751。

〔註55〕束景南：《朱子大傳》（福建：教育出版社，1992年出版），頁846。

陳亮與朱熹這次在福建相聚有一二十日。〔註 56〕從紫溪之約失約後，這次三人才相聚共論，陳亮作〈朱晦庵畫像贊〉云：

> 體備陽剛之純，氣含喜怒之正。睟面盎背，吾不知其何樂！端居深念，吾不知其何病。置之釣臺捺不住，寫之雲臺捉不定，天下之生久矣，以聽上帝之正命。（頁 110）

他稱朱熹是「體備陽剛之純，氣含喜怒之正」，是個「人中之龍也。」（〈與林和叔侍郎〉頁 264）而且是「置之釣臺捺不住，寫之雲臺捉不定」只尊聽天帝「正命」的人。

（六）紹熙四年陳亮及第，朱熹仍未作〈抱膝吟〉

紹熙四年（1193），陳亮及第後，也將此事寫信告訴朱熹（書已佚）。在朱熹信中，「自聞榮歸……亦嘗附鄰舍陳君一書於城中轉達，不知已到未也？專使之來，伏奉手誨，」（〈答陳同甫〉癸丑九月二十四日第十五書）

陳亮信中仍提起寫〈抱膝吟〉之事，希望朱熹能實踐前約作〈抱膝吟〉。朱熹仍拒絕：

> 〈抱膝〉之約，非敢食言，正為前此所論未定，不容草草下語。須俟他時相逢，彈指無言可說，方敢通個消息。但恐彼時又不須更作這般閒言閒語耳。（〈正陳同甫〉第十五書卷三六）

陳亮建築的抱膝齋，至終未能得朱熹的題詠。

雖然朱熹不為抱膝齋題詠，但陳亮對朱熹的人品極稱讚，稱朱熹是：

> 四海所係為望者，東序惟元晦，西序惟公（辛棄疾）與子師（韓彥谷）耳。（〈與辛幼安殿撰〉頁 321）

> 諸賢彫落殆盡，獨參政（周必大）與元晦巋然以鎮之。（〈與周參政〉必大，頁 319）

〔註 56〕宋・陳亮：《龍川集・姚唐佐墓誌銘》，卷二十八，頁 422。陳亮在紹熙三年十二月丙午（八日）猶在永康，則啟程入閩約在十日前後，到達考亭約在二十日前後。

乾道間，東萊呂伯恭、新安朱元晦及荊州，頂立為一世學者宗師。(〈與張定叟侍郎杓〉卷二十一)

他對朱熹的人品極稱讚。

（七）陳亮、朱熹、唐仲友公案

陳亮與朱熹另有一件公案，論者認為唐仲友與陳亮不合，唐仲友嘲笑陳亮學問粗淺，兩人爭奪妓女，陳亮情場失意，向朱熹進纔言。所以朱熹彈劾唐仲友之事。唐仲友字與正，號說齋，金華人。

淳熙九年，朱熹「巡所部，將趨溫州，涉台州境民訴太守新悆江西提刑唐仲友不法者紛紛，及趨臺城，則訴者益眾，致不可勝窮。」〔註57〕朱熹彈劾唐仲友前後六章，周密《齊東野語》云：

朱晦庵按唐仲友事，或云呂伯公嘗與仲友同書會有隙，朱主呂，故抑唐，是不然也。蓋唐平時恃才輕晦庵，而陳同甫頗為朱所進，與唐不相上下。同父遊台，嘗狹籍妓，矚唐為脫籍，許之。偶郡集，唐與妓云：「汝果欲從陳官人邪？」妓謝，唐云：「汝須能忍饑受凍乃可。」妓聞之大恚。自是，陳至妓家，無復前之奉承，陳知為唐所賣，亟往見朱，朱問：「近日小唐云何？」答曰：唐謂公尚不識字，如何作監司。」朱銜之，遂以部內有冤獄，乞再巡按。至台，適唐出迎，少稽，朱蓋以陳言為信，立索郡印，附以至官，乃摭唐罪具奏。而唐亦作奏馳上。時唐鄉相王淮當軸，既進呈，上問王，王奏：「此秀才爭閑氣耳。」遂兩平其事。〔註58〕

朱熹是在七月二十三日才到台州，但他七月十九日及二十三當日便上劾唐仲友兩狀，所謂因唐仲友「出迎少稽」，朱熹才「摭唐罪具奏」，這種說法是錯誤。另有吳子良《林下偶談》云：

金華唐仲友，字與正，博學工文，熟於度數，居與陳同甫為

〔註57〕清・田懋竑：《朱子年譜》，頁17。

〔註58〕宋・周密：《齊東野語》，見《景印文淵閣四庫全書》，冊八六五，頁819。

> 鄰。同甫雖工文，而以強辯使氣自負，度數非其所長。唐意輕之，而忌其名盛。一日，唐為太學公試，故出《禮記》度數題以困之，同甫技窮見黜。既揭榜，唐取陳卷示諸考官，咸笑其空疏。同甫深恨。唐知台州，大修學，又修貢院，建中津橋，政頗有聲，而私於官妓，其子又頗通賄賂。同甫訪唐於台州，知其事，具以告晦翁。時高炳如為台州倅，才不如唐，唐亦頗輕之。晦翁至，既先索州印，逮吏旁午，或至夜半未已，州人頗駭。唐與時相王季海為鄉人，先密申朝嫌省避晦翁按章。及後季海為改唐江西憲，而晦翁力請去職。蓋唐雖有才，然任數要非端士。或謂晦翁至州，竟按去之足矣，何必如是張皇乎？同甫之至台州，士子奔湊求見。黃岩謝希孟與同甫有故，先一日，與樓大防諸公飲中山上以待之，賦詩有云：「依於細語夾廉言，說盡尊拳并毒拳。」語已可怪。既而同甫至。希盧借郡中值樂燕之東湖，同甫在座與官妓語，酒至不即飲，希孟怒，詰責之，遂相罵擊，妓樂皆驚散。明日，有輕薄子為謔詞，末云：「何時一樽酒，重與細論文。」一州傳以為笑。〔註 59〕

周密《齊東野語》的故事，為後來稗官野史拾錄，但《夷堅志》支庚（卷十）、《雪舟脞語》二家，則不言陳同甫介入糾紛。

陳亮在淳熙二年作〈賀新郎〉詞，注明「同劉元實、唐與正陪葉丞相飲」，據姜書閣《陳亮龍川詞箋注》：「知前後曾有兩次集飲於葉丞相邸第。」〔註 60〕可知唐與陳是相識的。為何他故意出考題來為難陳亮？呂東萊寫信來安慰：「但深察得考官卻是無意。」〔註 61〕

〔註 59〕宋・吳氏：《林下偶談》，見《叢書集成新編》（臺北：新文豐出版公司，1985 年出版），冊十二，頁 529。

〔註 60〕同姜書閣：《陳亮龍川詞箋注》，頁 1。

〔註 61〕宋・呂祖儉：《東萊呂太史集》，冊一二八，頁 730。頁 712。

陳亮同唐仲友有親戚關係，陳亮〈何茂宏墓誌銘〉說何茂宏有三子六女：「女六人，唐仲義、陳亮、宗楷、陳大同、俞袤，其婿也。……仲義與茂恭同年進士，以郡武之光澤丞上銓曹關升矣。」唐仲義即唐仲友之兄。所以當朱熹彈劾唐仲友時，唐家必定請陳亮出面求情，但亮與唐仲友本有芥蒂，所以他採用「只因相勸，不應相助，治人合在秘書（朱熹）自決之」的態度。沒有為唐家何家遊說，也沒有進讒言，引起唐仲友不滿。

陳亮與朱熹〈癸卯秋書〉：

> 台州之事，是非毀譽，往往相伴，然其震動則一也。世俗日淺，小小舉措已足以震動一世，使得秘書得展所為，于今日斷可以風行草偃，……。去年之舉，震九四之象也。以秘書壁立萬仞，雖處群陰之中，亦不應有所拖帶。至於人之加諸我者，常出於慮之所不及，猶懼其所附託，況更親而用之乎？物論皆以為凡其平時鄉曲之冤，一皆報盡，秘書豈為此輩所使哉？……兩家各持一論，惟亮此論為甚平，未知秘書以為如何？（頁 277）

可見朱子彈劾唐仲友事，使苟安腐敗的朝廷大大的震動，同甫讚揚此事為「壁立萬仞」，但不同意朱子親用小人，為所附託。陳亮信中又說：「亮平生不曾會說人是非，唐與正乃見疑相譖，是真足當田光之死矣。」（〈癸卯秋書〉）因而朱熹而信中稱讚他所持的立場。「付託之戒，敢不敬承，……蓋亦老兄尚未及於無情，而下決不至於不及情，是以疑其未免乎此。今得來諭，乃知老兄遂能以義勝私如此，真足為一世之豪矣。」（〈答陳同甫書〉之三）

二、陳亮贈朱熹的壽詞

陳、朱有著既友好又爭論的情誼。但陳亮敬愛朱熹的人品，陳亮每年都給朱熹送重禮及壽詞，可惜壽詞大都遺失，只剩三首。《陳亮集》中有陳亮所寄朱熹的信共有八封書信，而存留朱熹給陳亮的書信有十六封。〔註 62〕淳熙十二年，陳亮在〈乙巳秋書〉云：

茂對令辰，……千里之遠，不能捧一觴為千百之壽。小詞一闋，香兩片，川筆十枝，川墨一挺，蜀人以為絕品，……薄致區區贊祝之意，能為亮自舉一觴於千里之外乎。（卷二十）

淳熙十三年，陳亮又寫〈丙午秋書〉：

茂對令辰，……千里之遠，竟未能酬奉觴為壽之願，雪梨甜榴四十棵，……鄙詞一闋，薄致贊祝之誠，不敢失每歲常禮爾。（卷二十）

可見陳亮為朱熹寫壽詞、贈厚禮，是歲以為常。

朱熹答同甫書也常提到，如光宗紹熙四年癸丑，五月同甫及第，九月二十四日，朱熹信云：

自聞榮歸，日欲遣人致問，未能。……專使之來，伏奉手誨，且有新詞、厚幣、佳實之況，感認不忘之意，愧汗亡喻。……每辱記存始生，過為之禮，祇益悲愴，自此告略去之也。……新詞宛轉，說盡風物好處，但未知「常程」「正路」與「奇遇」，是同是別；「進御」與「不進御」，相去又多少？此處更須得長者自上一轉語耳。（〈朱子大全〉卷三十六）

從淳熙十年至陳亮卒，每年都在壽朱熹詞，雖目前只存留三首，陳亮雖是理學家，但很少在他的詞中表達的思想，只有寫給朱熹的祝壽詞才稍微提到，他們之間哲理論點的不同。如〈水調歌頭〉癸卯九月十五日壽朱元晦：

人物從來少，籬菊為誰黃。去年今日，倚樓還是聽行藏。未覺霜風無賴，好在月華如水，心事楚天長。講論參洙泗，杯酒到虞唐。　　人未醉，歌宛轉，興悠揚。太平胸次，笑他磊魂欲成狂。且向武夷深處，坐對雲煙開斂，逸思入微茫。我欲為君壽，何許得新腔。（頁 208）

〔註 62〕《陳亮集》只收十五篇朱熹寫給陳亮的信，但《朱子續集》尚有一篇〈答陳同甫〉。

這首詞寫於淳熙十年（1183），朱熹因為在前一年（1182）彈劾唐仲友，得罪宰相王淮，改除江南西路提點刑獄（取代唐仲友新職），他認為「填唐仲友闕，蹊田奪牛之誚，雖三尺童子，亦皆知其不可。」便辭官而歸，朝廷又「詔與江東梁總兩易其任，辭。詔免回避，復辭。冬十一月，始受職名，仍辭新任，並請祠。」〔註63〕因而隱居武夷山「杜門不出」。

淳熙九年，陳亮與朱熹在明昭堂面論之後，陳亮寄給朱熹十篇〈論〉與兩篇〈策問〉是他對幾千年歷史的獨特功利思想。但朱熹沒有回信，直到淳熙十年八月，他才回信對十篇〈論〉與兩篇〈策問〉的看法：

> 〈策問〉前篇，鄙意猶守明招時說：「後篇極中時弊，但須亦大有更張，乃可施行。……去年十〈論〉大義，亦恐援溺之意太多，無以存不親受之防耳。後生輩未知三綱五常之正道，遽聞此說，其害將有不可勝救者。」（《朱子大全・答陳亮書三》卷三十六）

朱熹把陳亮的功利之說，看為大害三綱五常的異端邪說。這年九月陳亮送這首壽詞。首段稱頌朱熹的人品，「人物從來少，籬菊為誰黃？」陳亮在〈壬寅答朱元晦秘書〉：「世途日狹，為秘書一人而已。……秘書挺特崇深，自拔於黨類之中。」（頁273）又〈癸卯秋書〉云：「每空閑時，復念四方諸人，過去、現在，如秘書方做得一世人物。」（頁276）這些都可見陳亮對朱熹的佩服敬愛，深覺他是個挺拔天地的人物，所以籬菊為朱熹而黃，他也要為他祝壽，「何許得新腔」，朱熹的心胸氣度，非尋常詞調能形容，將何從尋找新調以盡意。

「去年今日，倚樓還是聽行藏」，朱熹〈跋免解張克明啟〉：

> 行藏勳業，銷倚樓看鏡之懷；窮窕崎嶇，專寄壑經丘之趣，此老子見事也。此公方欲求試南宮，而輒以自與，何哉？然予亦霈滯於此，而未得遂其素懷也。三復其言，為之太息。庚子至前一夕，六老軒書。（《朱文公文集》卷八十一）

〔註63〕清・田懋竑：《朱子年譜》，頁17～18。

庚子是淳熙七年，距此詞是三年前。時朱熹知南康軍，屢請辭而未允。「倚樓還是聽行藏」，「倚樓」、「行藏」早為朱熹的心事。從「講論參洙泗，杯酒到虞唐」，二句可見兩人對飲談論堯舜之事，都在醞釀新的哲理論戰。

「太平胸次」是指朱熹退居武夷，胸中坦蕩。朱熹〈答陳同甫〉之三云：

> 武夷九曲之中，比縛得小屋三數間，可以游息。春間嘗一到，留止旬餘。溪山回合，雲煙開斂，旦暮萬狀，信非人境也。

正是陳亮所寫「且向武夷深處，坐對雲煙開，逸思入微茫」。而陳亮的胸中是「磊魂欲成狂」，他在〈祭薛士隆知府文〉：「余行天下，竊有志於當世，……退而從磊瑰不羈之士，接杯酒之歡，笑歌起舞，往往自以為一世之雄。」（頁346～347）陳亮認為朱熹一定嘲笑自己磊魂不平如狂，但是陳亮只要表達自己的愛說與愛國思想，不怕讓人覺得是瘋狂的人。

又如〈蝶戀花〉甲辰壽元晦：

> 手撚黃花還自笑。笑比淵明，莫也歸來早。隨世功名渾草草，五湖卻共繁華老。　　冷淡家生冤得道。旖旎妖嬈，春夢如今覺。管今歲華須到了。此花之後花應少。（頁210）

甲辰是淳熙十一年，陳亮寄給朱熹的壽詞，在信中全面反駁朱熹。陳亮把自己歸為開拓事功的智勇英雄，同朱熹謹守仁義道德的儒者相對立，並證明自己並不主張義利雙行，王霸並用。〈甲辰答朱元晦書〉云：

> 研窮義理之精微，析辯古今之同異，原心於秒忽，較禮於分寸，以積累為功，以涵養為正，睟面盎背，則亮於諸儒誠有愧焉。至於堂堂之陣，正正之旗，風雨雲雷，交發而並至，龍蛇虎豹，變見而出沒，推倒一世之智勇，開拓萬古之心胸，如世俗所謂麤塊大臠。飽有餘而文不足者，自謂差有一日之長。（頁280）

可見陳亮之不屈。

「手撚黃花還自笑。笑比淵明，莫也歸來早。」指朱熹罷官歸居武夷，似乎太早了。

又如〈洞仙歌〉丁未壽朱元晦：

> 秋容一洗，不受凡塵涴。許大乾坤這回大。向上頭些子，是雕鶚搏空，籬底下，只有黃花幾朵。　　騎鯨汗漫，那得人同坐。赤手丹心撲不破。問唐、虞、禹、湯、武，多少功名，猶自是，一點浮雲鏟過。且燒卻，一瓣海南沈，任拈取千年，陸沈奇貨。（頁 213）

此詞是淳熙十四年（1187），陳亮四十五歲，祝壽朱熹五十八歲生日的作品。當時朱、陳二人激烈的「王霸義利之辯」已結束。陳亮從抗金的局面勸勉他。

詞的上片寫秋景，也寫人物。因為朱熹的生日九月十五日是深秋，在秋高氣爽的時節，空氣中，「不受凡塵涴」，而且乾坤空闊。可「鵰鶚搏空」，正指朱熹精神。然而「鵰鶚搏空」卻與「籬底下，只有黃花幾朵」成為對比。姜書閣以為：「以喻眾人只有寄人籬下，敷衍度日，草間偷活。」〔註 64〕

《陳亮評傳》云：「然恐更為朱熹持論過於孤高，常人難以攀援，故不免有吾之道孤的寂寥之意。」〔註 65〕

然而這裡的意思更應為期望朱熹到抗金的廣闊天地裏，「向上頭些子」，不要只著眼在籬笆下的幾朵菊花。觀朱熹的回信：

> 就其不遇，獨善其身，以明大義於天下，使天下學者，皆知吾道之正，而守之以待上之使命，是乃所以報不報之恩者，亦豈必進而為撫世哉？……杜子美亦云，四鄰耒耜出，何必我家操？此言皆有味也。（《朱子大全集》卷三十六）

下片「騎鯨汗漫」二句，指其才能卓絕，若騎鯨海上，恣意橫游，才能出眾，旁人不能同坐。實又暗指陳亮把自己歸為開拓事功的智勇英雄，

〔註 64〕姜書閣：《陳亮龍川詞箋注》，頁 34。
〔註 65〕董平、劉宏章：《陳亮評傳》，頁 366。

同朱熹謹守仁義道德的儒者相對立。朱熹曾對他說：「絀去義利雙行、王霸並用之說，而從事於懲憤窒慾、遷善改過之事，粹然以醇儒之道自律。」(〈答陳同甫〉之四) 陳亮在〈錢叔因墓碣銘〉說：「新安朱熹元晦之武夷，而強力不反，其說遂以行而不可遏止。」故以「赤手丹心撲不破」補足其堅持己見。

「問唐、虞、禹、湯、武，多少功名？猶自是，一點浮雲鏟過。」指朱熹堅持不取事功。「且燒卻，一瓣海南沈」，指獻香祝壽，「任拈取千年，陸沈奇貨。」《陳亮龍川詞箋注》云：「指高才久埋而被淹沒，不顯於世，雖以稱朱，蓋亦自喻。」《龍川詞校箋》：「或為此喻道喪千載由朱熹而復明。」〔註 66〕《陳亮評傳》云：「朱熹既卑棄功名，視若浮雲之過空，遂拈取千年陸沈之道統，以為奇貨，津津而樂道。」按照詞的前後，陳亮雖與朱熹有論辯，但仍尊重他對道統的堅持。

《陳亮評傳》云：

> 這首詞實際上全以發論為主，幾乎是他尹朱熹之論辨的再現。……而其文句之間又覺得跳躍性很大，詞似不連而義實相屬。體味詞意，蓋對朱熹暗存諷刺。在陳亮的全部詞作之中，這首詞無論在內容上，還是在手法上，都顯得比較特殊。〔註 67〕

陳亮贈給朱熹的壽詞，因為留存下的只剩三首，這三首談到「義利之辯、王霸之爭」的哲理並不多，主要還是論及自己的愛國思想，自己的坦蕩，並尊崇朱熹，勸他能為回到抗金的廣闊天地。

第七節　陳亮在詞史的地位

陳亮是個哲學家、也是思想家，然而在詞壇上，要稱為傑出的詞家，似乎還未引起足夠重視。毛晉〈龍川詞跋〉：

〔註 66〕陳亮撰，夏承燾、牟家寬校箋：《龍川詞校箋》，頁 33。
〔註 67〕董平、劉宏章：《陳亮評傳》，頁 367。

> 予家藏《龍川詞》一卷，……讀至卷終，不作一妖語媚語，殆所稱「不受人憐」者歟！〔註68〕

後來他又認為這些詞前後風格不一致。好像「若出二手」，胡宗楙《龍川詞跋》說毛晉：「疑為同甫子（沆）特表阿翁磊落骨幹，似又近於臆測。」〔註69〕當來陳亮的作品，「世遷版毀，書亦散佚，間有存者，復為當道持去，而原本不慨見。」〔註70〕所以胡氏以為《陳亮集》散佚太多，其本集不載綺艷之作，不是陳亮子故意刪除。而《四庫提要》更以「詞體雜香奩」〔註71〕貶其人品。

事實上陳亮詞七十四首，絕非其作品全貌，但七十四首詞中，有政論詞、有抗金詞、有哲理詞、詠物詞、也有壽詞，風格多樣。不只是豪放，也有婉約、幽森的詞。

陳亮被歸為辛派詞人，他不僅是個傑出的政論家，也是個豪放詞人，劉熙載《藝概》說：「陳同甫與稼軒為友，其人才相若，詞亦相似。」又說：「觀此（指陳亮〈賀新郎〉寄幼安見懷韻）則兩公之氣誼懷抱，俱可知矣。」〔註72〕然而辛棄疾不僅在南宋詞壇，甚至整個詞史上具有卓越的地位，成為一派宗師，而陳亮與辛棄疾氣息相通，私交甚篤，卻得不到該有的文學地位，這是令人遺憾之事。

> 南宋後期，出現一些宋詞選本，但在曾慥《樂府雅詞》、周密《絕妙好詞》，都沒選陳亮詞，《中興以來絕妙詞選》選陳亮七首，但都是綺麗幽秀的作品，但這不能完全代表陳亮詞的特色，真可謂「龍川自有連城璧，爭奈人多識碔砆。」

元明兩代，詞道衰落，趙禮聞《陽春白雪》選本，不選陳亮詞，選劉過詞五首。明陳耀文《花草粹編》〔註73〕選陳亮詞四首，劉過詞

〔註68〕明・毛晉：〈龍川詞跋〉，見宋・陳亮：《陳亮集》，附錄三，頁482。
〔註69〕胡宗楙：〈龍川詞跋〉，見宋・陳亮：《陳亮集》，附錄三，頁483。
〔註70〕宋・陳亮：《陳亮集・王世德舊跋》，附錄三，頁471。
〔註71〕清・永瑢、紀昀：《四庫全書總目提要・龍川詞》，冊五，頁302。
〔註72〕清・劉熙載：《詞概》，見《詞話叢編》，冊四，頁3694。
〔註73〕明・陳耀文：《花草粹編》，《文淵閣四庫全書》，冊一四九〇。

十一首。至清詞道再度興起，而詞論家輩出，有常州詞派與浙西詞派之分。其中浙西詞派朱彝尊《詞綜》選陳亮三首，劉過九首。常州詞派張惠言的《詞選》，都沒有選陳亮詞。

至於清朝的詞話也少提及陳亮。清末朱祖謀所編《宋詞三百首》，沒選陳亮詞。梁令嫻所編《藝蘅館詞選》，都只選一首陳亮婉約詞〈水龍吟〉。近人唐圭璋《唐宋詞選釋》選陳亮一首。胡雲翼《宋詞選》說：「這選本以蘇軾、辛棄疾為首三豪放派為骨幹。」〔註 74〕然而他只選陳亮四首，劉過六首。

而連文學史裡，也都三言兩語提到陳亮的詞，〔註 75〕大都沒有加以論述及給予該有的肯定。

姜書閣《陳亮龍川詞》說：「自來言宋詞者罕及陳亮」，又言：「亮與辛棄疾皆力主抗金北伐者，其持論同，二人又為知交，其詞風屬於豪放一派又同，然稼軒詞名冠絕南宋，垂譽至今，同甫似有遜色。而細辨之，龍川詞實獨具風格，其一種斬截痛快、雄放恣肆之氣，又有非稼軒詞所能并比者。龍川之詞，干戈森立，如奔風逸足，直欲吞虎食牛，而語出肺腑，無少矯飾，實可見其胸襟懷抱。及專以詞藝論之，亦自有其精緻獨到處。」〔註 76〕

根據〈歷史的選擇〉——宋代詞人歷史地位的定量分析，一文從以下幾方面所做的統計：

一、現存詞作的篇數，數據是依照南京師範大學編制的《全宋詞》（含全宋詞補遺）計算出。

二、現存宋詞別集的版本種數。數據是依照《唐宋詞百科大辭典》（學院出版社 1990 年版）統計。

〔註 74〕胡雲翼：《宋詞選》，（上海：上海古籍出版社，1997 年 1 月第 9 次印刷），頁 24。

〔註 75〕劉大杰：《中國文學史》（臺北：中華書局，1970 年臺三版），頁 628，只提到陳亮兩字就帶過，1984 年臺八版，才稍有論述。葉慶炳：《中國文學史》一句話都沒提到。

〔註 76〕姜書閣：《陳亮龍川詞箋注・序》，頁 1。

三、宋代詞人在歷代詞話中被品評的次數。此項根據《詞話叢編索引》（中華書局 1991 年版）之人名索引，統計各詞話提及詞人名字姓氏的次數。

四、宋代詞人在本世紀被研究、評論的論著篇（種）數。根據文津出版社，黃文吉主編的《詞學研究書目》（1912～1992）。

五、歷代詞選中宋代詞人入選的詞作篇數。根據十三種著名詞選進行統計。

六、當代詞選中兩宋詞人入選的詞作篇數。根據八種詞選。

從以上數據的統計，得到總排名辛棄疾第一，劉過第二十五名，而陳亮因名列三十二名，故不列入表中。〔註 77〕筆者自行列表所得如下：

詞　人	存詞篇數	版本種數	品評次數	研究次數
陳亮	74	16	40	69
劉過	87	11	131	22

從以上資料顯示陳亮存詞七四首，劉過存詞七八首，相差僅四首，研究陳亮詞篇數有六九篇，遠勝劉過的二二篇，然而在《歷代詞選》、《當代詞選》中，陳亮詞被選較劉過少，他不及劉過受青睞，又由宋代詞人歷史地位排名，劉過第二十五名，陳亮因名列三十二名，可見陳亮在的詞學地位比不上劉過，陳亮一直處於寂寞被冷落的角落。探討其原因有三：

〔註 77〕王兆鵬、劉尊明：〈歷史的選擇〉——宋代詞人歷史地位的定量分析，見《文學遺產》，頁 47～50。所謂十三種歷代詞選是曾慥《樂府雅詞》、黃昇《花庵詞選》，趙禮聞《陽春白雪》、周密《絕妙好詞》、佚名《草堂詩餘》、陳耀文，《花草粹編》、張惠言《詞選》、董毅《續詞選》、《蓼園詞選》、周濟《宋四家詞選》、陳廷焯《詞則》等十三種。當代詞選本有梁令嫻《藝衡館詞選》、朱祖謀《宋詞三百首》、俞陛雲《唐五代兩宋詞選釋》、龍榆生《唐宋名家詞選》、俞平伯《唐宋詞選》、胡雲翼《唐宋詞選》、唐圭璋《唐宋詞簡釋》、中國社科院《唐宋詞選》等八種。

（一）以政論為詞

陳亮作詞每一章就，輒自嘆說：「平生經濟之懷，略已陳矣。」陳亮把詞當作一種抱負，一種宣洩政論的工具。張德瀛《詞徵》云：「陳同甫幼有國士之目，孝宗淳熙五年，詣闕上書，於古今沿革、政發而為詞，乃若天衣飛揚，滿壁風動。惜其每有成議，輒招妒口，故骯髒不平之氣，輒寓於長短句中。讀其詞，益悲其人之不遇之。」〔註78〕陳亮化愛國心，以詞宣洩，與主和派相對抗，卻遭遇悲慘的結局，實在令人同情。陳廷焯稱陳亮的詞「浩氣縱橫」，但「合者寥寥」，〔註79〕當然就無法激起共鳴。

連他最知心好友葉適都說：「同甫微言十不能解一二。」他的好友都不能理解，別人更是無法理解，陳亮詞被冷落是可想而知。

（二）「結剎經傳，搏搦義理」，文句詰屈聱牙，讀者不易接受

陳亮命運坎坷，一生布衣，未做過官、未打過戰。游國恩《中國文學史》評：「他們不像岳飛、辛棄疾那樣的政治抱負與戰鬥經歷，藝術上也不及辛詞的精鍊，這就不能不削弱了作品動人的力量。」〔註80〕這不是理由。陳亮是有政治抱負，只是時不我與，懷才不遇。陸游也沒打過戰，同樣也沒削弱作品的藝術力。

真正的原因是陳亮政論詞太豪放，照他的說法，填詞時「結剎經傳，搏搦義理」(〈與鄭景元提幹書〉頁329)，使政論詞間有生澀冷僻、詰屈聱牙，成為鉤章棘句，不易讀懂。因為「這類句子違反平常的審美習慣，不易為讀者所欣賞。只要詳加註釋，剎去生澀的外表，就可看到豐富的內涵。」〔註81〕

〔註78〕清．張德瀛：《詞徵》，見《詞話叢編》，冊五，頁4163。

〔註79〕清．陳廷焯：《白雨齋詞話》《詞話叢編》，冊四，頁3174。

〔註80〕游國恩：《中國文學史》（臺北：五南圖書出版公司，1990年11月初版），頁803。

〔註81〕鄭謙：〈陳亮詞對傳統寫法的打破〉（雲南大學學報，1984年第四期），頁70。

（三）打破詞的豔科，敷陳直言，以氣取勝，不易接受

詞在宋時被視為娛賓遣興的功用，這種觀念是無形，且具體的深植人心。北宋的蘇軾被稱為豪放派，但他三十七歲才開始填詞，因為當時蘇軾所致力撰寫的是〈思治論〉和〈應詔集〉，那些為朝廷深謀遠慮的策論，在這種情形下，他無暇填小詞，直到他「以詩為詞」，使詞境擴大，卻被批評：「退之以文為詩，子瞻以詩為詞，如教坊雷大使之舞，雖極天下之工，要非本色。」〔註 82〕他們的觀念是以婉約詞為正，豪放詞為別格。

陳亮不僅繼承辛棄疾以文入詞，用俚語方言入詞，而且比辛棄疾的詞論更詞論，他用「斬截痛快、雄放恣肆之氣」，「如奔風逸足」「干戈森立，有欲吞虎食牛之氣」（〈復杜叔高〉頁 269），而語出肺腑，絕少矯飾。使人無法接受他的詞，所以他的詞不被重視。然而因為有陳亮等愛國志士為辛棄疾詞的羽翼，不僅打破詞的豔科傳統觀念，而且是南宋詞由裊裊餘音中轉向「虎虎生風」的局面。〔註 83〕

總之如果認知陳亮填詞的目的，瞭解他的理想，提昇詞只是娛賓遣興的觀念，再給陳亮詞詳細註解，相信陳亮詞必不再被冷落。

小　結

陳亮有一腔熱血、滿懷抱負，可惜說與誰聽？他一生貧困，二次入獄監，纏訟十年方休，四次科舉，逝世前一年才中科舉，五達帝庭，多次上書卻被當為狂怪，實在是命運乖蹇，但他表現出寬闊的胸襟，擺脫一夫之悲憤，排出「蚊虻之聲」，表現高度的愛國心，以豪放的詞筆寫政論詞，為自己強烈的民族統一精神，努力及自豪。他的愛國詞大多是他的政論，他在詞中（一）以詞論宋金局勢，（二）以詞論地理戰略形勢，（三）以詞論抗金時機。怒吼直斥，詞風豪放。他的懷友、送別

〔註 82〕宋·陳師道：《後山集》，卷十一，頁 2。
〔註 83〕吳熊和；《唐宋詞通論》，頁 236。

詞，也擺脫綢繆婉轉的風格，而是展現的新意，以磊落骨幹為主，充滿諷刺，愛國期許或讚頌友人。

他的詠物詞，卻展現另一種幽秀婉約的風格。他以詠梅花為主，因為他的詠物詞與他的愛國詞風格迥異，所以毛晉讀罷《中興詞選》，所選詠物〈水龍吟〉以後七闋，覺得風格前後不一，甚至有人以為這些是偽作，從這可見陳亮變化多的詞風。

陳亮是個詞人，也是個理學家。淳熙年間，陳亮朱熹有漢唐之辯，陳亮把自己歸為開拓事功的智勇英雄，同朱熹謹守仁義道德的儒者相對立，並證明自己並不主張義利雙行，王霸並用。可惜的是他給朱熹的祝壽詞大多亡佚，僅存三首。詞中表達自己的看法，雖然祝壽詞中暗藏諷刺，也鼓勵朱熹抗金，對朱熹雖有論辯，但仍尊重他的看法。

陳亮沒有詞論，也沒有具體的提出他的文論與詩論，但我們從他的序論、題跋、書函中偶有提到。可以看出在文論方面，陳亮是主張「文以載道」，追求「意與理勝」，意勝辭樸則文自然高，他是程序古文運看法，所文章不必太計較修辭，「文風關係世風」、「文教關係世教」。他的詩論論點亦同，也是主張「意高調高」，從這些關係不難看出，為何他的詞為寫「妖語媚語」，而是表達對政治的看法，有「經濟之意」，這是可理解的。

因為陳亮（一）以政論入詞，因此陳廷焯稱陳亮的詞「浩氣縱橫」，但「合者寥寥」，當然就無法激起共鳴。連他最知心好友葉適都說：「同甫微言十不能解一二。」他的好友都不能理解，別人更是無法理解，（二）他許多詞的文句是詰屈聱牙，他自己說「結剝經傳，搏搦義理」，使讀者不易讀懂，陳亮詞被冷落是可想而知。（五）打破詞的豔科，敷陳直言，以氣取勝，不易接受。

陳亮不僅繼承辛棄疾以文入詞，用俚語方言入詞，而且比辛棄疾的詞論更詞論，他用「斬截痛快、雄放恣肆之氣」，「如奔風逸足」，「干戈森立，有欲吞虎食牛之氣」（〈復杜叔高〉卷十九），而語出肺腑，無少矯飾。使人無法接受他的詞，所以他的詞不被重視。

第六章　不斬樓蘭心不平的劉過

第一節　劉過生平與詞集

劉過（1154～1206），字改之，宋史無傳，只有《兩宋名賢小集》、陸心源《宋史翼》、四庫提要和《江西通志》略有記載，但內容也都片段。唐圭璋在〈南宋詞俠劉龍洲〉說：「生在這泄泄沓沓的朝廷，又怎能施展抱負呢？徒贏得痛哭流涕，侘傺以死。就中如張孝祥、陳同甫都是狀元，其餘的人也都做過大官，唯有劉龍洲以布衣終老，身世最苦。生無養身之所，死無葬身之地，流落江湖，僅靠幾個朋友資助。……現在討論辛、陸的人很多，而對於他，還沒有人表揚，這不能不說是一件憾事」，〔註 1〕本章僅就各種史料、詩文集、《龍洲集》、筆記小說等加以整理，期能勾勒出劉過生平事蹟。

一、劉過生平

（一）劉過生卒年、籍貫

劉過，字改之，自號龍洲道人，有《龍洲集》。〔註 2〕關於他的生卒年，羅振常在《訂補懷賢錄》按語說：

〔註 1〕唐圭璋：《詞學論叢》（臺北：宏業書局，1988 年 9 月再版），頁 957。
〔註 2〕宋・劉過撰、楊明校編：《龍洲集》（上海：上海古籍出版社，1978 年 9 月第 1 次印刷）。

龍洲事蹟，諸書所載略載，為生卒年與存年無及之者。考《萬曆昆山志》稱祠建於宋嘉定五年，即龍洲葬年也。殷奎〈復墓事狀〉則謂沒後七年始葬，以推之，其卒年當在開禧二年。又讀陳諤〈題墓〉詩，知龍洲實生於紹興二十四年甲戌也。〔註3〕

羅振常又根據明陳諤的〈題劉龍洲易蓮峰二公墓詞〉中：「同是盧陵士人，皆年五十三。」以為劉過應生於高宗紹興二十四年，卒於開禧二年（1154～1206）。然而亦有主張劉過約生於高宗紹興二十一年至紹興二十四年之間，〔註4〕不過礙於資料有限，這說法也只是推測。

劉過到底是那裡人？有三種說法：1. 江西廬陵，2. 吉州太和，3. 襄陽人。〔註5〕岳珂《桯史》、楊維楨的〈宋龍洲先生劉公墓表〉、殷奎的《復劉改之先生墓事狀》等，都說劉過是廬陵人，劉過也在〈贈劉叔擬招山〉詩中說：「百年為客老，一念愛鄉深。草露青原淚，煙波白鷺心。班超歸未得，想見舊家林。」詩下自注：「廬陵有青原山、白鷺洲。」（卷七）〈閡景初進納長安，相值於西采石、話及家事，因與對酌〉：「未有還家策，故鄉吾太和。」（卷七）又有〈建康獄中上吳居父〉：「伏念娛廬陵生長」（卷十二），〈與許從道書〉自稱：「廬陵劉過」（卷十二）都很清楚的說他是廬陵人。在道光六年《泰和縣志》卷十九〈列傳・人物志一〉所記：「劉過字改之，以所居地自號龍洲道人。」「龍洲道人」，是取自太和縣的一個地名，《光緒泰和縣志》卷一〈輿地〉云：

贛水者，合章貢二水名之也。……又東流十里，經懷仁渡，其旁有龍洲，在縣治南里許。

〔註3〕羅振常：《訂補懷古錄》，馬興榮：〈論劉過及其詞〉，《詞學》（上海：華東師範大學出版社，1983年10月第1次印刷），第二輯，頁86引。

〔註4〕同上註，頁86。

〔註5〕有關劉過的籍貫，如洪邁：《夷堅志》（卷十八）、呂英父（《龍洲集》卷十五附錄，《四庫全書本》）、陳振孫《直齋書錄解題》。這是因為劉過在〈襄陽歌〉：「十年著腳走四方，胡不歸來兮襄陽。」他常在襄陽走動，並非故鄉襄陽。

因此可以確定劉過是南宋江西盧陵人（吉州太和人）。盧陵，郡名；太和，其屬縣也。

（二）劉過事蹟考

劉過小辛棄疾十四歲，小陳亮十一歲，是個「天下奇男子，平生以氣義撼當世。」〔註6〕王安撫詩稱他是：「天下烈丈夫。」〔註7〕陳亮稱他「才如萬乘器」，邵晉涵稱他「有國士之風」。〔註8〕

劉過約十歲時，孝宗皇帝剛登基，有心收復中原，採張浚之議北伐，不幸失利。以致有「隆興和議」，從此當朝者以為「天下太平，諱言兵事」，把杭州當汴州，南宋的情形像朱熹所說：「民貧財匱，兵墮將驕。外有強暴之夷，內有愁怨之軍民，其他難言之患，隱於耳目之所不加，思慮之所不接者，近於堂奧之間，而遠在數千里之外，何可勝數。」〔註9〕凡有要求整飾兵備，立志抗金的大臣或被排擠，或被流竄於僻地。但國家遭逢此奇恥大辱，更激發一些在政治無實權的有志之士時時吶喊。

劉過在這種年代中，以「少有志節，以功業自許，博學經、史百氏之書，通知古今治亂之略，至於論兵，尤善陳利害。」〔註10〕期望獲取功名，以實現「振國勢復國恥，挈中原，以歸舊版圖。」〔註11〕

1. 淳熙元年（1174），劉過赴秋試

淳熙元年（1174），劉過二十一歲，即赴秋試，馮金伯《詞苑萃編》說：

〔註6〕《龍洲詞》跋引宋子虛語。見明・毛晉：《宋六十名家詞》（臺北：復華書局，1973年6月10日出版）。

〔註7〕宋・劉過：《龍洲集》，見《景印文淵閣四庫全書》，冊一一七二，頁72。

〔註8〕邵心涵：《龍洲道人詩集・序》，見劉過：《龍洲道人詩集》，舊抄本，藏國家圖書館。

〔註9〕宋・朱熹：〈朱文公全集・戊申封事〉，冊一，頁177。

〔註10〕明・殷奎：《強齋集・崑山復劉改之先生墓事狀》，見《景印文淵閣四庫全書》，冊一二三二，頁418。

〔註11〕清・吳瀾、汪昌等纂修：《崑新兩縣續修合志》，卷十四，〈冢墓上〉明人沈魯〈龍洲先生墓碑記〉之志。

> 劉改之得一妾，愛甚。淳熙甲午（1174），預秋赴省試，在道賦〈天仙子〉。〔註 12〕

這是最早出現他行蹤記錄。劉過在〈沁園春〉送王玉良詞，表明早年曾到荊襄、武昌一帶：「萬里湖南，江山歷歷，皆吾舊游。看飛鳧仙子，張帆直上，周郎赤壁，鸚鵡汀洲。吸盡西江，醉中橫笛，人在岳陽樓上頭。波濤靜，泛洞庭青草，重整蘭舟。」（卷十一）

2. 淳熙十年（1183）劉過入臨安，參觀孝宗大閱

劉過早年曾赴臨安科舉並觀孝宗大閱。據張世南《游宦紀聞》卷一云：

> 壽皇銳意親征，大閱禁旅，軍容甚肅。郭杲為殿岩，從駕還內，都人昉見一時之盛。改之以詞與郭云：玉帶猩袍，遙望翠華，馬去似龍。……〔註 13〕

根據《宋史》卷一二一〈閱武〉條，孝宗朝共閱峻五次。前三次皆在淳熙四年（1177）前，最後兩次分別是淳熙十年十一月大閱于龍山。淳熙十六年十月，大閱于城南大教場。〔註 14〕實際上淳熙十六年，孝宗已經退位，年底的大閱是光宗主持。淳熙四年以前，劉過正在湖南游學，不能相逢。〔註 15〕劉過可遇到的只有淳熙十年這一次。劉過有〈寄呂英父〉詩：「文章以得真消息，三十科名未是遲。」（卷五）而淳熙十年，正是各路送秋選舉子入臨安應次年的春試。

3. 淳熙十一年（1184），劉過科舉不第

孝宗淳熙十一年（1184），劉過三十一歲，在臨安科舉不第，經蘄州、黃州赴鄂州、武昌。紹熙末（1193）年，他在紹興作〈憶鄂渚〉：

〔註 12〕清・馮金伯：《詞苑萃編》，見《詞話叢編》（臺北：新文豐出版公司，1988 年 2 月臺一版），冊三，頁 2273。

〔註 13〕宋・張世南：《游宦紀聞》，見《叢書集成新編》（臺北：新文豐出版公司，1985 年出版）冊八十七，頁 80。

〔註 14〕元・脫脫撰：《宋史・閱武》，冊九，頁 2835。

〔註 15〕華岩：〈劉過生平事蹟繫年考證〉，見《文學遺產增刊十七輯》，（北京：中華書局，1991 年 8 月出版），頁 215。

「我離鄂渚已十年。」上溯十年，正是 1184 年。又在嘉泰四年（1204），秋作〈唐多令〉小序云：「安遠樓小集，侑觴歌板之妓黃其姓者，乞詞於龍洲道人，為賦此唐多令，同柳阜之、劉去非、……時八月五日也。」詞中有「二十年、重過南樓」句，安遠樓在武昌黃鵠山上，一名南樓。上推二十年也是此時。〔註 16〕但《唐宋詞鑒賞辭典》薛祥生云：

> 姜夔〈翠樓吟〉詞題說：安遠樓建於淳熙丙午（1186）冬，可知此詞當作於是年之後。〔註 17〕

如果按此說法，淳熙十四年（1187）年的二十年後，開禧三年（1207）劉過早已卒。

南樓在武昌黃鶴山。東晉時庾亮曾與和佐使趁秋夜登此賞玩。唐宋時成為騷人在詞客游賞之地。在《稼軒詞編年箋注》有一首〈水調歌頭〉，小序「淳熙己亥」（1179），自湖北漕移湖南，周總領、王漕、趙守置酒南樓，席上留別。可見南樓早存。

劉過詞中二十年前即淳熙十一年（1184），年少的劉過已「醉槌黃鶴樓，一擲賭百萬。」（〈湖學別蘇召叟〉卷三）以及「黃鶴前識楚卿，彩雲重疊擁娉婷。」（〈浣溪沙〉贈妓徐楚楚卷十一）

4. 孝宗淳熙十二年（1185）年間，劉過在襄陽游

孝宗淳熙十二年（1185）年間，劉過在襄陽，從高夔游。有〈滿江紅〉同襄陽帥泛湖：「經由羊祜登山處」，〈滿江紅〉高帥席上：「笑談盡是驚人語。問何如鄒堪峴山頭，陪羊祜。」〔註 18〕

〔註 16〕華岩：〈劉過生平事蹟繫年考證〉，見《文學遺產增刊十七輯》，頁 216。周篤文：〈唐多令〉，見張淑瓊新編《唐宋詞新賞》，頁 229。亦認為應是 1204 年寫〈唐多令〉。

〔註 17〕薛祥生：劉過〈唐多令〉賞析，見唐圭璋，《唐宋詞鑒賞辭典》（江蘇：江蘇古籍出版社，1986 年出版），頁 988。然而姜夔：〈翠樓吟〉詞題說：「安遠樓建於淳熙丙午（1186）冬。」劉過在詞中表明二十年前，而這首詞寫在八月五日，應是淳熙丙午的次年，淳熙十四年（1187）年，劉過上京趕考後，客游武昌。

〔註 18〕清・吳廷燮：《南宋制撫年表》（北京：中華書局，1984 年 4 月第 1 次印刷），頁 508。記載襄陽帥為高夔，任期是淳熙十二年到十五年。

孝宗淳熙十三年（1186）年間，由襄陽赴淮河邊，游八公山；冬至邊城盱眙。他甚至想投筆從戎，他在〈盱眙行〉說：「東徐行，馬緩馳，天寒游子來盱眙。功名邂逅未可知，生身畢竟要何為？……何不夜投將軍扉，勸上征鞍鞭四夷。滄海可填山可移，男兒志氣當如斯。」（卷二）又有〈艤舟采石〉詩回憶：「我昔南逝武昌夏口之山川，赤壁弔古齊安邊。又嘗北抵鶴唳風聲地，八公山前望淝水。誰令艤舟牛渚磯，樓船蔽江憶當時。」詩中所指即指這時旅遊之事。以後沿江東下到臨安。

5. 淳熙十五年（1188），劉過在臨安，與許從道定交

他在〈與許從道書〉云：「倒指記之自戊申（1188）及今己未，日月逾邁，動經一紀。……追念疇昔，定交於行都而合簪於儀真，……。」（卷十二）並在此時拜會周必大，〔註 19〕有〈慶周益公新府〉、〈辭周益公〉等詩，光宗紹熙元年（1190），劉過三十七歲，從臨安到和州（今安徽和縣）、焦湖（今巢湖）間，然後往建康與楊萬里見面。有〈投誠齋〉詩七首（卷八）

紹熙二年（1191），劉過往兩淮轉往蘇州，途中與許從道結拜於儀真，在蘇州上詩謁袁說友。有〈上袁文昌知平江〉詩（卷四）。又在蘇州與俞古會面。

紹熙三年（1192），劉過三十九歲，至金陵科舉，並往來姑蘇、四明等地，有詞〈賀新郎〉贈娼詞末自跋云：「壬子春（1192），余試牒四明，賦贈老娼，至今天下與禁中與皆歌之。江西人來，以為鄧南秀詞。」又有〈明州觀大閱〉詩：「十年文窮坐百拙，感概一賦從軍詩。」（卷二）同年冬登越州有〈大雪登越州城樓〉（卷一）

（1185～1188）可以確定是這時的作品。

〔註 19〕元．脫脫撰：《宋史．宰輔表》，因為周必大淳熙十四年呈右丞相，十五年封濟國公；十六年拜左丞相，封許國公，三年拜少保，封益國公。五月被何澹彈劾落職，出知潭州。周必大以益國公兼丞相僅兩個月。

6. 紹熙四年（1193），陳亮贈劉過的詩

紹熙四年（1193），劉過四十歲，在紹興與姜夔通信。有〈雨寒寄姜堯章〉，姜夔在這年客居紹興。並到山陰拜陸放翁。有詩〈放翁席上〉:「林霧霏霏曉意涼」（卷五）陸游並有〈贈劉改之秀才〉詩。與陳亮醉於澹然子樓，陳亮曾贈長詩，中有一首陳亮寫給劉過的詩，鼓勵他報效國家。

> 劉郎飲酒如渴虹，一飲澗壑俱成空。胸中壘塊澆不下，時有勁氣噓長風。劉郎吟詩如飲酒，淋漓醉墨龍蛇走。笑鞭裂缺起豐隆，變化風雷一揮手。吟詩飲酒總餘事，試問劉郎一何有，劉郎才如萬乘器。落濩輪囷難自致，強親舉子作書生，卻笑書生敗人意，合騎快馬健如龍。少年追逐曹景宗。弓弦霹靂鴞叫，鼻間出火耳生風。安能規行復矩步，斂袂厭厭作新婦，黃金揮盡唯空囊。男兒虎變那能量。會須斫取契丹首，金印牙旗歸歸故鄉。（《龍洲集．附錄一》）〔註20〕

7. 紹熙五年（1194），劉過伏闕上書

紹熙五年（1194），孝宗病危，光宗不肯過宮，政局不安。劉過曾伏闕上書。就在這一年，南宋發生政變，知樞密院事政事趙汝愚和知閣門事韓侂胄合作，取得太皇太后的同意，強迫光宗退位，擁立趙擴，為寧宗。寧宗慶元元年（1195），韓侂胄排擠趙汝愚，又把趙汝愚等五十九人列為「偽學逆黨」，清除反對份子實際掌握政權。

8. 慶元元年（1195），劉過重游淮甸

寧宗慶元元年（1195），劉過以杭州為中心，然後重游淮佃，有〈賀盧帥程徽猷鵬飛〉（卷二十），又有〈寄程鵬飛〉云:「科舉未為暮年計，途窮不忍向人言。」

〔註20〕宋．劉過撰、楊明校編：《龍洲集》，見附錄1，頁132。〈陳亮贈劉改之〉詩，後有劉過跋，「故人陳同父未魁天下時，與余皆落魄不振。一日，醉於澹然子樓上，作此詩，相與勞苦。明年，同父唱名為多士第一。」可知這年為紹熙四年。

寧宗慶元二年（1196），劉過以蘇州為中心，北上無錫、姑蘇等地漫遊，他有〈寄竹隱先生孫應時〉下注：「時為常熟宰。」慶元二年至四年孫應時為常熟宰。又有〈過無錫見李元德祭酒〉三首，（卷八）〈無錫道觀〉七律詩，到姑蘇時有〈姑蘇送王武岡不值訪汪仲冕常上口占〉。（卷五）

慶元五年（1199），劉過到東陽許從道家，許從道有〈東陽遊戲序〉云：「慶元己未（1199）夏六月，盧陵劉改之來游東陽。」劉過有〈同許從道游涵碧〉古詩（卷三）。

9. **嘉泰初，劉過陷建康獄**

嘉泰初，劉過因事繫於建康獄，上書知建康府吳琚求援，「若吳芳仲平虎，委巷匪人，窮檐下走。棄母親而弗侍，冒國恤以圖歡。」〈建康獄中上吳居父〉出獄後與胡矩馬子純漫遊金陵，〔註 21〕有〈清溪閣次胡仲方韻〉、〈和子純韻〉（八卷）這時劉過又有〈謁郭馬帥〉詩云：

> 誰知金陵都，五年重來茲。……方今群胡擾，似覺虜運衰。
> 達靼軍其西，會以蒙國欺。蛇豕互呑噬，干戈極猖狓。盜賊蝟毛起，斂民及刀錐。……機會一日來，恢復此其時。（卷三）

這首詞原抄〈目錄〉、錢本、汲本均作「謁郭馬帥倪」，又根據《景定建康志》卷二十六〈守官志三〉:〈侍衛馬軍官條〉，郭倪慶元五年十月所作《題名記》。郭倪名下署：「慶元四年三月十六日以武義大夫除王管馬軍公事，五年六月八除馬司都虞侯，嘉泰元年八月改除。」《宋會要輯稿》:「寧宗慶元六年八月十七日，京鏜奏云：近來金虜被韃靼侵擾，傳聞不一，然虜情叵測，須預為之備。」〔註 22〕由以上可知劉過的詩應為此時所作。

〔註21〕宋・周密：《酷然齋雅談》卷下，又《龍洲集》中存有〈建康獄中上吳居父〉啟文及〈上吳居父〉七絕二首。吳居字居父，慶元六年（1200）至嘉泰二年（1202），以鎮安節度使、開府儀同三司判建康。時胡矩為撫幹，馬子純為江南東路轉運司主管文字，常共游金陵勝跡。

〔註22〕清・徐松纂輯：《宋會要輯稿》，冊一八六，兵二九之四六。

10. 嘉泰二年，劉過重返臨安

嘉泰二年，劉過四十九歲，在臨安，與殿岩郭季端同游，有詩〈嘉泰開樂日，殿岩郭季端邀游鳳山，自來美堂而上湖亭、海觀、梅坡、臺林、無不歷覽，最後登沖天樓，下介亭。觀騎射胡舞，賦詩而歸〉詩中有云：「錢塘吳越何小哉，指點中原百城畢在。」及〈同郭殿帥游鳳山寺探桃李〉詩。（卷六）郭季端即郭倪。寧宗即位時殿前司指揮使為郭杲，因推戴之功，外任武康軍節度使。〔註 23〕嘉泰年間，郭倪由建康馬帥升任副指使。〔註 24〕說詩中所言鳳山又稱鳳凰山，介亭、來美堂、海觀、梅坡、臺林、沖天樓等，都是山上勝蹟。〔註 25〕他又有〈郭帥遺蕨羹〉詩。（卷二）

嘉泰二年（1202），韓侂胄積極做北伐準備，他知道要北伐須先團結有志之士，所以在二月間正代解除慶元黨禁。

11. 嘉泰三年（1203），辛棄疾邀游紹興

嘉泰三年（1203），辛棄疾邀劉過游紹興，起初不赴，寫〈沁園春〉寄辛承旨，時承旨招，不赴。最後劉過赴約，賓主盡歡。〔註 26〕

這時他可能受辛棄疾的資助，沿江西上，經采石、池州、九江、武昌，劉過在這次西游時，他在〈上譙江州〉：

> 丘公鎮金陵，辛老治京口。君口神武欲籌邊，九江更使何人守。九江太守今譙侯，……山門煙水空茫茫。西為漢沔南衡陽。指點武昌在何許。買船又謁吳侯去。（卷二）

丘公即丘崈辛老即辛棄疾，吳侯即吳獵，三人分別於嘉泰四年秋在建康、鎮江、荊湖北路任上。所以一路上他憑弔大敗金兵的采石磯，峴山的墮淚碑。有〈艤舟采路〉詩：

〔註 23〕元・脫脫撰：《宋史・寧宗紀》，冊三，頁 715。

〔註 24〕清・畢沅編：《續資治通鑑》，卷一五五至一五七亦有記載。

〔註 25〕明・田汝成：《西湖遊覽志・南山勝蹟》，見《景印文淵閣四庫全書》，冊五八三，卷七，頁 124～137。

〔註 26〕宋・岳珂：《桯史》，見《景印文淵閣四庫全書》，冊一〇三九，頁 422。

我昔南逝武昌夏口之山川，赤壁弔古齊安邊。又嘗北抵鶴唳風聲地，八公山前望淝水。誰令艤舟牛渚磯，樓船蔽江憶當時。……只今采石還戍兵，諸將奄奄泉下人。飯囊盛飯酒甕酒，位去三衙稱好手。（卷一）

又有詞〈六州歌頭〉題岳鄂王廟。根據《宋史・岳飛傳》說宋孝宗時詔復飛官，以禮改葬，並建廟於鄂，號忠烈，淳熙六年，諡為武穆。寧宗嘉泰四年（1204）五月，追封鄂王。〔註 27〕本詞題為「顯岳鄂王廟」，可知是他嘉泰四年，西游漢沔（今武漢）時所作。

這年劉過又有〈八聲甘州〉送湖北招撫吳獵，嘉泰四年十月吳獵帥湖北，他雖被列入道學黨籍，但嘉泰二年（1202）二月間，韓侂胄正式解除慶元黨禁。吳獵知韓侂胄將開邊，荊襄必受兵，乃貽書當路，請號召義士以保疆埸。〔註 28〕

12. 開禧元年（1205），劉過登多景樓

開禧元年（1205），劉過五十二歲，先從江西湖回到洞庭，隨後東行臨安。在盧祖皋家作客，有〈念奴嬌〉：「一劍橫空」，《宋史・寧宗本紀》：「（開禧元年）五月己巳，賜禮部進士毛自知以下三十有三人及第、出身。」新宗室「名璉者」當在此中。

秋，劉過過京口時，與辛棄疾相會，並與岳珂、張升之、黃機等同登多景樓，一次他登上多景樓，看到金、焦兩山，峨峨對峙，茫茫大海，俺眼見失土未復，自己壯志未酬，寫下古詩〈題潤州多景樓〉，又賦七律〈多景樓詩〉斥南宋求和政策。

繼經金陵至江州、登庾樓，感慨賦〈上譙江州〉詩：「丘公鎮金陵，辛老治京口。君王神武欲籌邊，九江更使何人守？九江太守今譙侯，……清尊對客溫如玉。同上庾樓望西北。胡塵萬里氣壓之，客有白頭何碌碌。」（卷二）

〔註 27〕元・脫脫撰：《宋史》，冊三三，頁 11395。

〔註 28〕清・畢沅編：《續資治通鑑》，冊七，頁 4224。

開禧二年（1206），劉過在杭州，寫〈西江月〉詞頌賀。〈水龍吟〉：「慶流閱古無窮，門生又見聲名世。致君事業，全如忠獻，經天緯地。十二年間，挺身為國，……一自平章庶政，覺人心頓然興起。朝廷既正，乾坤交泰，華夷歡喜。」（卷十一）自寧宗即位，韓侂冑一執朝政共十二年。《寧宗・本紀》：「開禧元年秋七月庚申，詔韓侂冑平章憲國事，立班丞相上，三日一朝，赴都堂治世。」劉過一共為韓侂冑填詞五首。

開禧經歷順利到失利至失敗，他的詩隨著戰況的變化來表達，當陳孝慶收復泗州時，〔註29〕他高興的唱起：「泗州已復漢正朔，議飾寢廟修洛陽」，「敬須洗眼候河清，讀公浯水中興頌。」（卷二）他這時幾乎以為國家快收復中原，可是當北伐失敗，特別是皇甫斌唐州敗績消息傳來，〔註30〕劉過十分痛心，他在〈呈陳總領〉云：「千家悲哀萬家哭，唐鄭征魂招不得。」「當時潼關說哥舒，今日襄陽說皇甫。」（卷二）對無能的將領，他痛恨不已。

開禧失敗後，當時朝廷內部紛爭日趨複雜，劉過一生功名無成，年華虛度，心情極悲憤。遂依友人潘友文客居昆山，年僅五十三歲。直到他死後，因為沒有兒子，「友潘友文為真州，以私錢三千萬，屬其友具凡葬事，直其友死，不克葬。後七年，縣主簿趙希楙乃為買山，卒葬之。」〔註31〕

二、劉過的詞集

劉過作品散佚者不在少數，其弟弟劉澥說他「每有作，輒伸尺紙以為稿，筆法遒縱，隨好事者所拾，故無鈔集。詩章散漫人間，無從會萃。」（《龍洲集》原序），可見他活著時，不曾編訂自己的集子，他的

〔註29〕華岩：〈劉過生平事蹟繫年考證〉，頁215。華岩以為「劉過從軍在陳孝慶軍中」，並沒有明顯證明劉過從軍去。

〔註30〕清・畢沅編：《續資治通鑑》，頁4241。

〔註31〕明・殷奎：《強齋集・崑山復劉改之先生墓事狀》，見《景印文淵閣四庫全書》，冊一二三二，頁418。

詞也遺失極多，劉過友人蘇紹叟在〈雨中花〉小序中云：「余往時懷劉改之，作〈摸魚兒〉，頗為朋友間所喜，然改之尚未之見也。數日前，忽聞改之去世，悵惘殆不勝言。因憶改之每聚首，愛歌〈雨中花〉，悲壯激烈，令人鼓舞。今輒以此升以寓余思。凡未忘吾改之者，幸為我和之。」〔註 32〕劉過存詞中並沒有任何一首〈雨中花〉詞，可見都已亡佚。計劉過詞版本有以下種：

一、《劉改之詞》一卷，見《直齋書錄解題》，今不傳。

二、《龍洲道人集》十五卷，抄本。宋端平中劉澥輯刻，天一閣藏書，今不傳。

三、《龍洲道人集》十五卷，明王朝用覆刻宋本。

四、《龍洲道人集》十二卷，陳西畇藏舊鈔本，傳鈔王刻而去其三卷。

五、《龍洲詞》一卷，汲古詞閣刊本，較王刻增補三首，共四十七首，又〈長相思〉一調有目無詞。

六、《龍洲詞》一卷，《文淵閣四庫全書》本。

七、《龍洲集》十五卷、附錄二卷，《文淵閣四庫全書》本。

八、《龍洲集》三卷，舊鈔本，兩宋名賢小集之一。

九、《龍洲詞》二卷、《補遺》一卷、《校記》二卷，《彊村叢書》本，此本據士禮居藏書舊鈔本。與王本同為四十五首，後補六首，共五十一首。

十、《龍洲詞》一卷，明沈愚刊本、蟫隱廬重刊。此本為天一閣舊藏共六十九首，其間三十一首為他本所無，他本亦有十三首為此本所無，蟫隱廬別補四首，共八十六首，但所補〈玉樓春〉實嚴次山詞，共得八十五首，較《彊村本》多三十四首。

十一、《龍洲詞》二卷，吳訥《唐宋名賢百家詞》本。

十二、《龍洲詞》一卷，毛晉《宋六十名家詞》本。

〔註 32〕宋・劉過撰、楊明校編：《龍洲集》，附錄一，頁 133。

十三、唐圭璋《全宋詞》本，刪除誤收詞，共七十七首。

十四、1978年上海古籍出版社出版，楊海明校編《龍洲集》，十二卷，共八十七首詞。

三、劉過的報國心志

劉過一生的心願是報效國家，他說：「不隨舉子紙上學六韜，不學腐儒穿鑿註五經。」（〈獨醒賦〉卷十二）他參加科舉是為報國，〈寄程鵬飛〉詩云：「科舉未為暮年計，途窮不忍向人言。」（卷五）。他討厭胸中狹窄的人，〈題鳳凰臺〉：「時事不言為拄笏，書生無用且啣盃。平生自厭胸中窄，萬里霜天一日開。」（卷六）都說明他不是只墨守章句，只認功名的腐儒。他眼中處處是國家的收復與統一，真正的心願是「丈夫生有四方志，東欲入海西入秦，安能齷齪守一隅，白頭章句浙與閩。」（〈多景樓醉歌〉卷一）

他是有豪情有壯志，從不放棄報效國家的希望。在〈盱眙行〉說：「何不夜投將軍扉，勸上征鞍鞭四夷？滄海可填山可移，男兒志氣當如斯。」（卷一）殺敵立功的觀念，無時不在他腦中激勵著他，「床頭吳鉤作龍吼，便欲乘此搗穹廬。」（〈古詩〉卷二）〈謁郭馬帥〉詩：「過也淪落久，狂名諸公知。然亦壯心膽，志慕鞭四夸。」（卷九）登高望遠時亦心繫國事，如〈題高遠亭詩〉：「胡塵只隔淮河在，誰為長驅一掃空。」（卷六）在顧湄弔劉龍洲先生墓並序說：「嘗歎先生當杭州偏安之日，雖在草莽，殷憂君國，而不見用，迺寄情於詩酒，豈先生之心哉。」可見他不是只求名利的無賴，而是長志比天高的壯士。

他在〈登多景樓〉詩云：

> 壯觀東南二百州，景于多處最多愁。江流千古英雄淚，山掩諸公富貴羞。北固懷人頻對酒，中原在望莫登樓。西風戰艦成何事，空送年年使客舟。（卷六）

詞人面對國家山涕破碎，目睹對敵人作戰的戰艦，突然成為求和納貢的使船，不禁憤概萬分。瞿佑《歸田詩話》曰：「江流千古英雄淚，山掩諸公富貴羞。」蓋自吳晉以來立國於南者恃長江天險，兢兢保守，北望中原，置之度外，況沙漠之境，氈毳之域哉！詩意蓋深寓此恨也。《鶴林玉露》：「全詩慷慨悲壯，當時即被譽為古今絕唱」。

四、被曲解的詞人

開禧三年（1207）韓侂胄竊柄久，中外交憤，及妄開邊釁，怨者益眾。投降派首領史彌遠與投機份子李璧在皇后的支持下，採用突擊的方式把韓侂胄殺了，「開禧北伐」成為歷史名詞。支持「開禧北伐」的辛棄疾被指摘為「迎合開邊」，〔註 33〕陸游的祠奉被剝奪，而且是「見譏清議」，〔註 34〕劉過也被指為「觀其詞可知其人之不足取」。〔註 35〕

周密《齊東野語》甚至評劉過：「賣直釣名之人」，方回《瀛奎律髓》卷二十批評：「江湖遊士，多以星命相卜，挾中期尺書。奔走閫臺郡縣餬口耳。慶元、嘉定以來，乃有詩人為謁客，龍洲劉過改之之徒，不一其人，石屏亦其一也。」〔註 36〕四庫全書批評他的伏闕上書是「大言以倖功名」，……楊維楨弔其墓詩云：……文人標榜之詞，非篤論也。」〔註 37〕又說：「蓋縱橫游士，志在功名，故不能規言矩行」。〔註 38〕劉過被評為愛功名的江湖術士，其實這些評語對劉過是不公平的。

劉過一生奔跑不是為餬口或名利，他自己曾在〈方竹杖〉詩說：「峰稜四面起，節操一生堅，……從都方有礙，終不效規圓。」（卷七）

〔註 33〕宋・魏了翁：《鶴山先生大全集・倪公墓誌銘》，見《四部叢刊初編縮本》，冊四，卷八五，頁 707。

〔註 34〕宋・周密：《浩然齋雅談》，見《景印文淵閣四庫全書》，冊一三六六，頁 258。

〔註 35〕清・陳廷焯：《白雨齋詞話》，見《詞話叢編》，冊四，卷五，頁 3894。

〔註 36〕宋・方回：《瀛奎律髓》，見《景印文淵閣四庫全書》，冊一三六六，頁 258。

〔註 37〕清・永瑢、紀昀：《四庫全書總目提要・龍洲集提要》，冊四，頁 286。

〔註 38〕清・永瑢、紀昀：《四庫全書總目提要・龍洲詞提要》，冊五，頁 310。

劉過三十六歲時，周必大被封為左丞相，不久封為益國公，他曾聞劉過，欲收攬為門下客，為劉過所拒。〔註 39〕如果劉過只想做官釣名，何必拒絕。又舉〈謁郭馬帥〉詩為例：

方今群胡擾，似覺虜運衰。達靼軍其西，會以蒙國欺。蛇豕互吞噬，干戈極猖狘。（卷三）

《四庫全書．龍洲集》中因避諱「胡、虜」字，〔註 40〕而竄改為：

方今群寇擾，似覺敵運衰。達靼軍其西，會以默古斯。犬牙互相錯，干戈極猖狘。

可知道四庫全書批評劉過的話，是在異族高壓、懷柔統治下，偏頗的說法。劉過在〈夜思中原〉：

中原邈邈路何長，文物衣冠天一方。獨有孤臣揮血淚，更無奇傑叫天閽。關河夜月冰霜重。宮殿春風草木荒，猶耿孤忠思報主，插天劍氣夜光芒。（卷五）

「獨臣揮血淚」，他一心想要收復中原，是個志比天高的壯士，報效國家才是他的心願。

我們再看當時人對他的憑弔，宋．昆山凌叔度〈劉龍洲墓詩〉：

嘗隨薦鶚上天閽，肯信荒山氣斷魂。百歲光陰隨酒盡，一生氣概祇詩存。

元．潘純〈拜龍洲墓〉詩：

那知義膽忠肝者，不在貂蟬玉珮間。何人好事千高古，愛此淳風似鄒魯。

元．鄭元祐〈拜龍洲墓〉詩：

宋南渡如晉永嘉，屈辱更甚慚栖鴉。賢才盡斃賊檜手。君相

〔註 39〕宋．陳思：《兩宋名賢小集》，見《景印文淵閣四庫全書》，冊一三六四，頁 559。

〔註 40〕清．王先謙纂輯：《十二朝東華錄》（臺北：文海出版社，1973 年 9 月出版），頁 467。「己卯（雍正十一年）諭內閣，朕覽本期人刊寫書籍，凡欲胡虜夷狄等字，每作空白，又或改易形聲，如以夷為彝，以虜為鹵之類，殊不可解。揣其意，蓋為本朝忌諱避之，以明其敬慎。……」

甘同魯婦嫠，孝皇悲憤痛莫雪。士逃誅竄能幾家，翁也諸侯老賓客。有淚每落西風笳。南樓載酒桂花晚，經綸志在言非誇，且將南山探虎穴，……長歌之悲過慟哭，況聞飛雁來龍沙。

明・文徵明〈處州劉學諭敔乃龍洲遠孫，便道拜龍洲墓於崑山，作詩送之〉:「龍洲先生天下士。曾以危言犯天子，肯緣祿養以時人？」說明他的氣節，不肯求人祿養。

明・沈周〈讀方侯思修劉龍洲祠碑〉:

龍洲先生非腐儒，胸中義氣存壯圖。重華請過補闕典，一疏抗天膽肝蠹。中原喪失國破碎，終日憤懣夜起呼。……嗚呼人重風節非人軀，龍洲龍洲真丈夫。

稱劉過是真丈夫，胸中滿有義氣。明・殷奎〈崑山重立劉龍洲先生祠堂疏〉:「故宋龍洲劉改之先生忠義絕倫。」〔註 41〕豈是如四庫所言求名之人。

明・顧恂稱他：

龍洲志節何崔嵬，酒酣曾上梁王臺。少年激烈負奇氣，憂時懷抱難為開。

明・顧湄〈弔劉龍洲先生墓並序〉說：

嘗歎先生當杭州偏安之日，雖在草莽，殷憂君國，而不見用，迺寄情於詩酒，豈先生之心哉。

以上從宋到明都曾祭拜劉過墳，稱他志節崔嵬，憂時憂國，為他沒列入紫宸班而叫屈。元楊維禎說：「讀君舊日伏闕書。喚起開禧無限悲。」〔註 42〕都提到劉過的氣節、愛國，豈是四庫如所言「大言以倖功名」。這也是葉適說陳亮若沒中科舉者，將被視為「狼疾人」一樣。沒有功

〔註 41〕明・殷奎：《強齋集・崑山重立劉龍洲先生祠堂疏》，見《景印文淵閣四庫全書》，冊一二三二，頁 459。

〔註 42〕以上所列舉弔劉過詩，見宋・劉過：《龍洲道人詩集》附錄，舊抄本，藏國家圖書館。

名，就不被肯定，也沒有資格在朝廷做事，施展抱負。為了三餐奔波於達官家中，被認為以詩詞干謁權貴，甚至連劉過的愛國心也被曲解，這正是他一生悲劇的所在。

羅振常在《校定龍洲詞序》說：「觀龍洲生當南宋，痛中原之不復，二帝之辱死，又傷光廟不能孝養上皇，以治天下，憤積於中，發為歌詞，其忠磊落之氣，固無殊於東坡、稼軒」。主要說明劉過的藝術風格遠眺東坡，近師稼軒，但他同時也是像東坡與稼軒一樣的愛國者，他有「江湖形跡廟堂心」的高尚愛國情操。

第二節　劉過的愛國詞

劉過的愛國詞是《龍洲集》中主要的內容。他一生沒考上過科舉，沒做過官，窮途潦倒，但終其一生他都積極要求恢復中原。

劉過自幼「負不羈之才」，自謂「少而桑蓬，有志四方。」是個「讀書論兵，好言今古治亂盛衰之變」(《龍洲集》附錄一，許從道〈東陽遊戲序〉) 的義士。殷奎說他：「博學經、史百氏之書，通知古今治亂之略，至於論兵，尤善陳利害。」〔註 43〕劉過的〈從軍樂〉更是表達殺敵的決心「芙蓉寶劍鸞鵜刀，黃金絡馬花盤袍。臂弓腰矢出門去，百戰未怕皋蘭鏖。」(卷一) 他與朋友談論「邊庭障堠、戰守形勢」(〈與許從道書〉卷十二) 他也贈給許從道兒子一首詩：「讀書要以《六經》先，次第漢唐《十七史》。老夫之見竊不然，別有一說為舉似。方今孽日衰甚，河朔早暮風塵起。腐儒酸寒作何用？國家所欠奇偉士。……不如左彎挾弓，肉食風侯差快耳。」(卷二)

開禧元年 (1205) 春夏之交，劉過在鎮江和岳珂等人相聚一段時間，他登上多景樓，看見金、焦兩山，長江滾滾，而國土的破碎，深感痛心。寫〈題潤洲多景樓〉詩：「煙塵茫茫路渺渺，神京不見雙淚流。」(卷二)〈登多景樓〉詩：

〔註 43〕明．殷奎：《強齋集．崑山復劉改之先生墓事狀》，見《景印文淵閣四庫全書》，冊一二三二，頁 418。

壯觀東南二百州，景于多處最多愁。江流千古英雄淚，山掩諸公富貴羞。北國懷人頻對酒，中原在望莫登樓。西風戰艦成何事，空送年年使客舟。（卷六）

斥責南宋屈膝求和的政策。他志在統一，要「勸上征鞍鞭四夷」。他勸告置民族國家利益不顧，只埋頭雕琢文字的儒士，「與先生死蠹文字，土田官耳村夫子，不如左彎右挾弓。肉食封侯差快人。」他期望「四海皆安眠」（卷二）因此大膽的批評只陳醉於湖光山色的國君，在〈望幸金陵〉：「懷哉金陵古帝藩，千船泊兮萬馬屯。西湖真水真山好。吾君豈亦忘中原。」（卷一）他對時局的看法是「去國夢魂愁切切，感時滴淚血斑斑。」（〈上金陵章侍郎〉卷四）在〈南康邂逅江西吳運判〉云：「臣心畢竟終憂國，不瞻烏涕泫然」（卷五）又在〈登凌雲高處〉云：「更欲杖藜窮望眼，眼中何處認神州。」（卷六）都說明他的政治主張。

劉過是個力主北伐，要求收復失地，統一天下者，曾上書「陳恢復中原方略」，〔註 44〕曾「伏闕上書請光宗過宮」，〔註 45〕當其扣閽上書，請光宗過宮，「頗得抗直聲」。〔註 46〕盧公武曾有詩贊他：「發憤美陳平虜策，匡君曾上過宮書。」〔註 47〕他愛國忠君是有目共睹的。在《龍洲集》有〈初・伏闕上書得旨還鄉上揚守秘書〉詩，以後又有〈呈陳總領之四〉詩記當時事：

憶昨痛哭麗正門，白袍黑帽如遊魂，中書堂留草茅疏，不賜誅戮光宗恩。（卷二）

又在〈六合道中〉云：「十年曾記此來游，在策中原一戰收。」（卷六）因這次上書，他在〈賀盧帥程徽猷鵬舉〉云：「有書為患，幾不容於天地之間，無家可歸，但落魄於江湖之上」（卷十二）的地步。可惜

〔註 44〕清・謝旻監修，陶成編纂：《江西通志》，見《景印文淵閣四庫全書》，冊五一，頁 600。

〔註 45〕宋・周密：《齊東野語・紹熙內禪》，見《景印文淵閣四庫全書》，冊八六五，頁 659。

〔註 46〕清・永瑢、紀昀：《四庫全書總目提要・龍洲集提要》，冊四，頁 286。

〔註 47〕宋・劉過：《龍洲道人詩集・附錄》，舊抄本，藏國家圖書館。

的是此疏已佚，元楊維楨〈弔劉龍洲墓詩〉云：「讀君舊日伏闕疏，喚起開禧無限悲。」〔註48〕

劉過愛國詞的內容是：

一、主張收復失土

劉過期盼「敬須洗眼候河清，讀公浯水中興頌。」(〈呈陳總領〉)的愛國思想，自始至終不改變，然而他卻沒有報國的道路與舞臺，他的詞因為國土的分裂而悲憤，「依舊塵沙萬里，河落滿腥羶。」(〈八聲甘州〉)，主和派卻是苟且偷安，他感嘆「乾坤誰望，六百里路中原，空老盡英雄，腸斷劍鋒冷。」(〈西吳曲〉)蘇紹叟稱他：「因懷改之每聚首，愛歌〈雨中花〉，悲壯激烈，令人鼓舞。」《龍洲詞》中所用的詞牌有三十二個，而用〈沁園春〉就有十七首，他選用激昂長調，以格律而論他選用句式變化大，韻腳密，來表達他沈鬱悲厚的感情。他在〈沁園春〉張路分秋閱：

> 萬馬不嘶，一聲寒角，令行柳營。見秋原如掌，槍刀突出，星馳鐵騎，陣勢縱橫。人在油幢，戎韜總制，羽扇從容裘帶輕。君知否，是山西將種，曾繫詩盟。　　龍蛇紙上飛騰。看落筆、四筵風雨驚。便塵沙出塞，風侯萬里，印金如斗，未愜平生。拂拭腰間，吹毛劍在，不斬樓蘭心不平。歸來晚，聽隨軍鼓吹，已帶邊聲。(卷十一)

劉過一生沒機會像陸游、辛棄疾那樣能身著戎裝，驅馳疆場。因此他的詞作不像陸游、辛棄疾有勇敢殺敵的場面或對軍旅生活的回憶。劉過的詞集中描繪軍事場面與刻畫將領的形象。

詞題中的「路分」，是擔任路分都監的官職，掌管本路禁旅屯戍邊防訓練等軍務官員。南宋初年，多以諸路帥臣兼任。各路每歲閱兵一次。張路分，生平不詳。

〔註48〕宋・劉過：《龍洲道人詩集・附錄》，舊抄本，藏國家圖書館。

詞的首三句寫秋閱，軍紀的嚴明，「萬馬」形容規模宏大卻「不嘶」，「萬馬」又對「一聲」，突然響起號角聲，特別嘹亮。以聲音來寫演習的情景。作者把張路分的軍營比作周亞夫的軍營，表現張路分是嚴於治軍的將領。

「見秋原如掌」四句寫作者所見，在平坦如掌的平原上檢閱部隊，兵場上的壯觀，「槍刀突出，星馳鐵騎，陣勢縱橫。」步兵、騎兵動作迅速，武藝勇猛，陣法熟練。接著寫指揮者，「人在油幢，戎韜總制，羽扇行容裘帶輕」，張路分在油幕軍帳中，統禦千軍萬馬。態度卻輕鬆從容。能「運籌帷幄之中，決勝千里之外」，他有大將之風與才能，這當然與家世有關，他是「山西將種，曾繫詩盟。」山西將門之後，又有擁有詩才，點明張路分文武全才。

下片承「曾繫詩盟」而來，寫張路階的詩情、文思等才華。接著「便塵沙出塞，風侯萬里，印金如斗，未愜平生。」寫張路分冒塵沙出塞，既不是為博取「萬里侯」的封號，也不是要贏取斗大的金印繫在腰間。他經常「拂拭腰間，吹毛劍在」，他的內心「不斬樓蘭心不平」，只因為敵人未滅，壯心不已。結句寫閱罷歸來，「歸來晚」指演習時間長，「聽隨軍鼓吹，已帶邊聲」，在劉過聽來。似乎以帶上邊地戰場聲。

劉過藉著張路分的秋閱場景，表達自己的心聲，「不斬樓蘭心不平」，期許張路分也自我期許。

又如〈八聲甘州〉送湖北招撫吳獵：

> 問紫岩去後漢公卿，不知幾貂蟬，誰能借留侯箸，著祖生鞭？依舊塵沙萬里，河洛染腥羶。誰是道山客，衣缽曾傳。共記玉堂對策，欲先明大義，次第籌邊。況重湖八桂，袖手已多年。望中原驅馳去也，擁十州、牙纛正翩翩。春風早，看東南王氣，飛繞星躔。（卷十一）

〈八聲甘州〉一詞作於韓侂冑議開邊北伐前夕，吳獵是一位戰將，曾是「慶元黨禁」中人，「貽書當路，請號召義士以保邊場，刺子弟以補軍實。」〔註49〕劉過以此詞說明現今北方金主，就如當年完顏亮對「三秋桂子，十里荷花」的杭州，有投鞭渡江的野心，〔註50〕敵人亡我之心永不滅絕，「河洛染腥羶」，唯有主動出擊，收復失地，才是良策。

又如〈沁園春〉御閱還上郭殿帥：讚嘆他領軍「旌旗蔽滿寒空。魚陣整、從容虎帳中。想刀明似雪，縱橫脫鞘；箭飛如雨，霹靂鳴弓。」又期許他能「威撼邊城，氣吞胡虜」，最後盼望「中興事，看君王神武，駕馭英雄」，期待有好的將領國土統一。

二、對時局不滿與期望

劉過下第後，就開始了流浪生活，先後在金陵、蘇州、湖南、湖北一帶漫遊。他說「東遊吳會三千里，西入成都一萬山」(〈謁淮西帥〉)，又說「萬里湖南，江山歷歷，皆吾舊遊」(〈沁園春〉「萬里湖南」卷十一)「我將四海行將遍，東歷蘇杭西漢沔」(〈題潤州多景樓〉) 可知他的腳蹤踏遍吳、蜀、荊、楚之間，每他登臨之處，看到河山的破碎，便揭露南宋統治者的苟且偷生，及金人的惡行，詞中也興起愛國感受，如〈六州歌頭〉：

> 鎮長淮，一都會，古揚州。升平日，珠簾十里春風、小紅樓。誰知艱難去，邊塵暗，胡馬擾，笙歌散，衣冠渡，使人愁。屈指細思，血戰成何事，萬戶封侯。但瓊花無恙，開落幾經秋。故壘荒丘。似含羞。　　悵望金陵宅，丹陽郡，山不斷綢繆。興亡夢，榮枯淚，水東流。甚時休。野灶炊煙裏，依然是，宿貔貅。歎燈火，今蕭索，尚淹流。莫上醉翁亭，看濛濛雨、楊柳絲柔。笑書生無用，富貴拙身謀。騎鶴東遊。(卷十一)

揚州是繁華古都，因金兵兩次南下，古城成為一片廢墟。劉過多次赴杭應試，均未錄取。下第之後，有「臂弓秣馬長淮去」(〈西湖別舍弟潤

〔註49〕元・脫脫撰：《宋史》，冊三八，頁12087。

〔註50〕宋・羅大經：《鶴林玉露》，見《叢書集成新編》，冊八七，頁114。

之〉卷五）在揚州一帶遊歷。他目睹揚州兵後的破敗，寫統治者的腐巧無能，並表達報國無門的悲憤。

「鎮長淮」點出揚州的地理位置，是雄鎮淮河流域，長江門戶，抗金的基地，「昇平日」三句，寫揚州在金兵南下以前的日子。「珠簾如」詩句，寫以前揚州何等繁華。自從「胡馬擾」後，朝廷官員南渡，不顧百姓死活。「使人愁」三句直抒胸臆，道出作者對國事的擔憂。「屈指細思」三句，揭發南宋統治者的腐敗，只顧逃亡卻把把愛國軍民的流血犧牲，變成他們「萬戶封侯」的階梯。由愁轉恨，只有瓊花沒遭到摧殘，幾度花開花落。這樣無力保衛家園百姓，連故壘荒丘，都要含羞。

下片寫興亡之恨。金陵，丹陽指現今的鎮江，都是恢復中原最佳基地，然而南宋不知利用，讓人空「悵望」。「興亡夢，榮枯淚，水東流」，化辛棄疾的《南鄉子》：「何處望神州，滿眼風光北固樓。千古興亡多少事，悠悠，不盡長江滾滾流。」鎮江是王朝興衰、南北分爭的歷史見證。東吳孫權曾憑藉他爭霸中原，南朝劉裕也靠他出兵，他們都曾顯赫一時，也都相繼滅亡。作者藉此說明歷史興衰，個人榮枯，正如滾滾江水，自向東流不知盡頭，交織著國家興衰，個人身世的飄零之恨。再看揚州城內一片蕭索，自己卻不能投筆從戎，反淹留在這空城，真是「書生無用」，求富貴不能，看來只有諷刺的騎鶴遊揚州，成仙去了。

詞中憂心國事，惆悵失意、悲憤的情思，洋溢詞中。

又如〈唐多令〉安遠樓小集，侑觴歌板之妓黃其姓者，乞詞於龍洲道人，為賦此唐多令，同柳阜之、劉去飛、石民瞻、周嘉仲、陳孟參、孟容，時八月五日也：

> 蘆葉滿汀洲，寒沙帶淺流。二十年、重過南樓。柳下繫舟未穩，能幾日、又中愁。　　黃鶴斷磯頭。故人今在不。舊江山、渾是新愁。欲買桂花同載酒，終不是、少年遊。（卷十一）

安遠樓在武昌黃鵠山上，一名南樓。姜夔〈翠樓吟〉詞題中云：「淳熙丙午冬，武昌安遠樓成。」劉過在詞中表明二十年前，曾抱收復中原的理想遊武昌，武昌是荊湖北路首府，是「用武」之地。二十年後重遊，中原不僅未收復，自己反而憔悴許多。

這首詞寫作時間，約在嘉泰四年（1204），韓侂冑定議此年伐金，一時有志之士，深以輕率銳進為憂。監察御使史婁機言：「恢復之名非不美，今士卒驕逸，遽驅於鋒鏑之下，人才難得，財用未裕，萬一兵連禍結，久而不解，奈何！」這戶部尚書李大性，條陳利害，謂兵不宜輕舉，忤韓侂冑，出知平江府。〔註 51〕正是這種局面強烈的震撼著詞人，寫下了此名篇。

詞的上片主要寫重過南樓的時間與登樓所見。「蘆葉滿汀洲，寒沙帶淺流。」是沙洲上一片淒涼冷落，滿是枯槁的蘆葦。「二十年」一句，劉過離家赴試，曾在這裡過了一段放縱的生活，「所謂醉槌黃鶴樓，一擲賭百萬。」（〈湖學別蘇召叟〉）以及「黃鶴樓前識楚卿，彩雲重疊擁娉婷。」（〈浣溪沙〉贈妓徐楚楚）這是當年他的游蹤。二十年過去一事無成，二十年後的今天重過武昌，景物是如此蕭條。令人感悲。「柳下繫舟未穩」說明重來武昌的時間極短。「能幾日、又中秋。」都點明季節與時序，已經轉入秋天，象徵國家與個人均已入衰落期。

下片主要寫重過南樓的感概，「黃鶴斷磯頭」二句，化用崔顥〈黃鶴樓〉詩，寫物是人非，對當年同游故人表深切懷念。「舊江山、渾是新愁」，登覽遠眺，舊愁新怨直湧心頭，新愁是殘山剩水依舊冷落。想苦中作樂，買花載酒，「終不是、少年遊」，終不像年少的豪情，只是徒增惆悵。黃蓼園《蓼園詞選》稱其：「武昌係與敵紛爭之地，重過能無今昔之感？……詞旨清越，亦見含蓄不盡之意。」

三、悼念民族英雄

劉過的詞中對民族英雄有極動人的感情，如〈六州歌頭〉題岳鄂王廟：

> 中興諸將，誰是萬人英。身草莽，人雖死，氣填膺。尚如生。
> 年少起河朔，弓兩石，劍三尺，定襄漢，開虢洛，洗洞庭。
> 北望帝京。狡兔依然在，良犬先烹。過舊時營壘，荊鄂有遺

〔註 51〕清・畢沅編：《續資治通鑑》，冊七。頁 4225。

民。憶故將軍。淚如傾。　　說當年事，知恨苦，不奉詔，偽耶真。臣有罪，陛下聖，可鑒臨。一片心。萬古分茅土，終不到，舊姦臣。人世夜，白日照，忽開朗。袞佩冕圭百拜，九泉下，榮感君恩。看年年三月，滿地野花春。鹵簿迎神。（卷十一）

《宋史‧岳飛傳》說宋孝宗時詔復飛官，以禮改葬，並建廟於鄂，寧宗嘉泰四年（1204）五月，追封鄂王。本詞題為「題岳鄂王廟」，到底詞寫於何年？

嘉泰二年（1202），朝廷加韓侂胄太師，韓侂胄收羅知名之士，又意在開邊，士大夫之好言恢復者，亦多見擢用。嘉泰三年（1203）夏，辛棄疾知紹興府兼浙東安撫使，招劉過至幕府。嘉泰四年，正月，稼軒被召，並言：「金國必亂必亡，願屬元老大臣為應變計」，全國充滿抗敵氣氛。開禧元年（1205）春夏之交，〔註 52〕劉過至京口訪辛棄疾，而開禧二年（1206）劉過卒。可知是較有可能是他在嘉泰四年，西游漢沔（今武漢）時所作。

詞開頭用設問句，強調岳飛是南宋中興名將，民族英雄。「身草莽，人雖死，氣填膺。尚如生。」岳飛胸中充滿浩然正氣，為國家利益而死，所以雖死猶生，英名永在。「年少起河朔」六句，追述岳飛生平事蹟，憑著忠肝義膽，縱橫沙場，所向披靡。「定襄漢，開虢洛，洗洞庭」，都是描寫岳飛大破金兵的歷史功績。「北望帝京」三句寫中原未收復，良將先殺，對岳飛的死流出無限的同情。「過舊時營壘，荊鄂有遺民」，寫對岳飛憑弔，「荊鄂有遺民」，指自己早年生活襄陽，「憶故將軍。淚如傾。」對為國殉難忠良的悼念與歌頌。

下片主要寫岳飛受的冤獄和百姓對他的愛戴。「不奉詔，偽耶真」，不過是秦檜編的謊言，所以秦檜要負責任。「臣有罪，陛下聖，可鑒臨，一片心」，就連宋高宗也難辭其咎，皇帝應明察臣子的一片報國之心。

〔註 52〕鄧廣銘：《辛稼軒年譜》，頁 777。

「萬古分茅土」三句千代以來分封王侯，都不會輪到奸臣的份上，對奸佞小人的切齒痛恨與鞭笞。秦檜死於岳飛被害後十三年，贈申王，謚忠獻，開禧二年（1206）權禮部侍郎李壁奏言：「秦檜首倡和議，使父兄百世之愁不復開口於臣子之口，宜亟貶檜以示天下。」〔註 53〕追奪漢奸賣國賊秦檜的王爵，改謚謬醜。

「人世夜」三句，寫岳飛冤獄中被平反，人間沈沈黑夜，終有白日高照，變得開朗。「袞佩冕圭百拜」，寫想像岳飛榮封鄂王，身穿袞服，懸掛玉佩，頭帶冠冕，手直圭璧，端坐廟中受人朝拜。岳飛地下有知，必定榮感君恩。最後三句寫群眾對民族英雄的懷念，每逢三月，春光明媚，遍地花香之時，人們就以隆重大禮來祭奠岳飛的神靈。看年年三月，滿地野花春。鹵簿迎神。

這首詞激昂、悲憤、沈痛的感情起伏跌宕，後片露出明朗色彩，說明作者不只在為岳飛痛哭，而是把希望寄託在寧宗皇帝，鼓舞長期受壓的愛國之士，起來反抗金人，實現統一中原的大志。

又有〈沁園春〉觀競渡：

> 歎沈湘去國，懷沙弔古，江山凝恨，父老興衰。正直難留，靈修已化，三戶真能存楚哉。空江上，但煙波渺渺，歲月洄洄。　　持杯。西眺徘徊。些千載、忠魂來不來？謾爭標奪勝，魚龍噴薄，呼聲賈勇，地裂天催。香黍纏絲寶符插艾，猶有尊前兒女懷。興亡事，付浮雲一笑，身在天涯。（卷十一）

劉過漫遊湖南，在懷沙憑弔屈原的忠貞，卻只能投江自縊，「楚雖三戶，亡秦必楚」指楚國即使只剩下三戶人家，滅秦者必是楚人，詞中鼓勵人們應起來抗暴復國之決心。「興亡事，付浮雲一笑，身在天涯」，愛國的心情，有如陸放翁「此身誰料，心在天山，身老滄洲」的含蓄、深沈。

〔註 53〕清．畢沅編：《續資治通鑑》，冊七，頁 4239。

四、關心民間疾苦

劉過的詞有關心民生疾苦，雖然數量不多，在〈清平樂〉：

新來塞北，傳到真消息，赤地居民無一粒。更五單于爭立。
　　維師尚父鷹揚。熊羆百萬堂堂。看取黃金假鉞，歸來異姓真王。（卷十一）

他的詩中也有關心百姓生活如〈悲淮南〉：

淮南窮到骨，忍復椎其飢。不知鐵錢禁，作俑者為誰。行商斷來路，清野多流禽。……今者縱虎狼，而使渴與飢。……悲哉淮南民，持此將安之。（卷三）

詩中寫到百姓已經窮困不堪，批評南宋為了補償經濟來源的不足，還設鹽鐵禁，使百姓流離失所。又在〈郭帥遺蕨虀〉：「主人幕下三千士，談王說霸如蜂起。日日椎鮮與擊肥，餐飫腥羶飽而已。……要看濈濈兒拳短，窮人便是知田漢。」（卷二）批評官家的富足奢侈，而田家卻苦哈哈。在〈祭李侍郎〉云：「方今講論肥民策，不數橫流地上錢。」（卷四）

又在〈瓜洲歌〉云：

今年城保寨，明年城瓜洲。寇來不能禦，賊去欲自囚。……參差女牆月，水夜照敵樓。泊船遠河口，頗為執事羞。（卷一）

執政掌權的為國不能保，百姓生活的痛苦而負責，並感到可恥。

第三節　劉過英雄失路的悲憤之詞

劉過一生遭遇坎坷，生活窮苦，在宋朝，讀書想要謀取地位，建立功名，發展抱負，主要是以科舉為途徑，或是上書皇帝有所建言，或干謁諸侯。劉過這三條路都試過，卻走得很失敗，以至於潦倒不堪。他一生未得功名，在〈上吳居父〉又說：

廟堂陶鑄人才盡，流落江淮老病身。尚踏槐花隨舉子，不知鄧禹是何人。（卷八）

他在〈官舍阻雨十日不能出悶成五絕呈徐判部之五〉云：「世間別有人才任，臺閣招徠恐未多。」（卷八）抱怨朝廷遺賢，他到年老流落衰病，竟還在上京趕考。他又在〈念奴嬌〉留別辛稼軒：「虛名相誤，十年枉費辛苦。」（卷十一）在〈明州觀大閱〉亦云：「十年文窮坐百拙。」（卷二）對自己的一再落第，劉過一直耿耿於懷，他說：「只今覺衰甚，四海游已倦。所餘習氣在，未了一第欠。」（〈湖學別蘇曰叟〉卷三）又在〈從軍樂〉抱怨：「漸老一第猶未叨，自嗟賦命薄命紙。」（卷一）因為他屢試不第，他抱怨讀書無用，有志不得伸，「平生讀書徒苦辛，遭逢喪亂未得志，長策短稿無由伸。」（〈村墅〉卷二）在〈讀書〉詩云：「世途風波惡，躬履見險側，敢云賣文活，一錢知不值。」（卷三）世途險惡，屢遭挫折，讀書滿腹，卻一文不值。所以他有許多不滿之詞。

劉過在科舉中受盡挫折，屢次參加科考都落第，奔走達觀貴族家也不被重用，自傷淪落。他這部分的詞有：

一、抱怨科舉制度

劉過在〈上袁文昌知平江〉說「十年無計離場屋，說著功名氣拂胸。」（卷四）又在〈與許從道書〉：

> 他人讀書句讀猶未通，把筆為文章，模擬竄竊，粗曉聲病，即取高第，為時達官。足下試于鄉于湖南、江東、兩浙，僅能一再中，而姓名上禮部輒報罷。（卷十二）

抱怨他人雖粗讀詩書，考科舉卻如囊中取物。而他自己則「姓名上禮部輒報罷」。他傷感的說：「桃李被笙歌，松柏遭催傷。」（〈懷古四首為知己魏倅元長兼呈永叔宗丞戴少望〉卷三），對這種不公平的待遇，感嘆說：「算世間久無公是非。」（〈沁園春〉寄孫竹湖）他還向科舉制度提出質疑，在〈謁易司諫〉云：

> 懶看齷齪隨時士，誰是艱難濟世才？韋布豈無堪將相，廟堂未易賤蒿萊。（卷四）

他參加科舉是為取得報效國家的途徑，但他的「詩豪賦佳不入世俗眼」，〔註 54〕又有〈下第〉詩：

> 蕩蕩天門叫不應，起尋歸路歎南行。新亭未必非周顗，宣家終須召賈生。振海潮聲風洶湧，插天劍氣夜崢嶸。傷心故國三千里，纔是餘杭第一程。（卷六）

科舉彷如登天一般難，真是坎坷困難。因此他看到別人考中，耀武揚威心中很痛苦。他又在盧蒲江席上，有新宗室，寫〈沁園春〉抱怨：

> 一劍橫空，飛過洞庭，又為此來。有汝陽璡者，唱名殿陛；玉川公子，開宴尊罍。四舉無成，十年不調。大宋神仙劉秀才。如何好，將百千萬事，付兩三杯。　　未嘗戚戚於懷。問自古英雄安在哉。任錢塘江上，潮生潮落，姑蘇臺畔，花謝花開。盜號書生，強名舉子，未老雪從頭上催。誰羨汝，擁三千珠履，十二金釵。（卷十二）

這首詞最能達他落第的心情。詞的前三句化用唐人呂岩的〈絕句〉：「朝游南海暮蒼梧，袖裡清蛇膽氣粗。三上岳陽人不識，朗吟飛過洞庭湖。」以飛劍橫空的壯采象徵匡濟天下的奇志，寫自己前去應試時的意趣風發，何等豪邁。

「汝陽璡者」四句，說明座中有宗室殿試及第，接著言盧蒲江舉行酒宴待客。唱「四舉無成，十年不調。大宋神仙劉秀才」，敘述自己不幸的遭遇，幾番落第，多年奔走不得一官，卻又與新科中榜者同席，實在難堪。表明科舉失意的淒涼與不平。「如何好？」表現作者的六神無主。但馬上自我排遣，「將百千萬事，付兩三杯」，只有借酒澆愁。

「未嘗戚戚於懷」，表現自己不因物喜，不因己悲，心境光明磊落。「問自古英雄安在哉？」自古以來英雄終歸無有，如「浪淘盡、千古英雄人物。」

〔註 54〕呂大方：〈以改之下第賦詞贈之〉，見宋．劉過撰、楊明校編：《龍洲集》附錄，頁 73。

「任錢塘江上」四句，以任由潮起潮落，花謝花開，表現痛心國勢興衰得失。「盜號書生，強名舉子，」詞意非常消沈，寫自己枉讀詩書無益時世的痛苦，然而歲月無情，自己已經「未老雪從頭上催」，滿頭白髮了。

作者嚐盡人間辛酸，卻心繫天下，得勢者卻安居廟堂，不顧民生。兩相對比讓劉過一腔憤怒，「誰羨汝，擁三千珠履，十二金釵。」比起柳永的「忍把浮名換了淺斟低唱」的無奈消沈更加狂勃怒怨，詞末簡直是睥睨群雄。正如他在〈寄程鵬飛〉詩云：「科舉未為暮年計」，（卷五）科舉不是為披金戴銀，或是為晚年生計打算，所以不須羨慕別人擁有珠履、金釵，明白的表示對此輩的不屑。

二、嘆朝廷不重人才、報國無門

劉過科舉之路不通，決定嘗試第二條路來到臨安，準備上書皇帝，以尋求報國機會。此時孝宗病危，光宗不予過問。劉過「伏闕上書請光宗過宮」，〔註 55〕並「陳恢復中原方略，謂中原可一戰而取。」〔註 56〕可惜他的上書已經亡佚。結果是「奉旨還鄉。」

科舉落榜，伏闕上書也走不通，劉過仍不死心，只好選擇第三條路，奔走朝臣門下，盼能呈獻恢復中原之計。他在〈獨醒賦〉自云：「上皇帝之書，客諸侯之門」（卷十二），他曾先後奔走於宰相周必大，殿帥郭杲、皇親吳琚、浙東轉運使辛棄疾、韓侂冑的門下，但並沒有受到韓侂冑的重用。他只有唱起「江南遊子斷腸句，漢殿逐臣流涕書。」（〈謁江華曾百里〉卷四）他在〈辭周益公〉：

> 一曲歸歟浩浩歌，世間無地不風波。人從貧賤識者少，事向艱難省處多。紫塞將軍秋佩印，玉堂學士夜鳴珂。太平宰相不收拾，老死山林無奈何。（卷四）

〔註 55〕宋．周密：《齊東野語．紹熙內禪》，見《景印文淵閣四庫全書》，冊八六五，頁 659。

〔註 56〕清．謝旻監修，陶成編纂：《江西通志》，見《景印文淵閣四庫全書》，冊五一五，頁 600。

他干謁的目標是統一中原，又在〈謁金陵武帥李夷時扣殿帥為易憲章求書碑〉說：「狂胡要使如灰滅，中國先須大器安。」（卷四）又云：「磨崖已辦中興頌，洗眼西湖看北征」（卷四）〈沁園春〉御閱還上郭殿帥「中興事，看君王神武，駕馭英雄。」（卷十一）他在〈上金陵章侍郎〉詩中，鼓勵握兵權者「便當擊楫中流誓，莫使鞭為祖逖先。」（卷四）應像祖逖一般，為國盡忠，不勝不還。他在〈謁郭馬帥〉云：

盜賊蝟毛起，斂民及刀錐。父老思漢官，壺漿傒王師……。（卷三）

這些努力都白費，劉過一腔苦楚，他在〈水調歌頭〉：

弓劍出榆塞，鉛槧上蓬山。得之渾不費力，失亦匹如閒。未必古人皆是，未必今人俱錯，世事沐猴冠。老子不分別，內外與中間。　酒須飲、詩可作、鋏休彈。人生行樂、何自催得鬢毛斑？達則牙旗金甲，窮則蹇驢破帽，莫作兩般看。世事只如此，自有識鴟鸞。（卷十一）

這是劉過晚年時，和戰兩派鬥爭激烈，由於主和派都是朝廷掌權者，所以主戰派受壓抑，內心鬱悶難以排遣。

「弓劍出榆塞，鉛槧上蓬山。得之渾不費力，失亦匹如閒。」劉過認為出塞殺敵與著書立說，武功文名並不難取，失之也不用太計較。看來作者很達觀。但他在〈盱眙行〉云：「何不夜投將軍扉，勸上征鞍鞭四夷。滄海可填山可移，男兒志當如斯。」（卷一）可見「失亦匹如閒」，並非劉過心裡真正想的。

接著「未必古人皆是，未必今人俱錯」兩句，看似否定古人，替今人說話，但從「世事沐猴冠」乃否定是非。「老子不分別，內外與中間。」用「老子」一句，是作者憤世嫉俗，睥脫千古的狂放精神。從否定文名武功到否定是非到否定一切，實在是激憤至極之詞。可謂越轉越深越妙。

劉過在上片都已否定形式，到過片時，「酒須飲、詩可作、鋏休彈」，酒可以解憂，詩可以言志。唯獨不可彈鋏，因為統治者昏憒無能，不看重人才，「彈鋏何用？」所以「人生行樂、何自催得鬢毛斑？」人生須尋樂，何必自尋煩惱，枉催得雙鬢斑白，何況「牙旗金甲」、「蹇驢破帽」，窮困與通達並無二樣。其實這都不是肺腑之言，他是熱切報國無門，但科舉落第、伏闕上書、客食諸侯之門，沒有一樣成功，心情鬱悶到極處，在現實與理想無法調和，所發激憤的言論，結論是「自有識鴞鸞」，是非公道自在人心。直到尾拍才一語道破真實思想，達到似直而紆、似達而鬱的境界。

又有〈祝英臺近〉：

> 笑天涯，還倦客。欲起病無力。風雨春歸，一日近一日。看人結束征衫，前呵騎馬，腰劍上、隴西平賊。　　鬢分白。只可歸去家山，吾田種瓜得。空抱遺書，憔悴小樓側。杜鵑不管人愁，月明枝上，直啼到枕邊相覓。（卷十一）

詞中上片抒發「欲擊單于知力倦」的無可奈何悲苦。怨嘆自己衰病無力，羨慕別人能征戰殺敵歸來。自己只能歸老故山，而兩鬢斑白，卻無田可耕，生生之術，無以自給，一事無成空抱書冊，也無法報國，只有憔悴小樓。其孤苦寒酸的情形不可言喻，而「杜鵑不管人愁」等三句，使人聯想溫庭筠的「梧桐樹，三更雨，不道離情正苦，一葉葉，一聲聲，空階滴到明」，寫盡心中的哀愁。又有〈沁園春〉王汝良自長沙歸下片：

> 談兵齒頰兵霜。有萬戶侯封何用忙。借煙霞且作，詩中隊仗；鷺鵷已是，歸日班行。收劍平生，籌邊胸次，以酒澆之書傳香；消凝處，怕三更枕上，疏雨瀟湘。（卷十一）

無奈的時代讓人談兵齒冷，只有將「談兵」、「籌邊」之志，化為詩書飲酒的消遣，結尾則道出疏雨瀟湘，並勾出壯志不酬的愁苦，激情歸於頹喪，詞情低沈抑鬱。

又有〈賀新郎〉：「人世紅塵西障日，百計不如歸好。」詞中有英雄不被重用的憂愁與沒落。「笑鶯花別後，劉郎憔悴萍梗。倦客天涯，還買個西風輕艇。」（〈西吳曲〉卷十一）「行到橋頭無酒賣，老天猶困英雄。」（〈臨江仙〉）的怨嘆。

三、感嘆身世飄零

劉過受到科舉的挫折，伏闕上書被拒，奔走群臣門下，被諷刺譏嘲，被誤解為逢迎拍馬，他是個「十年南北走東西，豪氣崢嶸老不衰」（〈掛搭松窩〉卷六）的有志之士。他的心靈是如此痛苦，他自己說「過也久淪落⋯⋯，黑貂日以敝，塵埃鬢成絲」，（〈謁郭馬帥〉卷三）「早被儒冠誤，依稀老更侵。科名數行淚，歧路一生心。」（〈上周少保之二〉卷七），物質生活是「出門雖是欠陶朱」（〈春日即事〉卷六）的貧困。岳珂《桯史》更稱他：「厄於韋布，放浪荊楚，客食諸侯間。」〔註57〕宋・呂大中說他：「家徒壁立，無擔石儲」，〔註58〕他自道「落魄不檢，諸所交游者，莫不厭而惡之，謗怒嫉罵，叢至沓來。」（〈與許從道書〉卷十二）結果落得「流落齟齬」（〈獨醒賦〉卷十二），而且「依然破帽老騎驢」。（〈謁江華曾百里〉卷四）閬風先生說他：「有志無時，用勿克，施賚恨而沒。」〔註59〕

劉過一生最大的悲劇是，盡了多少努力，科舉、上書、客食諸侯處，都無法達到報效國家之路，他在〈與許從道書〉：「倒指記之，自戊申（1188）及今己未（1199），日月逾邁，動經一紀。君猶書生，我為布衣。⋯⋯某亦自借湖南之次，寂寞無聞。」（卷十二）長達十二年，幾番應試皆被黜，多年奔跑不得一官，是何等難堪。「落魄不檢，諸所交游者，莫不厭而惡之，怨怒嫉罵，叢至沓來」（〈與許從道書〉十二）連報國的舞臺皆無，在感懷身世、感嘆懷才不遇之詞，也更慷慨激昂，宣洩無遺。

劉過浪跡江湖時，曾「東上會稽，南窺横湘，西登岷峨之巔，北游爛漫乎荊揚」（〈獨醒賦〉卷十二）。像他這志士根本無從施展抱負，所以詞中有許多懷才不遇的悲憤，也深憂國勢衰頹，濟世之志無伸展。他在〈自嘆〉詩云：「書生窮蹇甚，一笑百禍胎。」（卷三）複雜心態的反映，如〈賀新郎〉：

〔註57〕宋・岳珂：《桯史》，見《景印文淵閣四庫全書》，冊一〇三九，頁422。
〔註58〕宋・呂大中：〈宋詩人劉君墓碑〉，見《龍洲集》，附錄三，頁141。
〔註59〕宋・劉過：《龍洲集・閬風先生跋》，頁140。

彈鋏西來路。記匆匆、經行十日，幾番風雨。夢裏尋秋秋不見，秋在平蕪遠樹。雁信落、家山何處。萬里西風吹客鬢，把菱花、自笑人如許。留不住，少年去。　　男兒事業無憑據。記當年、悲歌擊楫，酒酣箕踞。腰下光鋩三尺劍，時解挑燈夜語。誰更識、此時情緒。喚起杜陵風月手，寫江東渭北相思句。歌此恨，慰羈旅。（卷十一）

劉過以杭州為中心的漫游以後，先是南下東陽、天臺、明州，北上無錫、姑蘇、金陵，他再從金陵溯江而上，經采石、池州、九江、武昌，直到當時抗金好鎮襄陽，並往來襄陽與武昌之間，歷經艱辛遍嘗羈旅離愁。詞的上片表明自己流落他鄉，抑鬱不平。「彈鋏西來路」四句，借馮諼寄居孟嘗君故事，彈鋏說明寄人籬下，不被重用。「雁信落、家山何處」，希望鴻雁傳遞消息，可是家鄉遙遠，音信全無。

下片寫男兒事業無著落，當年「奏賦明光，上書北闕」的壯志，又如高漸離擊筑悲歌，如阮籍「箕踞嘯歌，酣放自若」不可一世的豪情，因不受當政者的重視，都已成往事雲煙了。「腰下光鋩三尺劍，時解挑燈夜語。誰更識、此時情緒。」儘管事業無成，自己壯志未衰，時常挑燈看劍，又怎能忍對燈花落淚。

最後四句呼應「彈鋏西來路」，由國事感慨轉入個人身世的飄零，以李白自喻，希望杜甫再世，能用他「筆落驚風雨，詩成泣鬼神」及「渭北春天樹，江東日暮雲。何時一樽酒，好與細論文」（〈春日懷李白〉）的優美詩句，放聲歌唱報國無路的悲憤，慰藉我這旅居在外的人。

劉過這類詞基本都是科舉不第，懷才不遇，理想壯志未酬，所表現在詞中的大都懷舊、述志、言情，情緒由激昂熱烈歸於頹喪、哀怨、不滿，詞風類則呈現抑鬱。

第四節　劉過的祝壽、酬贈詞

劉過八十七首詞中，祝壽、酬贈的詞近三十首，可謂佔大部份。

因為他曾「客諸侯之門」，只能借祝壽、酬贈表明心願。因此他的壽、贈詞是具有某種特殊的意義。贈投的對象不同，而詞的格調也不同。劉過和陸游、辛棄疾都是支持韓侂胄的北伐主張。劉過甚至先後為韓侂胄寫〈代壽韓平原〉五首詩，〈沁園春〉「玉帶金魚」、〈滿江紅〉「霜樹啼鴉」、〈水龍吟〉「慶流閱古無窮」、〈賀新郎〉「倦舞輪袍後」、〈西江月〉「堂上謀臣尊俎」、〈清平樂〉「新來塞北」等詞。

他的祝壽詞，最特別的是很少提到宋人喜愛的歌頌長壽、神仙、富貴等，而是對國家大事、個人身世著墨較多，他的祝壽詞、酬贈詞，有以下的特點：

一、大聲疾呼恢復中原

劉過因為沒做過官，沒中過科舉，他要接觸朝廷要員，只能大官生日時段投贈詩詞，詩詞中他絕不是阿諛諂媚，祝長壽、富貴、神仙等，而是鼓舞復國統一。在〈沁園春〉代壽韓平原「玉帶金魚」詞中，把韓侂胄比做「擎天柱石」，「平原處、看人如伊呂，世似唐虞。」《渚山堂詞話》云：

> 劉改之〈沁園春〉云：「綠鬢朱顏……」，此詞題云：「代壽韓平原。」然在當時，不知竟代誰作。……然改之詞意雖媚，其「收拾用儒」、「收斂若無」與「芝香棗熟」等句，猶有勸韓侂胄謙沖下賢，及功成身退之意。〔註60〕

他除了勸「韓侂胄謙沖下賢，及功成身退」外，又在詩中云「要令臨敵尊裴度，必向東山起謝安。」（〈代壽韓平原〉之二）一再推崇韓侂胄為伊尹、呂尚、謝安，希望他能像謝安能克敵致勝，又如「慷慨軟平千載恨，經營已嘆十年遲。」盼望應該趕快平定敵人，洗雪北宋滅亡之恥，因為已經晚了十年。又在〈賀新郎〉賀他：「朝廷既正，乾坤交泰，華夷歡喜，行定中原，錦衣歸鄉，分茅裂地。」〈沁園春〉代壽韓平原云：「膽能寒虜；而今胸次，氣欲吞胡。」而且還具體提出意見，「不須別

〔註60〕明・陳霆：《渚山堂詞話》，見《詞話叢編》，冊一，頁374。

樣規模。但收覽人才多用儒」，使用人才一定要多用儒者。他又在〈西江月〉賀詞云：

> 堂上謀臣尊俎，邊頭將士干戈。天時地利與人和。燕可伐歟曰可。　今日樓臺鼎鼐，明年帶礪山河。大家齊唱大風歌。不日四方來賀。（卷十一）

宋神宗嘉泰四年，韓侂冑定議伐金，振奮百姓民心，受到抗戰派人士及全國軍民響應，劉過寫這詞為祝賀韓侂冑生日而作，表達愛國者的心聲。

上片寫北伐條件已經全備，古時以為戰爭最要者，天時、地利、人和，而以人和為要。首二句指人和。堂上有謀國、折衝尊俎的忠臣，邊疆有驍勇、枕戈待旦的戰士。「淮北流民願歸附」，「金國已有必亂必亡的現象」，金陵又是「龍蟠虎踞」之地，這真是天時地利人和，伐金必勝。

下片寫勝利在握的豪情，給萎靡的時代增添許多豪情。運用《史記高祖功臣侯年表》說：「封爵之曰：使河如帶，泰山若礪，國以永存，爰及苗裔。」指封國不會滅絕。說明韓侂冑當宰相，明年戰勝敵人，將晉升更高的爵位。「大家齊唱大風歌。不日四方來賀」以高祖〈大風歌〉典故，說明不久中原必收復，國勢必強盛，西方都來朝。

他也用〈水調歌頭〉壽王汝良：「斬樓蘭，擒頡利，志須酬。青衫何事，猶在楚尾與吳頭。」（卷十一）祝福以收復中原為要事。又〈滿江紅〉壽：「功甚大，心常小。居廊廟，思耕釣。奈華夷休戚，繫王顰笑。盟府山河書帶礪，成周師保須周召。」（卷十一）內容都是統一山河的期盼。

光宗紹熙四年（1193），劉過東游紹興，此時陸游因淳熙十六年（1189），為諫議大夫何澹彈劾，罷官歸故鄉，過著「夕陽坐西邊，看兒牧雞豚」的閒適生活，劉過去訪，寫了一首〈水調歌頭〉寄陸放翁：

> 謫仙狂客何如，看來畢竟歸田好。玉堂無此，三山海上，虛無縹緲。讀罷《離騷》，酒香猶在，覺人間小。任菜花葵麥，劉郎去後，桃開處、春多少。　一夜雪迷蘭棹，傍寒溪、

> 欲椽健筆，檄書親草。算平生白傅風流，未可向、香山老。（卷十一）

指陸游的歸田之樂，高於天上人間一切樂趣。「任菜花葵麥，劉郎去後，桃開處、春多少」，反用劉禹錫〈再游玄都觀〉詩及序的典故，暗示陸游歸隱之後，朝廷不再小人得勢，「春多少」，指增添春色不少。

下片劉過稱讚陸游有文采，又有武略，切勿在歸隱終了此一生。接著運用兩個典故，用《世說·任誕》王子猷夜訪戴安道，比喻自己至山陰訪陸游。而今以韓愈獎掖後進劉義的典故。說明自己知音少，另有陸游另眼相看，有〈贈劉改之秀才〉:「李廣不生楚漢間，封侯萬戶何其難。」陸游以劉過不封侯為可惜，而劉過也希望陸游能報效國家，親草檄書，「未可向、香山老」，在歸隱中過此一生。

二、讚頌友人

劉過一生悲苦，「生雖窮志不窮，詩滿天下，身霸騷壇，死雖窮而名不窮。」〔註61〕總覺只有辛稼軒才真正明白他報國之心者，他的〈沁園春〉寄辛稼軒：

> 古豈無人，可以似吾，稼軒者誰。擁七州都督，雖然陶侃，機明神鑒，未必能詩。常袞何如，羊公聊爾，千騎東方侯會稽。中原事，縱匈奴未滅，畢竟男兒。　　平生出處天知，算整頓乾坤終有時。問湖南賓客，侵尋老矣，江西戶口，流落何之。盡日樓臺，四邊屏障，目斷江山魂欲飛。長安道，奈世無劉表，王粲疇依。（卷十一）

「古豈無人，可以似吾稼軒者誰」，是指劉過認為歷史中的英雄輩出，卻無人可以稼軒相比擬。詞中舉三位人物，陶侃雖然神機妙算，卻無詩才。唐名相常袞，重用文人。堵住賣官鬻爵之路。羊祜鎮守襄陽，是風流儒將。兩人也比不上稼軒。千騎雍容的鎮守會稽：「中原事，縱匈奴未滅，畢竟男兒。」讚美稼軒一生為抗金復國而努力，是個堂堂男兒。

〔註61〕宋·呂大中：〈宋詩人劉君墓碑〉，見《龍洲集》，附錄三，頁141。

「算整頓乾坤終有時」，總有一天整頓乾坤，然而自己已年老，「目斷江山魂欲飛」焦慮江山未收復，自己的淪落，只有稼軒賞識他，把一切希望寄託在辛棄疾身上。

三、抱怨懷才不遇、自憐身世

劉過一生悲苦，處處吐露懷才不遇心聲。如〈念奴嬌〉留別辛稼軒：

> 知音者少，算乾坤許大，著身何處。直待功成方肯退，何日可尋歸路。多景樓前，垂虹亭下，一枕眠秋雨。虛名相誤，十年枉費辛苦。　　不是奏賦明光，上書北闕，無驚人之語。我自匆忙天未許，贏得衣裾塵土。白壁追歡，黃金買笑，付與君為主。蓴鱸江上，浩然明日歸去。(卷十一)

這首詞大約作於嘉泰三年（1203）。劉過因為科舉不第，上書也得不到朝廷的重視與任用。

詞的前三句寫懷才不遇，沒有相知者的苦悶。「知音者少」對「乾坤許大」，說明天地之大，卻沒有安身立命之處。如果真要等到功成名就，何年才能歸故鄉。「多景樓前」，是江蘇鎮江北固山甘露寺內，是唐名勝之一，前節已提過他曾寫〈題潤州多景樓〉懷念中原的名句。「垂虹亭下」在江蘇吳江縣長橋之上，是當地名勝之一。「一枕眠秋雨」。指多景樓、垂虹亭，不僅風景優美，而且可以眺望中原。然而「虛名相誤，十年枉費辛苦」，十年辛苦求名，白費苦心。

下片「不是奏賦明光，上書北闕，無驚人之語。」說明自己的不遇，不在沒有詩才，不能像漢詞賦家那樣在明光宮向皇帝進辭賦，也不在於他不能伏闕上書，陳述治國安邦良策，來打動國君之心。「我自匆忙天未許，贏得衣裾塵土。」實在是「天未許」，在於皇帝不賞識、不重用，只有「贏得衣裾塵土」，真是灰頭土臉。說明統治者不中用人才的可惡。「白住追歡，黃金買笑，付與君為主」三句，是留別辛棄疾的話。古時皇帝、大臣對下屬有賞賜，常用「白璧一雙」。崔駰〈七依〉：「回顧百萬，千金買笑」，形容每人笑容難得。用這些典故，都表示幸好有知音辛棄疾慷慨大度，但不論是白璧的賞賜，或是縱情聲色，黃金買笑，我都沒興趣。這都是歸去的時候，因此決心要有「鱸江上」的生活，不向腐朽的勢力低頭。

又有〈賀新郎〉贈張彥功：

> 聽畫角、吹殘更鼓。悲壯寒聲撩客恨，甚貂裘、重擁愁無數。霜月白，照離緒。　　青樓回首家何處。早山遙，水闊天低，斷腸煙樹，誰念天涯牢落況。（卷十一）

年暮歲晚，久客異鄉的愁恨、牢騷，內心的孤寂，無人能體會天涯淪落的痛苦。又有〈賀新郎〉贈鄰人朱唐卿：

> 多病劉郎瘦。最傷心、天寒歲晚，客他鄉久。……若見故鄉吾父老，道長安、市上狂如舊。重會面，幾時又。

久客他鄉的無奈、傷心，只能以狂遮住一身的潦倒。都傾吐英雄失路、報國無門的哀痛。

四、表現自己的狂放

劉過稱自己的個性，如「峰稜四面起，節操一生堅，……從教方有礙，終不效規圓。」（〈方竹杖〉卷七）「鼓行之老氣不衰，嫉惡之剛腸猶在。」（〈建康獄中上吳居父〉卷十二）不僅嫉惡如仇，並「自放於禮法之外」，（〈答曹元章並序〉卷三）連狂放的陸游，在紹熙四年（1193），遇到他時，也說他：「胸中九淵蛟龍盤，筆底六月冰雹寒。放翁七十病欲死，相逢尚能刮眼看。」〔註62〕

他狂放的個性，可由〈題東林寺〉窺知：「老拳為不愛官職，買得狂名滿世間。」（卷八）狂正是他個性的寫照。他曾說：

> 某本非放縱曠達之士，垂老無所成立，故一切取窮達貴賤死生之變，寄之酒杯，浩歌痛飲，旁若無人，意將有所逃者。於是禮法之徒始以狂名歸之，某亦受而不辭。（〈與許從道書〉卷十二）

〔註62〕宋．陸游：《劍南詩稿》，見《景印文淵閣四庫全書》，冊一一六二，頁443。

他本不是狂放之徒，狂是別人給的封號，在人才不被重視的時代，他不諱言自己狂，並以狂行事，並相信後世有好其狂者。他說：

吾觀天下齷齪之士滔滔皆是，後世必有好予之狂者。（〈答曹元章〉卷三）

劉過也曾因一時疏狂而觸怒了某官僚，而下到建康監獄。幾乎送了生命，〔註 63〕他有〈建康體中上吳居父時魏杭廣夫為秋官〉詩（卷十二），真是何等狂豪。也因為如此，他的〈獨醒賦〉有最好的寫照：「半生江湖，流落齟齬。」（卷十二）

劉過表現自己的狂放，最有名的是他的〈沁園春〉寄辛承旨，時承旨招，不赴：

斗酒彘肩，風雨渡江，豈不快哉。被香山居士，約林和靖，與東坡老，駕勒吾回，坡謂西湖，正如西子，濃沫淡妝臨照臺。二公者，皆掉頭不顧，只管銜杯。　　白雲天竺飛來。畫圖裏、崢嶸樓觀開。看東西雙澗，縱橫水繞，兩峰南北，高下雲堆。逋曰不然，暗香浮動。爭似孤山先探梅。須晴去，訪稼軒未晚，且此徘徊。（卷十一）

這首詞寫於嘉泰三年（1203），這時劉過流寓杭州。辛承旨即辛稼軒，因他曾於開禧三年（1207）被任命為樞密院都承旨而得名。不過那時劉過已死，「承旨」兩字可能是後人加的。嘉泰三年辛稼軒在紹興任浙東安撫使，劉過詩名天下，稼軒知道他在杭州，就派人去請他。劉過有事不能前往便寫這一首詞回答。岳珂《桯史》云：

辛棄疾曾召劉過，劉過有事不克前來，因效辛體〈沁園春〉一詞並緘往，下筆便逼真。其詞曰：「斗酒彘肩，……」辛得知大喜，致餽數百千，竟邀之去，館燕彌月，酬唱亹亹，皆似之，逾喜。

〔註 63〕宋・周密：《浩然齋雅談》，頁 844。

詞的上片說「斗酒彘肩，用樊噲典故。設想稼軒招待自己大吃痛飲。他願意在狂風大雨中渡過錢塘江，「豈不快哉」，表明自己願意赴招。然而突來一個大轉彎，這次浙東之行，被蘇軾、林和靖、白居易給留住了，用蘇軾〈飲湖上初晴後雨〉:「若把西湖比西子，濃抹淡妝總相宜」，要他欣賞西湖濃沫淡妝的景致，白居易寫過不少歌詠杭州名句，〈春題湖上〉:「湖上春來似圖畫」，〈西湖晚歸回望孤山寺贈諸客〉:「樓殿參差倚夕陽」，如〈寄韜光禪師詩〉:「東澗水流西澗水，南山雲起北山雲」。「白云天竺飛來」等六句是化用上述白詩，由於白居易對天竺的喜愛，所以要他賞東、西兩澗和南、北高峰。林和靖他在〈山園小梅〉稱讚梅花:「疏影橫斜水清淺，暗香浮動月黃昏。」「逋曰不然」六句，化用林詩，寫林和靖邀他去弧山探梅。他無法赴約故作姿態，以表現自己之狂放。

第五節　劉過的情詞

劉過未認識稼軒以前寫了許多婉約的詞，所以他的另一類詞是以傳統閨情與相思等題材，詞的風格是承續北宋詞的婉約，有清麗之作膾炙人口，贏得許多好評，連「天下與禁中皆歌之」，也有一些是古代文人的逢場應酬之作，贈妓或豔體詞，被評為「淫詞褻語」、「下品」等等。劉過的情詞可分：

一、婉約清麗之詞

劉過雖然屬於豪放派，但他也有婉約清麗之詞，如〈賀新郎〉贈娼：

老去相如倦。向文君說似而今，怎生消遣。衣袂京塵曾染處，空有香紅尚軟。料彼此、魂銷腸斷。一枕新涼眠客舍，聽梧桐、疏雨秋風顫。燈暈冷，記初見。　　樓低不放珠簾捲。晚妝殘、翠鈿狼藉，淚痕凝面。人道愁來須殢酒，無奈愁深酒淺。但寄與、焦琴紈扇。莫鼓琵琶江上曲，怕荻花、楓葉俱淒怨。雲萬疊，寸心遠。(卷十一)

自跋：壬子春，余試牒四明，賦贈老娼，至今天下與禁中與皆歌之。江西人來，以為鄧南秀詞。

根據這首詞的自跋，壬子（1192）春，是他早年赴考落第的作品。「衣袂京塵曾染處」，寫在京裏風塵僕僕，卻名落孫山，而淪落天涯的歌女「晚妝殘、翠鈿狼藉，淚痕凝面」，本篇把失意落第的悲傷，同歌女淪落之悲相連結，「料彼此、魂銷腸斷」，纏綿悱惻，「怕荻花、楓葉俱淒怨」，連楓葉蘆荻都要感到哀怨。這首詞別具清爽俊逸。另有〈蝶戀花〉：

寶鑑年來微有暈。懶照容華，人遠天涯近。昨夜燈花還失信。無心更唱江城引。　行過短墻回首認。醉撼花梢，紅雨飛成陣。拌了為郎憔悴損。龐兒恰似江梅韻。（卷十一）

寫離愁別苦的少婦，懶起畫蛾眉，形容消瘦，行過短墻，自我排遣在紅花飄落下，含羞模樣。

劉過豪放的長調詞受稼軒影響，小令卻清新婉轉、深邃沈摯。如〈醉太平〉閨情：

情高意真。眉長鬢青。小樓明月調箏。寫春風數聲。　思君憶君。魂牽夢縈。翠綃香煖雲屏。更那堪酒醒。（卷十一）

詞的上片寫女子彈箏，下片寫思念之情，題目是閨情，確是以白描、口語的手法，卻歸於醇雅。又有〈江城子〉：

海棠風韻玉梅春。小腰身，曉妝新。長是花時，猶繫茜蘿裙。一撮精神嬌欲滴，說不似，畫難真。　樓前江柳又江雲。隔音塵。淚霑巾。一點征帆，煙浪渺無津。萬斛相思紅豆子，憑寄與箇中人。（卷十一）

很有晏殊〈鵲踏枝〉：「欲寄彩箋兼尺素，山長水闊疑無路。」圓潤的味道。

二、承襲《花間》的贈妓與豔體詞

劉過有一小部份宴游及贈妓之詞，如〈小桃紅〉在襄州作，又如贈妓詞〈情平樂〉贈妓，〈浣溪沙〉贈妓徐楚楚，〈西江月〉武昌妓徐楚楚號問月索題。劉過早年到省城去赴考，所寫〈天仙子〉初赴省別妾：

別酒醺醺容易醉。回過頭來三十里。馬兒只管去如飛，牽一會。坐一會。斷送殺人共山水。　　是則青衫終可喜。不道恩情拼得未。雪迷村店酒旗斜，去也是。住也是。煩惱自家煩惱你。(卷十一)

這是早期成民間詞風以俚俗入詞，通俗曉暢，雅俗兼備。特別是他的兩首豔體詞，〈沁園春〉美人指甲：

消薄春冰，碾輕寒玉，漸長漸彎。見鳳鞋泥污，偎人強剔，龍涎香斷，撥火輕翻。學撫瑤琴，時時欲剪，更掬水、魚鱗波底寒。纖柔處，試摘花香滿。鏤棗成班。　　時將粉淚偷彈。記綰玉、曾教柳傳看。算恩情相著，搔便玉體，歸期暗數，畫遍闌干。每到相思，沈吟靜處，斜倚朱唇皓齒間。風流甚，把仙郎暗掐，莫放春閑。(卷十一)

〈沁園春〉美人足：

洛浦凌波，為誰微步，輕塵暗生。記踏花芳徑，亂紅不損，步苔幽砌，嫩綠無痕。襯玉羅慳，銷金樣窄，載不起盈盈一段春。嬉游倦，笑教人款捻，微褪些跟。　　有時自度歌聲，悄不覺、微尖點拍頻。憶金蓮移換，文鴛得侶，繡茵催袞，舞鳳輕分。懊惱深遮，牽情半露，出沒風前煙縷裙。知何似？似一鉤新月，淺碧籠雲。(卷十一)

這類「每到相思，沈靜動處，斜倚朱唇皓齒間。風流甚，把仙郎暗掐，莫放春閑。」「襯玉羅慳，銷金樣窄，載不起盈盈一段春。」之類的作品，彷彿直承花間。陳廷焯評為：「淫詞褻語，污穢詞壇。即以豔體論，亦是下品。」〔註64〕然而張炎卻說：「二詞亦自工麗。」〔註65〕陶宗儀《輟耕錄》亦云：「纖麗可愛。」〔註66〕

〔註64〕清・陳廷焯：《白雨齋詞話》，見《詞話叢編》，冊四，頁3794。
〔註65〕宋・張炎：《詞源》，見《詞話叢編》，冊一，頁262。
〔註66〕宋・陶宗儀：〈輟耕錄〉，見《景印文淵閣四庫全書》，冊一〇四〇，頁576。

第六節　劉過詞受辛棄疾的影響

劉過的詞具有狂放不拘的特性，晚年的作品受到稼軒的影響，更趨向豪放，但不是受到稼軒的影響才寫出豪放詞。根據《龍洲集》的存詞，劉過未認識辛棄疾前仍有豪放的作品，如〈沁園春〉御閱還上郭殿帥、〈沁園春〉觀競渡，〈滿江紅〉同襄陽帥泛湖。然而劉過早期的作品是以清麗、婉約為主，如壬子（1192）春，劉過早年赴考落第的作品，如〈賀新郎〉贈娼，〈天仙子〉初赴省別妾，或者是特別是他的兩首豔體詞，〈沁園春〉美人指甲、〈沁園春〉美人足，都是屬於較婉約的作品。

劉過認識辛棄疾後確是刻意模仿他的詞。如〈賀新郎〉游西湖：

> 睡覺啼鶯曉。最西湖、兩峰日日，買花簪帽。去盡酒徒無人問。唯有玉山自倒。任拍手、兒童爭笑。一舸動風翩然去，避魚龍、不見波聲悄。歌聲歇，喚蘇小。　　神仙路遠蓬萊島。紫雲深、參差禁樹，有煙花遶。人世紅塵西障日，百計不如歸好。赴樂事、與他年少。費盡柳金梨雪句，問沈香亭北何時召。心未愜，鬢先老。（卷十一）

《蓼園詞評》云：

> 此詞所謂「百計不如歸好」，亦稼軒之意，有激之詞也。前闋尤奇崛郁勃，得騷雅之遺。志隱而彰，旁若無人，可以悲其遇。〔註67〕

又如《桯史》所云：「嘉泰癸亥歲，改之在中都時，……因效辛體〈沁園春〉一詞，並緘往，下筆便逼真。」從這首效辛體的〈沁園春〉寄辛承旨，時承旨招，不赴：

> 斗酒彘肩，醉渡浙江，豈不快哉。被香山居士，約林和靖，與蘇公等，駕勒吾回。坡謂西湖，正如西子，濃沫淡妝臨照臺。二公者，皆掉頭不顧，只管銜杯。　　白雲天竺飛來。

〔註67〕清・黃蓼園：《蓼園詞評》，見《詞話叢編》，冊一，頁3094。

> 畫圖裏、崢嶸樓觀開。愛東西雙澗，縱橫水繞，兩山南北，高下雲堆。逋曰不然，暗香疏動，爭似孤山先探梅。須晴去，訪稼軒未晚，且此徘徊。（卷十一）

以及〈賀新郎〉：

> 彈鋏西來路。記匆匆、經行十日，幾番風雨。夢裏尋秋秋不見，秋在平蕪遠樹。雁信落、家山何處。萬里西風吹客鬢，把菱花、自笑人如許。留不住，少年去。　　男兒事業無憑據。記當年、悲歌擊楫，酒酣箕踞。腰下光鋩三尺劍，時解挑燈夜語。誰更識、此時情緒。喚起杜陵風月手，寫江東渭北相思句。歌此恨，慰羈旅。（卷十一）

另有〈沁園春〉「古豈無人」，可以看出明顯的是受稼軒的影響，如以下幾點：

一、採用對話式

〈沁園春〉「斗酒彘肩」全首詞採用對話式。辛棄疾〈沁園春〉，打算戒酒，使酒杯勿近，他採用與酒杯的對話，說明飲酒的危害與自己努力戒酒的態度、用筆幽默，文字自由，表現稼軒體的風格。劉過模仿辛詞，採用對話式的方式，而且擴大對話人數，將不同時代的三位詩人放在一起，可見其獨創性。突出對話的作用，用對話寫景，用對話抒情，用對話敘事，有模仿辛稼軒、也有創造。俞文豹《吹劍錄》評云：

> 此詞雖粗刺而局段高，與三賢游，固可眇視稼軒。視林、白之清致，則東坡所謂淡粧濃抹已不足道，稼軒富貴，焉能浣我哉。〔註68〕

這是讚揚劉過的襟抱，劉過故意效辛體，下筆便逼真。辛棄疾讀後大喜，「致魄數百千」，並招至幕府，「館燕彌月」，酬唱亹亹，「皆似之」，更加高興，臨走還送許多錢。可見連辛棄疾也同意並喜歡劉過

〔註68〕宋・俞文豹：《吹劍錄》，見《叢書集成新編》，冊九七，頁197。

詞很像他的詞，所以李調元《雨村詞話》云：：「頗有稼軒氣味。」〔註 69〕

二、打破兩片的限制

從章法而言，一般的寫法是下片要和上片有連繫，又要「換意」，可以顯示這是另一段落，形成「嶺斷雲連」的境界。稼軒的〈破陣子〉「醉裏挑燈看劍」及〈賀新郎〉別茂嘉十二弟「綠樹聽鵜鴃」都突破一般寫法。而劉過的這〈沁園春〉詞從東坡寫到白居易，沒有換意，一路連貫寫下，打破兩片的限制，是屬跨片之格。

三、想像力豐富大膽

這首〈沁園春〉詞不僅是採對話式，也打破兩片限制，而且他的想像力極豐富，把三個不同朝代與西湖有關的詩人放在一起，讓他們辯論、競詩，借詩人的口說出自己的心事，由三位詩人吟詠杭州的名句，使人覺得很有趣味，此種超越時空的寫法也是源自稼軒體。稼軒許多詠物詞，運用神話、民間故事等等，劉過模仿稼軒的長處，運用豐富的想像，呈現大膽、奇特、美麗而不會枯燥、荒唐的美感。

四、大量運用典故

這是稼軒詞的特色，他被譏為「掉書袋」。劉過也承續這個精神。〈沁園春〉寄辛承旨，時承旨招，不赴：一詞便使用連用四個典故。另有〈沁園春〉張路分秋閱，連續下了七個典故，使整首詞氣勢磅礡，塑造一個儒將的形象來表達自己的愛國之情。如〈西江月〉賀詞一首小令就用《孟子公孫丑》《史記高祖功臣侯者表序》《史記高祖本紀》四個典故等。雖然典故多但融化妥貼。

五、以議論口語和散文入詞

劉過的〈沁園春〉「古豈無邁」，〈念奴嬌〉留別辛稼軒原，都是學稼

〔註 69〕清・李調元：《雨村詞話》，見《詞話叢編》，冊二，頁 1240。

軒以議論為詞。以口語入詞，如〈西江月〉賀詞：「大家齊唱」、「四方來賀」、「謀臣尊俎」、「將士干戈」。又如〈天仙子〉：

> 別酒醺醺容易醉。回過頭來三十里。馬兒只管去如飛，牽一會。坐一會。斷送殺人共山水。　是則青衫終可喜。不道恩情拼得未。雪迷村店酒旗斜，去也是。住也是。煩惱自家煩惱你。

詞中「回過頭來三十里」，「牽一會」，「坐一會」，完全用口語描述。詞中也有用散文成句如「天時地利與人和」、「燕可罰歟？」劉過以散文入詞〈水調歌頭〉壽王汝良：「今古閱人多矣」，〈賀新郎〉平原納寵姬，能奏方響，席上有作：「人醉也。」

六、選用長調

王易《詞曲史》云：

> 詞調與文情意有密切之關係。……試觀北宋晏歐諸公，規模花間，其用調亦略相同。《樂章》《東坡》二集，風格不同，其中用調亦迥異。……夢窗用調多同美成，草窗碧山玉田輩，又多同夢窗。稼軒用調，多同東坡；龍洲後村遺山輩，又多同稼軒。使假柳周集中著調以效蘇辛，必不成章，即勉為之，亦失韻味；以蘇辛集中慣調而擬姜史，亦自格格不入。蓋詞有剛柔二派，調亦如之；毗剛者，亢爽而雋快；毗柔者，芳悱而纏綿。……若雨霖鈴、尉遲杯……等調，則沈冥凝咽，不適豪詞；〈六州歌頭〉、〈水調歌頭〉、〈水龍吟〉、〈念奴嬌〉、〈賀新郎〉、〈摸魚兒〉、〈滿江紅〉、〈哨遍〉等調，則揮灑縱橫，未宜側豔。〔註 70〕

稼軒選用的詞調有一百零一調，其中雖長短兼有，但大都以長調為主。而長調之中，又以〈賀新郎〉、〈念奴嬌〉、〈水調歌頭〉、〈水龍吟〉等陽剛之調。劉過也效法選用陽剛的長調，最愛〈沁園春〉調，十七首；〈賀

〔註 70〕王易：《詞曲史》，頁 267。

新郎〉詞牌八首，〈滿江紅〉三首，〈六州歌頭〉三首；〈水調歌頭〉三首。

從以上數點可見劉過受稼軒的影響。

第七節　劉過詞的評價、影響與地位

劉過屢次科舉不第，一生布衣，不像辛棄疾做到將帥和安撫使，也不像陳亮科場奪魁，他沒有社會地位，可謂身微境困。而且常被批評是「靠詩文干謁」，是個被曲解的詞人。

一、劉過詞的評價

歷來詞評者都引起後人的對劉過詞的評價有三種：

（一）持肯定態度的

如化〈唐多令〉：「重過武昌」一詞，李攀龍《草堂詩餘雋》說：

> 因黃鶴樓再游而追憶故人不在，遂舉目有江山之感，詞意何等淒愴！又云「繫舟未穩」,「舊江山、渾是新愁」,讀之下淚！

先著《詞潔》說：「與陳去非『杏花疏影裏，吹笛到天明』，並數百年絕作。」

〔註 71〕李佳《左庵詞話》論：「劉過〈唐多令〉……輕圓柔脆，小令中工品」，〔註 72〕黃蓼園《蓼園詞選》認為：「詞旨清越，亦見含蓄不盡之致。」〔註 73〕「改之詞，狂逸之中，自饒俊致」，〔註 74〕都是這首〈唐多令〉詞的佳評，而且此詞當時受歡迎的程度是「楚中歌者競唱之」。〔註 75〕

〔註 71〕清・先著：《詞潔》，見《詞話叢編》，冊二，頁 1349。
〔註 72〕清・李佳：《左庵詞話》，見《詞話叢編》，冊四，頁 3110。
〔註 73〕清・黃蓼園：《蓼園詞選》，見《詞話叢編》，冊四，頁 3058。
〔註 74〕清・劉熙載：《詞概》，見《詞話叢編》，冊四，頁 3695。
〔註 75〕清・徐釚編著，王百里校箋：《詞苑叢談校箋》，卷三，頁 177。

《復堂詞話》云：

能用齊梁小樂府意法入都引起後人的填詞，便參上乘。評劉過玉樓春起句「春風只在園西畔」。〔註 76〕

清葉申薌《本事詞》云：

改之好作〈沁園春〉，其上辛稼軒、贈郭杲、寄孫季和諸篇，皆膾炙人口。而詠美人二闋，尤纖麗可愛。其〈沁園春〉詠美人足、:「……」詠美人指甲云:「……」世皆以龍洲好學稼軒作豪語，似此兩闋，亦可謂細膩風光矣。〔註 77〕

又《白雨齋詞話》：

劉改之〈沁園春〉御閱還上郭殿帥威撼邊城，氣吞胡虜，慘澹塵沙吹北風。中興事，看君王神武，駕馭英雄。」

又〈八聲甘州〉送湖北招撫吳獵:「中原驅馬去也，擁十州、牙纛正翩翩。春風早，看東南王氣，飛繞星躔。」此類皆慷慨激烈，髮欲上指。詞境雖不高，然足以使懦夫有立志。〔註 78〕

（二）持貶抑態度

對劉過詞持貶抑者有：

《詞源》云：

辛稼軒、劉改之作豪氣詞，非雅詞也。於文章餘暇，戲弄筆墨，為長短句之詩耳。〔註 79〕

《賭棋莊詞話》云：

楊慎《詞品》……云:「辛稼軒自非脫落故常，未易闖其堂奧。劉改之所作〈沁園春〉，雖頗似其豪，而未免於粗」。〔註 80〕

〔註 76〕清．譚獻:《復堂詞話》，見《詞話叢編》，冊四，頁 3995。
〔註 77〕清．葉申薌:《本事詞》，見《詞話叢編》，冊三，頁 2343。
〔註 78〕清．陳廷焯:《白雨齋詞話》，見《詞話叢編》，冊四，頁 3914。
〔註 79〕宋．張炎:《詞源》，見《詞話叢編》，冊一，頁 269。
〔註 80〕清．謝章鋌:《賭棋莊詞話》，見《詞話叢編》，冊四，頁 3372。

《雨村詞話》云：

稼軒客如龍洲劉過，每學其法，時多稱之，然失之粗劣。〔註 81〕

《賭棋莊詞話》云：

蘇、辛、劉、蔣，則如素娥之視宓妃，尚嫌臨波作態。〔註 82〕

《賭棋莊詞話》云：

劉之於辛，有其豪而無其雅。〔註 83〕

馮煦《蒿庵詞話》云：

龍洲自是稼軒附庸，然得其豪放，未得其宛轉。〔註 84〕

陳廷焯《白雨齋詞話》：

改之全學稼軒皮毛，不則即為沁園春等調。淫詞褻語污穢詞壇。即以豔詞論，亦是下品。蓋叫囂淫冶，兩失之矣。〔註 85〕

陳廷焯《白雨齋詞話》：

詞中如劉改之輩，詞本卑鄙。雖負一時重名，然觀其詞，即可知其人不足取。（頁 3894）

馮煦《蒿庵論詞》云：

龍洲自是稼軒附庸，然得豪放，未得其宛轉。〔註 86〕

（三）論點中肯者

劉熙載《詞概》：

狂逸之中，自饒俊致，雖沈著不及稼軒，足以自成一家。〔註 87〕

〔註 81〕清．李調元：《雨村詞話》，見《詞話叢編》，冊二，頁 1420。
〔註 82〕清．謝章鋌：《賭棋莊詞話》，見《詞話叢編》，冊四，頁 3408。
〔註 83〕同上註，頁 3470。
〔註 84〕清．馮煦：《蒿庵詞話》，見《詞話叢編》，冊四，頁 3592。
〔註 85〕清．陳廷焯：《白雨齋詞話》，見《詞話叢編》，冊四，頁 3794。
〔註 86〕清．馮煦：《蒿庵詞話》，見《詞話叢編》，冊四，頁 3592。
〔註 87〕清．劉熙載：《詞概》，見《詞話叢編》，冊四，頁 3695。

對於一些貶抑劉過詞的詞評者，他們的論點不一定客觀，有的本身就是偏愛婉約詞，當然無法欣賞豪放慷慨的作品。如張炎所言，實有偏頗，當靖康之變以後，宋朝崩解，詞壇難以維持太平無事狀，必須以「大聲鏜鞳」，來震醒苟安的人民，張炎譏笑劉過為「文章餘暇，戲弄筆墨」，他是不了解「詞的詩化乃歷史之必然」。〔註 88〕以詞來振興民心是有必要的。

而且劉過絕非「稼軒附庸」，劉過之詞近一半是婉約的，風格有纖秀如〈念奴嬌〉七夕、〈唐多令〉重過南樓、〈賀新郎〉贈倡、〈醉太平〉閨情等，都是宛轉且清麗有情致。

二、劉過詞的影響

劉過一直被視為稼軒羽翼、附庸，沒有人注意他對後代詞人的影響，他對詞的影響力從以下可知：

（一）劉過所作的〈唐多令〉的詞調原為僻調，少有人填寫。自從劉過填此詞後，和者如林，劉辰翁即追和七闋，小序云：「丙子中秋前，聞歌此詞者，即席借蘆葉滿汀洲〈唐多令〉的調子原為僻調，少有人填寫。自從劉過填此詞後，和者如林，劉辰翁即追和七闋，小序云：「丙子中秋前，聞歌此詞者，即席借蘆葉滿汀洲韻」，另有黎廷瑞〈唐多令〉小序云：「乙未中秋後二日，同范見心、李思宣飲百花洲上，……見心用龍洲少年游韻賦詞，因次韻。」周密因劉過詞有「二十年重過南樓」，更名曰〈南樓令〉，〔註 89〕可見影響之大。

（二）劉過雖然寫了兩首纖麗淫靡的〈沁園春〉詠美人足、美人指甲，他的影響力可真不小，元沈景高便有和劉過詠指甲詞，〔註 90〕邵亨貞從指甲足等推衍，轉寫美人目，美人眉。明王世貞有〈解語花〉題美人捧茶、美人捧觴，明、清之際徐石麒寫二十八首美人詞，曹溶有〈惜紅衣〉

〔註 88〕陶爾夫、劉敬圻：《南宋詞史》，頁 196。
〔註 89〕清・葉申薌：《本事詞》，冊三，頁 2342。
〔註 90〕清・陳廷焯：《白雨齋詞話》，見《詞話叢編》，冊四，頁 3923。

美人鼻、俞汝言有〈沁園春〉美人耳、沈皞有〈沁園春〉美人眉、董以寧〈沁園春〉美人肩、彭孫遹〈鷓鴣天〉美人指甲、朱彝尊也以〈沁園春〉詞牌寫十二首美人額、齒、鼻、肩等詞，皆因劉過的影響。

三、劉過詞的地位

周密《齊東野語》說劉過「賣直釣名之人」,《四庫全書》說他「大言以倖功名」、「志在功名」等等，貶抑其人格，加上傳統觀念中豪放詞的地位原本低於婉約詞，所以劉過在詞史地位一直不振。根據〈歷史的選擇——宋代詞人歷史地位的定量分析〉，一文所做的統計，從一、現存詞作的篇數，二、現存宋詞別集的版本種數。三、宋代詞人在歷代詞話中被品評的次數。四、宋代詞人在本世紀被研究、評論的論著篇（種）數，五、歷代詞選中宋代詞人入選的詞作篇數六、當代詞選中兩宋詞人人選的詞作篇數。從以上數據的統計，得到以下辛棄疾與劉過排行表：〔註91〕

詞人	詞存		版本		品評		研究		歷代詞選		當代詞選		平均	最終
	篇數	名次	種數	名次	次數	名次	篇數	名次	篇數	名次	篇數	名次	名次	名次
辛棄疾	629	1	34	2	478	4	893	3	207	4	207	1	2.8	1
劉過	78	62	11	17	131	20	22	29	60	37	27	21	24.8	27

從以上資料顯示辛棄疾、劉過在「歷代詞選」37 名與「當代詞選」21 名的次顯著提昇。文中又提到「從流派歸屬而言（按傳統的劃分），屬於豪放派詞人的地位在本世紀大多已上升，而屬於婉約派或格律派詞人的地位，在本世紀大都有所下降。」其實我們只要多注意，可知劉過總名次的提昇，主要是當代詞選選他的作品較以前多，研究

〔註91〕王兆鵬、劉尊明：〈歷史的選擇〉——宋代詞人歷史地位的定量分析，見《文學遺產》，頁 47～50。根據楊海明校箋：《劉過集》，劉過的存詞應有 87 首。

劉過的論文只有 22 篇，仍落後總排名平均值，他還是未受到研究者的注意。

小　結

劉過的個性是「鼓行之老氣不衰，嫉惡之剛腸猶在。」（卷十二）的詞，感受到他的愛國心，他心中記掛國土的未能收復，對時局的不滿，自己無法具體的報效國家，只好歌頌民族岳飛，並感嘆屈原盡忠被黜，詞中也洋溢著關心民生疾苦的悲天憫人胸襟。這樣的一個愛國詞人，屢次科舉受挫，因沒有社會地位，沒當過官，一生貧困，到處奔波，竟被批評誤解為，以詩文干謁權貴重臣，實在是他的悲劇，也是不公平。劉過絕不是江湖無賴，而是功名不成有志難申者。老實說他比那些無病呻吟的詞人，只會弄花草、賞風月、講究格律，更叫人尊敬與同情。

他的詞大開大闔，作品呈現兩極性的痕跡，「使平生豪氣，消磨酒裡，依然此樂，兒輩爭知」的豪氣，也有「多病劉郎疲。最傷心，天寒歲晚，寄他鄉久」的感嘆，有狂放不羈的愛國詞，也有懷才不遇之嘆。黃昇《花庵詞選》云：「改之，稼軒之客，詞多壯語，蓋學稼軒者也。」雖然陳廷焯曾批評劉過詞：「改之學稼軒皮毛」，「既不沈鬱又多支蔓」，但他也說：（劉過詞）「慷慨激烈，髮欲上指」，「足以使懦夫立志」。因為落魄江湖，極需要被肯定，所以對稼軒有知遇之恩。

劉過詞的風格除豪放外也有婉約。婉約部份的情詞，大約都是早期的作品，內容可分兩方面，一方面是以傳統閨情與相思等題材，詞的風格是承續北宋詞的婉約，評論也是兩極化，有清麗之作膾炙人口，贏得許多好評，如〈賀新郎〉贈娼，連「天下與禁中皆歌之」、〈唐多令〉「楚中歌者競唱之」，也有一些是古代文人的逢場應酬之作，贈妓或豔體詞，如〈沁園春〉詠美人足、詠美人指甲。當然是他的第一類婉約詞比較有價值。

劉過詞常被當為稼軒附庸，這是不公平的。劉過自有其特色風格，也有其影響力，他的〈唐多令〉詞因他填以後，改為〈南樓令〉，後代追和者許多，甚至他的〈沁園春〉詠美人足、詠美人指甲，都引起後人的模仿追和。但劉過最有價值的詞，仍是慷慨激昂的愛國詞。

第七章　三家詞的異同

第一節　三家詞韻格律比較

辛棄疾、陳亮、劉過三家詞人，在遭遇、個性、詞風等等都有類似之處，本節從詞調探析三家詞的異同：

一、詞調比較

（一）使用詞調

辛棄疾存詞六百二十多首，他所使用的詞調高達九十二調，他特別偏愛的詞調為是〈鷓鴣天〉（六十三首）、〈水調歌頭〉（三十七首）、〈滿江紅〉（三十四首）、〈臨江仙〉（二十四首）、〈賀新郎〉（二十三首）、〈念奴嬌〉（二十二首）、〈菩薩蠻〉（二十二首）等調，篇什最富；而〈沁園春〉（十三首）、〈水龍吟〉（十三首）、〈洞仙歌〉（七首）、〈漢宮春〉（六首）、〈聲聲慢〉（四首）、〈哨遍〉（三首）、〈永遇樂〉（五首）、〈摸魚兒〉（四首）。

陳亮七十四首詞中，一共用四十八個調。劉過八十七首詞，用過三十二詞調，陳亮所選的詞調較劉過豐富。兩人使用相同的有〈水調歌頭〉、〈念奴嬌〉、〈賀新郎〉、〈滿江紅〉、〈鷓鴣天〉、〈謁金門〉、〈天仙子〉、〈洞僊歌〉、〈浣溪沙〉、〈水龍吟〉、〈臨江仙〉、〈祝英臺近〉、〈蝶戀花〉、〈好事近〉、〈柳稍青〉、〈清平樂〉等十六個詞調。

陳亮最愛〈賀新郎〉詞牌五首，〈水調歌頭〉四首。劉過最愛〈沁園春〉十七首，〈浣溪沙〉九首，〈賀新郎〉詞牌八首，〈滿江紅〉三首，〈六州歌頭〉三首；〈水調歌頭〉三首；劉過朋友蘇紹叟說劉過：「每聚首愛歌〈雨中花〉，悲壯激烈，令人鼓舞。」〔註1〕可惜現今不傳。

以下是三家詞最愛使用之詞調比較：

姓名 / 調名	辛棄疾	佔稼軒詞比例	陳亮	佔龍川詞比例	劉過	佔龍洲詞比例
水調歌頭	37	5.9%	4	5.4%	3	3.4%
滿江紅	34	5.4%	1	1.6%	3	3.4%
賀新郎	23	3.6%	5	6.7%	8	9.1%
念奴嬌	22	3.5%	3	4.1%	2	2.2%
水龍吟	13	2.1%	2	2.7%	2	2.2%
沁園春	13	2.1%	0	0%	17	19.5%

王兆鵬先生對〈水調歌頭〉詞調的詮釋，是「唐人〈水調曲〉，淒涼怨慕，聲韻悲切。宋人〈水調歌頭〉，則情調昂揚酣暢，韻味豪放瀟灑。豪放詞人多用此調，而以婉約為主導的詞人，如秦觀、周邦彥、李清照等都未嘗染指。也表明〈水調歌頭〉適宜于表現豪放激越之情。」〔註2〕

〈沁園春〉詞牌，辛棄疾曾填十三首，劉過填十七首，其他周邦彥、姜夔、史達祖、張炎等格律派，都不填此調，到南宋末劉克莊填此調二十五首，可見〈沁園春〉也是豪放詞人愛填的調子。

根據王易《詞曲史》：「六州歌頭、水調歌頭、水龍吟、念奴嬌、賀新郎、摸魚兒、滿江紅、哨遍等調，則揮灑縱衡，未宜側艷。」〔註3〕

〔註1〕宋．劉過：《龍洲集》附錄一，頁133。

〔註2〕王兆鵬等評注：《中國歷代詞分調評注——水調歌頭》（成都：四川文藝出版社，1998年5月第1次印刷），頁7～8。

〔註3〕王易：《詞曲史》，頁267。

（二）自創詞調

辛棄疾曾自創〈太常引〉、〈東坡引〉、〈尋芳草〉、〈醉太平〉、〈錦帳春〉、〈唐多令〉。〔註4〕

陳亮自創〈秋蘭香〉、〈彩鳳飛〉、〈瑞雲濃慢〉。

劉過自創〈竹香子〉，《詞譜》云：「見劉過《龍洲集》，此調近似謔詞，因其調僻，採以備體。」

二、格律比較

在詞的格律上，凡一句中有仄聲三個以上及平聲字二個以上，其仄聲字往往上、去、入遞用，而平聲亦嚴分陰陽。

萬樹〈詞律〉發凡：

> 平仄固有定律矣，然平只一途，仄兼上、去、入三種，不可遇仄而以三聲概填。……蓋上聲舒徐和軟，其腔低；去聲激勵勁遠，其腔高。相配用之，方能抑揚有致，大抵兩上、兩去在所當避。

周濟《宋四家詞選・序論》亦云：

> 上聲韻，韻上應用仄字者，去為妙；去入韻，則上為妙；平聲韻，韻上應用仄聲字者，去為妙，入次之。疊則聱牙，臨則無力。

在格律派詞中比如柳永、周邦彥都精於音律，夏承燾〈唐宋詞字聲之演變〉一文指出柳詞1、上去之辨，2、入聲之不苟。〔註5〕辛派三家詞中，因屬豪放派詞，重視文情，情感，所以上去之辨，或三仄遞用的格律，較不遵守，現析論於下（為求清楚起見，陰平用「。」，陽平用「△」以資區別）：

〔註4〕〈唐多令〉詞牌，所有詞譜、詞律都以劉過為正體。王偉勇：《南宋詞研究》（文史哲出版社，1987年9月出版），頁140，以此調為劉過所創，但檢視《全宋詞》，辛棄疾〈唐多令〉「淑景鬥清明」，是宋人最早填寫者。

〔註5〕夏承燾：《唐宋詞論叢》（臺北：宏業書局，1979年1月出版），頁60。

（一）四字句中，平不分陰陽，仄也不辨上去

辛棄疾

誰管閒愁——△上△△（〈蝶戀花〉用前韻送人行）

連雲松竹——△△。入（〈清平樂〉檢校山園，書所見）

亭上秋風——平去。。（〈漢宮春〉會稽秋風亭觀雨）

風景非殊——平上。。（〈漢宮春〉會稽秋風亭觀雨）

斜陽依舊——△△。去（〈漢宮春〉會稽秋風亭觀雨）

眇眇愁余——上上△△（〈漢宮春〉會稽秋風亭觀雨）

陳亮

聞弦酸骨——。。。入（〈三部樂〉七月送丘宗卿使虜）

春歸翠陌——。。去入（〈水龍吟〉春恨）

遲日催花——平入。。（〈水龍吟〉春恨）

魚龍驚起——△△。上（〈一叢花〉溪堂玩月作）

高山一弄——。。入去（〈念奴嬌〉至金陵）

仙風透骨——。。去入（〈桂枝香〉岩桂花）

赫日如焚——入入△△（〈新荷葉〉荷花）

淡抹宜濃——去入△△（〈新荷葉〉荷花）

玉友黃花——入去△△（〈醉花陰〉）

銀展繡閣——△△去入（〈清平樂〉）

彈琴石上——△△入上（〈青玉案〉）

劉過

白璧追歡——入入。。（〈念奴嬌〉留別辛稼軒）

古豈無人畢竟男兒——盡日樓臺——去入△△（〈沁園春〉寄辛稼軒）

三山海上——。。上去（〈水調歌頭〉寄陸放翁）

舞鳳輕分——上去。。（〈沁園春〉美人足）

懊惱深遮——去上。。（〈沁園春〉美人足）

每到相思——上去。。(〈沁園春〉美人足)

沈吟靜處——△△去去(〈沁園春〉美人指甲)

翠鈿狼藉——去去△△(〈賀新郎〉贈娼)

懶照容華——上去△△(〈蝶戀花〉)

醉撼花梢——去去。。(〈蝶戀花〉)

已帶邊聲——上去。。(〈沁園春〉張路分秋閱)

拂拭腰間——入去。。(〈沁園春〉張路分秋閱)

基本上辛派三詞人中，不守格律句的例句甚夥，其中以陳亮在四字句中，平不分陰陽，仄不分陰陽最嚴重。劉過雖平不分陰陽，但有許多例句是仄聲守上去之分。

(二)平分陰陽、三仄遞用之例

基本上一句中有仄聲三個字上以及平聲兩個字以上，其仄聲往往上、去、入遞用，而平聲亦嚴分陰陽。但辛沈三詞人幾乎不守此格律。

辛棄疾

把吳鉤看了，——上。。去上(〈水龍吟〉建建康賞心亭)

上危樓贏得——去△△△入(〈念奴嬌〉登建康賞心亭，呈留守史致道)

淚落哀箏曲——去入。。入(〈念奴嬌〉登建康賞心亭，呈留守史致道)

甚風流章句——去。。。去(〈漢宮春〉會稽秋風亭觀雨)

此別恨匆匆。——上入入。。(〈水調歌頭〉)

頭上貂蟬貴客——平去。。去入(〈水調歌頭〉)

天外有冥鴻——平去上△△(〈水調歌頭〉和信守鄭舜舉蔗菴韻)

雞酒東家父老——平上。。去上(〈水調歌頭〉和信守鄭舜舉蔗菴韻)

陳亮

離亂從頭說——平去△△入(〈賀新郎〉酬辛幼安再用韻見寄)

冠蓋陰山觀雪——去去。。。入（〈賀新郎〉酬辛幼安再用韻見寄）

話殺渾閑說——去入△△入（〈賀新郎〉懷辛幼安，用前韻）

且復穹廬拜——上去△△去（〈水調歌頭〉送章德茂大卿使虜）

赫日自當中——去入去。。（〈水調歌頭〉送章德茂大卿使虜）

鬧花深處層樓——去。。去△△（〈水龍吟〉春恨）

畫簾半倦東風軟——去平去上。。上（〈水龍吟〉春恨）

恨芳菲世界——去。。去去（〈水龍吟〉春恨）

已作中州想——上去。。上（〈念奴嬌〉至金陵）

鄧禹笑人無限也——去上去△△去上（〈念奴嬌〉至金陵）

著我些悲壯——平上。。去（〈念奴嬌〉至金陵）

劉過

不斬樓蘭心不平——入上△△。入。（〈沁園春〉張路分秋閱）

便塵沙出塞——去△△入去。（〈沁園春〉張路分秋閱）

問自古英雄安在哉——去去上。△。去。（〈沁園春〉張路分秋閱）

得之渾不費力——入。△入去去（〈水調歌頭〉）

滿地野花春——上去上。。（〈六州歌頭〉題岳鄂王廟）

誰念天涯牢落況——△去。△△入去（〈賀新郎〉贈張彥功）

兩處相思苦——上去。。上（〈念奴嬌〉七夕）

試把花心輕輕數——去上。。。。上（〈賀新郎〉春思）

從以上的例句，可見辛派三家詞人與柳、周等格律派相比，是比較不注重守律。

三、詞韻比較

岳珂《桯史》云：

> 稼軒以詞名，每燕必命侍妓歌其所作，特好歌〈賀新郎〉一詞，自誦其警句曰：「我見青山多嫵媚，料青山見我應如是。」……特置酒召數客使妓迭歌，益自擊節遍問客，必使

> 摘其疵，孫謝不可，……余時年少勇於言，……率然對曰：……，於是大喜酌酒而謂坐中，……乃詠改其語，日數十易，累月猶未竟，其刻意如此。〔註6〕

從岳珂這段話，可以看出：

1. 辛棄疾填詞態度的認真謙虛，「乃詠改其語，日數十易，累月猶未竟，其刻意如此。」辛氏自認為得意的〈賀新郎〉、〈永遇樂〉都願意別人的指正。

2. 辛詞不是案頭文章，是供歌妓歌唱的，如里一首詞不協韻的話，如何能歌唱，表現出詞的美感。

沈義父《樂府指迷》云：

> 近世作詞者，不曉音律，乃故為豪放不羈之語，遂借東坡、稼軒諸賢自諉。諸賢之詞，固豪放矣，不豪放處，未嘗不協律也。如東坡之〈哨遍〉、楊花〈水龍吟〉，稼軒之〈摸魚兒〉之類，則知諸賢非不能也。〔註7〕

沈義父是宋朝人，他認為辛棄疾的詞是合律的。與辛棄疾同時代的周煇，在《清波雜誌》云：「稼軒樂府，辛幼安酒邊遊戲之作也。詞與音協，好事者爭傳之。」〔註8〕周書以考核精實稱，所言當不虛。又觀稼軒〈水龍吟〉序：「用些語再題瓢泉，歌以飲客。聲韻既諧，客皆為之酹。」可見當筵揮筆，聲韻皆諧，引吭高歌，滿座傾倒。這是稼軒具有高度的音樂修養，他能審音排韻，才華橫溢。他的作品又能鎔鑄經史、諸子百家，表現多樣化的題材，自是個大家手法與風範。

然而歷代論者每批評辛詞用韻不協，尤有評其詞用韻近乎濫矣。杜文瀾《憩園詞話》云：「宋詞用韻有三病，一則通韻太寬；二則雜用方言；三則率意借協。」〔註9〕檢視三人詞用韻與戈載《詞林正韻》相

〔註 6〕宋・岳珂：《桯史》，見《文淵閣四庫全書》，冊一〇三九，頁 431。
〔註 7〕宋・沈義父：《樂府指迷》，見《詞話叢編》，冊一，頁 282。
〔註 8〕宋・周煇：《清波雜誌》，見《景印文淵閣四庫全書》，冊一〇三九，頁 118。
〔註 9〕清・杜文瀾：《憩園詞話》，見《詞話叢編》，冊三，頁 2858。

比較，都有越出部界，因為辛棄疾的詞最多，其越出《詞林正韻》有二十三類，一百四十四首，約佔全詞百份之二十二。〔註10〕

（一）三人越出部界之種類與篇數

1. 韻尾相同通押

這種押韻情形是指《詞韻》雖不同部，然而在《切韻》系統中為同類者。

甲、第三部第五部通協者（韻尾皆為i）。

辛棄疾有〈昭君怨〉一首、〈浣溪沙〉三首、〈菩薩蠻〉五首、〈柳稍青〉一首、〈西江月〉二首、〈南歌子〉一首、〈浪淘沙〉一首、〈鷓鴣天〉八首、〈瑞鷓鴣〉一首、〈臨江仙〉三首、〈水調歌頭〉八首、〈沁園春〉五首、〈添字浣溪沙〉三首，共四十二首，數量極多。如〈鷓鴣天〉

> 句裏春風正撿栽（哈，五部），溪山一片畫圖開（哈，五部）。輕鷗自趁虛船去，荒犬還迎野婦回（灰，三部）。　松共竹，翠成堆（灰，三部）。要擎殘雪鬥疏梅（灰，三部）。亂鴉畢竟無才思，時把瓊瑤蹴下來（哈，五部）。

陳亮有〈念奴嬌〉登多景樓、〈眼兒媚〉春愁，共二首，舉〈念奴嬌〉登多景樓為例：

> 危樓還望，歎此意，今古幾人曾會（貝，第三部）。鬼設神施，渾認作，天限南疆北界（怪，第五部）。一水橫陳，連岡三面，做出爭雄勢（祭，第三部）。六朝何事？只成門戶私計（薺，第三部）。　因笑王謝諸人，登高懷遠，也學英雄涕（薺，第三部）。憑卻江山管不到，河洛腥羶無際（祭，第三部）。正好長驅，不須反顧，尋取中流誓（祭，第三部）。小兒破賊，勢成寧問彊對（隊，第三部）。

〔註10〕陳滿銘：《蘇辛詞比研究》（臺北：文津出版社，1987年1月再版），頁34。

劉過有〈沁園春〉盧蒲江席上時有新第宗室、〈沁園春〉寄辛承旨，時承旨招，不赴，〈沁園春〉游湖、〈沁園春〉觀競渡、〈水調歌頭〉晚春共五首，以〈沁園春〉寄辛承旨，時承旨招，不赴為例：

斗酒彘肩，風雨渡江，豈不快哉（哈，五部）！被香山居士，約林和靖，與東坡老，駕勒吾回（灰，三部），坡謂西湖，正如西子，濃沫淡妝臨照臺（哈，五部）。二公者，皆掉頭不顧，只管銜杯（灰，三部）。　白雲天竺飛來（哈，五部）。畫圖裏、崢嶸樓觀開（哈，五部）。看東西雙澗，縱橫水繞；兩峰南北，高下雲堆（灰，三部）。逋曰不然，暗香浮動。爭似孤山先探梅（灰，三部）？須晴去，訪稼軒未晚，且此徘徊（灰，三部）。

所有辛棄疾、陳亮、劉過三、五部合韻，第三部平聲都是灰部的字如：「杯、醅、陪、梅、媒、堆、頹、雷、罍、催、瑰、嵬、灰、回」為韻。檢視蘇軾也有三、五部通協者十三首。

考灰、哈兩部，原為廣韻的灰部。灰為合口呼收「uci」韻母，哈為開落呼收「ci」韻母，僅發音開合之別，在詩中的《禮部韻略》許其合用。這是主要元音受韻尾高化影響，包括柳永、李綱、劉克莊等人，也大量使用三、五部通押，〔註 11〕這並非豪放派詞人不守律，而是當時人共通的情形。

乙、第六、七兩部通協者（韻尾皆為 n）

辛棄疾有〈浣溪沙〉二首，〈好事近〉、〈沁園春〉、〈六州歌頭〉各一首。如〈浣溪沙〉

臺倚崖玉滅瘢（桓，七部）。青山卻作捧心顰（真，六部）。遠林煙火幾家村（魂，六部）。　引入滄浪漁得計，展成寥鶴能言（元，七部）。幾時高見層軒（元，七部）。

陳亮、劉過都沒有六、七部通押情形。

〔註 11〕魯國堯：〈宋代福建詞人用韻考〉（語言文字學術論文集，1989 年 1 月出版），頁 366。

2. n-ng-m 相混

「在宋代，一般說起來，-n-ng-m 三個系統仍舊是分明的。-t-k-p 的界線的泯滅，遠在-n-ng-m 的界線的泯滅之前，在北方官話還能保存 -n-ng 的分別。不過，詞人既可純任天籟，就不免為方音所影響。當時有些鄉音確已分不清楚-n-ng-m 的系統了。所以它們不能不混用了。」〔註 12〕詞韻第六部收音是「n」，第十一部收音是「ng」，第十三部收音是「m」。辛棄疾、陳亮與劉過押韻有以下情形：

甲、第六部與十一部通排：

辛棄疾有〈西江月〉一首、〈蝶戀花〉一首、〈定風波〉二首、〈行香子〉一首、〈新荷杯〉一首、〈念奴嬌〉一首、〈水龍吟〉一首、〈賀新郎〉一首，共十首。如〈蝶戀花〉：

> 誰向椒盤簪綵勝（證，十一部）。整整韶華，爭上春風鬢（震，六部），往日不堪重記省（梗，十一部）。為花長把新春恨（恨，六部）。春未來時新借問（問，六部），晚恨開遲，早又飄零近（焮，六部）。今遂花期消息定（徑，十一部）。只籌風雨無憑準（軫，六部）。

陳亮第六部與第十一部通協：只有一首〈清平樂〉秋晚，伯成兄往龍興山中，意其登山臨水，不無閨房之思，作此詞惱之。

> 銀屏繡閣（鐸，十六部），不道鮫綃薄（鐸，十六部）。嘶騎匆匆塵漠漠，還過夕陽村落（鐸，十六部）。　亂山千疊無情（清，十一部），今宵遮斷愁人（真，六部）。兩處香消夢覺，一般曉月秋聲（清，十一部）

劉過第六部第十一部通協者有：〈沁園春〉美人足、〈四字令〉、〈柳稍青〉送盧梅坡、〈小桃紅〉在襄州作四首。以〈沁園春〉美人足為例：

> 洛浦凌波，為誰微步，輕塵暗生（庚，十一部）。記踏花芳徑，亂紅不損；步苔幽砌，嫩綠無痕（痕，六部）。襯玉羅慳，銷

〔註 12〕王力：《漢語詩律學》（北京：中華書局，1973 年出版），頁 552。

金樣窄，載不起盈盈一段春（諄，六部）。嬉游倦，笑教人款捻，微褪些跟（痕，六部）。　　有時自度歌聲（清，十一部），悄不覺、微尖點拍頻（真，六部）。憶金蓮移換，文鴛得侶；繡茵催袞，舞鳳輕分（文，六部）。懊惱深遮，牽情半露，出沒風前煙縷裙（文，六部）。知何似？似一鉤新月，淺碧籠雲（文，六部）。

乙、第六部、十一部、十三部通協者

他們的收音是「n」「ng」「m」。

辛棄疾有〈鷓鴣天〉、〈蝶戀花〉、〈江神子〉、〈祝英臺近〉各一首，共四首，如〈鷓鴣天〉和趙晉臣敷文韻：

綠鬢都無白髮侵（侵，十三部）。醉時拈筆越精神（真，六部）。愛將蕪與追前事，更把梅花比那人（真，六部）。　　回急雪，遏行雲（文六部）。近時歌舞舊時情（清，十一部）。君侯要識誰輕重，看取金杯幾許深（侵十三部）。（卷四）

陳亮沒有。劉過有〈六州歌頭〉題岳鄂王廟〈六州歌頭〉淮西帥李訦和為書廟額二首。以〈六州歌頭〉題岳鄂王廟為例：

中興諸將，誰是萬人英（庚，十一部）。身草莽，人雖死，氣填膺。尚如生（庚，十一部）。年少起河朔，弓兩石，劍三尺，定襄漢，開虢洛，洗洞庭（青，十一部）。北望帝京（庚，十一部）。狡兔依然在，良犬先烹（庚，十一部）。過舊時營壘，荊鄂有遺民（真，六部）。憶故將軍。淚如傾（傾，十一部）。

　　說當年事，知恨苦，不奉詔，偽耶真（真，六部）。臣有罪，陛下聖，可鑒臨（侵，十三部）。一片心（侵，十三部）。萬古分茅土，終不到，舊姦臣（真，六部）。人世夜，白日照，忽開明（庚，十一部）。袞佩冕圭百拜，九泉下，榮感君恩（痕，六部）。看年年三月，滿地野花春（諄，六部）。鹵簿迎神（真，六部）。（卷十一）

丙、第七部與第十四部相混。

在詞韻中第七部是元、寒、桓、山、先等收音「n」的字，第十四部是覃、談等部收音「m」的字。

辛棄疾第七、十四部通協者：有〈清平樂〉一首、〈南鄉子〉一首、〈蝶戀花〉二首、〈行香子〉一首、〈江神子〉一首、〈聲聲慢〉一首、〈永遇樂〉一首，共八首，如〈江神子〉送元濟之歸豫章：

> 亂雲擾擾水潺潺（山，七部）。笑溪山。幾時閒閒（山，七部）。更覺桃源、人去隔仙凡（凡，十四部）。桃源乃王氏酒壚，與濟之作別處。萬壑千巖樓外雪，瓊作樹，玉為欄（寒，七部）。
>
> 倦遊回首且加餐（寒，七部）短篷寒（寒，七部）。畫圖間（山，七部），見說嬌顰、擁髻待君看（寒，七部）。二月東湖湖上路，官柳嫩，野梅殘（寒，七部）。（卷四）

陳亮沒有第七部第十四部通協。

劉過詞中只有一首：如〈唐多令〉重過江南：

> 解纜蓼花灣（刪，七部），好風吹去帆（凡，十四部）。二十年重過新灘（寒，七部）。洛浦凌波人去後，空夢繞，翠屏間（山，七部）。　飛霧濕征衫（銜，十四部），蒼蒼煙樹寒（寒，七部）。望星河低處長安。綺陌紅樓應笑我，為花事，過江南（刪，七部）。（卷十一）

談咸類的韻尾是「m」，原收雙唇鼻音，「方音中亦多改收舌尖鼻音「n」。故由語音的變化，遂使元寒刪先覃咸諸韻可互為通轉。」〔註 13〕

3. 入聲「p」「t」「k」相混

甲、第十六第十七部相混：韻尾收「k」「t」。

辛棄疾有〈菩薩蠻〉、〈好事近〉、〈念奴嬌〉各一首，共三首，如〈好事近〉：

> 雲氣上林梢，畢竟非空非色（職，十七部）。風景隨人去，到

〔註 13〕耿志堅：《宋代律體詩用韻之研究》（政治大學碩士論文，1976 年），頁 135。

而今留得(德，十七部)。　老而無情味到篇章，詩債怕人索(鐸，十六部)。卻笑近來林下，有許多詞客(陌，十七部)。

陳亮沒有，劉過有〈謁金門〉秋興一首：

秋興惡(鐸，十六部)，愁怯羅衾風弱(藥，十六部)。雨線垂垂晴又落(鐸，十六部)，輕煙籠翠箔(鐸，十六部)。　休道旅懷蕭索(鐸，十六部)，生怕香濃灰薄(鐸，十六部)。桂子莫墜孤酒約(藥，十六部)，詩情渾落魄(魄，十七部)。

乙、第十六第十七部第十八部相混者：韻尾收「p」「t」「k」。辛棄疾只〈蘭陵王〉一首：

恨之極(職，十七部)。恨極消磨不得(得，十七部)。萇弘事，人道後來，其血三年化為碧(陌，十七部)。鄭人緩也泣(緝，十七部)。吾父，攻儒助墨(德，十七部)。十年夢，沈痛化余，秋柏之間既為實(質，十七部)。　相思重相憶(職，十七部)。潛動精魄(鐸，十六部)。望夫江上巖巖立(緝，十七部)。嗟一念中變，後期長絕，君看啟母憤所激(錫，十七部)。又俄請為石(昔，十七部)。

難敵(錫，十七部)。最多力(職，十七部)。甚一念沈淵，精氣為物(勿，十八部)依然困鬥牛磨角(覺，十八部)。便影入山骨，至今雕琢(覺，十六部)。尋思人世。只合化，夢中蝶(業，十八部)。

劉過沒有。陳亮有一首。〈桂枝香〉巖桂花：

仙風透骨(沒，十八部)，向夏葉叢中，春花重出(術，十七部)，駿發天香，不是世間尤物(勿，十八部)。占些空闊閒田地，共霜輪、伴他秋實(質，十七部)。淺非冷蕊，深非幽艷，中無倚握(覺，十六部)。　任點取，龍涎篤耨，兒女子看承，萬屈千屈(勿，十八部)。做數珠兒，刻畫無鹽唐突(沒，十七部)。不知幾树欒團著，但口吻，非鳴雲室(質，十七部)。是耶非耶，書生見識，聖賢心術(術，十七部)。

丙、第十七部第十八部通協者，韻尾收「p」「t」「k」。

辛棄疾有〈生查子〉二首、〈卜算子〉三首、〈菩薩蠻〉二首、〈好事近〉三首、〈滿江紅〉七首、〈念奴嬌〉八首、〈水龍吟〉一首、〈歸朝歡〉一首、〈永遇樂〉一首，共二十八首，如〈永遇樂〉：

怪底寒梅，一枝雪裏，直恁愁絕（薛，十八部）。問訊無言，依。稀似妒，天上飛英白（陌，十七部）。江山一夜，瓊瑤萬頃，此段如何妒得（德，十七部）。細看來，風流添得，自家越樣標格（陌，十七部）。　晚來樓上，對花臨境，學作半粧宮額（陌，十七部）、著意爭妍，那知卻有，人妒花顏色（職，十七部）。無情休問，許多般事，且自訪梅踏雪（薛，十八部）。待行過、溪橋夜半，更邀素月（月，十八部）。

陳亮有〈滿江紅〉懷韓子師尚書，〈三部樂〉七月送丘宗卿使虜、〈念奴嬌〉送戴少望參選，舉〈三部樂〉七月送丘宗卿使虜為例：

小屈穹廬，但二滿三平，共勞均佚（質，十七部）。人中龍虎，本為明時而出（術，十七部）。只合是，端坐王朝，看指揮整辦，掃蕩飄忽（沒，十八部）。也持漢節，聊過舊家宮室（質，十七部）。　西風又還帶暑，把征衫著上，有時披拂（勿，十八部）。休將看花淚眼，聞弦酸骨（沒，十八部）。對遺民，有如皎日（質，十七部），行萬里，依然故物（勿，十八部）。入奏幾策，天下裏，終定于一（質，十七部）。（卷十七）

劉過有一首：〈祝英臺近〉同妓游帥府司東園：

窄輕衫，聯寶轡，花裏控金勒（德，十七部）。有底風光，都在畫闌側（職，十七部）。日遲春暖融融，杏紅深處，為花醉、一鞭春色（職，十七部）。　對嬌質（質，十七部）。為我歌捧瑤觴，歡聲動阡陌（陌，十七部）。何似多情，飛上鬢雲碧（陌，十七部）。晚來約住青驄，踏花歸去，亂紅碎、一庭風月（月，十八部）。

丁、第十七第十八部第十九部通協，韻尾收「p」「t」「k」者。

辛棄疾有〈滿江紅〉一首、〈賀新郎〉三首、共四首，如〈賀新郎〉同父見和再用韻答之：

老大那堪說（薛，十八部）。似而今、元龍臭味，孟公瓜葛（曷，十八部）。我病君來高歌飲，驚散樓頭飛雪（薛，十八部）。笑富貴千鈞如髮（月，十八部）。硬語盤空誰來聽。記當時、只有西窗月（月，十八部）。重進酒，換鳴瑟（櫛，十七部）。　　事無兩樣人心別（薛，十八部）。問渠儂：神州畢竟，幾番離合（合，十九部）？汗血鹽車無人顧，千里空收駿骨（沒，十七部）。正目斷、關河路絕（薛，十八部）。我最憐君中宵舞，道男兒、到死心如鐵（屑十八部）。看試手，補天裂（薛，十八部）。

陳亮有〈賀新郎〉辛幼安和見懷韻、〈賀新郎〉辛幼安再用韻見寄、〈賀新郎〉懷辛幼安用前韻等三首，舉一首〈賀新郎〉寄辛幼安和見懷韻為例：

老去憑誰說（薛，十八部），看幾番神奇臭腐，夏裘冬葛（曷，第十八部）。父老長安今餘歲，後死無讎可雪（薛，十八部）。猶未燥當時生髮（月，十八部）。二十五弦多少恨，算世間那有平分月（月，十八部）。胡婦弄，漢宮瑟（櫛，十七部）。　　樹猶如此堪重別（薛，十八部）。只使君從來與我，話頭多合（合，十九部）。行矣置之無足問，誰換妍皮癡骨（沒，十八部）。但莫使伯牙弦絕（薛，十八部）。九轉丹砂牢拾取，管精金只是尋常鐵（屑，十八部）。龍共虎，應聲裂。

劉過沒有。

戊、辛棄疾在p-t-k相混押的尚有許多，如十五部十六部通協，第十八、十九兩部通協者（韻尾皆p）等等。〔註14〕這些現象都是陳亮、劉過所沒有的。

〔註14〕陳滿銘：《蘇辛詞比研究》，頁33～34。

在入聲的使用上辛棄疾最寬泛，陳亮也比劉過寬泛，糾葛不分，即「p、t、k」混押。

根據金周生《宋詞音系入聲韻部考》對這種 p、t、k 三塞尾音混用的解釋是：

> 詞中主要元音相同，而韻尾有 ptk 分別之入聲字，因歌詞配合音樂，音尾所佔的時間甚短，或僅具收勢，對於聽者音感並無不協，是以作者多通押；為其字音時有區分，故能可視為韻部不同而分用。知兩宋詞 pt、pk 韻尾實未相混淆也。〔註 15〕

〈稼軒詞韻說略〉則云：

> 詞與音樂的特性分不開。因為詞是合樂的，本可隨聲融轉，在字韻的安排上比詩有更大的靈活性。只要韻（韻尾）相近，即可以按拍倚聲了。……所以韻協上的寬鬆，這不是詞人的粗疏，而是刻意追求的一種美學效果。〔註 16〕

然而王力有不同的解釋：

> 黄公紹的《古今韻會》（書成於 1292 年以前）是保存收 k 和收 p 的入聲的，但是收 p 的入聲已經并到收 t 的入聲去了。〔註 17〕

他認為早在十三世紀，收 p 音的入聲已經并到收 t 的入聲去了。羅常培、周祖謨合著的《漢魏晉南北朝韻部演變研究》甚至以為「可能漢代某一種方言中所有的入聲的韻尾（包括-p-t-k 三類）都已經失去。」王力《漢語詩律學》甚至說：

> 本來詞韻第十六、十七兩部中，t-k-p 已經相混，……t-k-p 的界線泯滅，遠在的-n -ng-m 的界線的泯滅之前。〔註 18〕

〔註 15〕金周生：《宋詞音系入聲韻部考》（臺北：文史哲出版社，1985 年 4 月初版），頁 333。

〔註 16〕周篤文、馮統一：〈稼軒詞韻說略〉，見《詞學》（上海：華東師範大學出版社，1990 年 10 月第一次印刷），冊八，頁 153。

〔註 17〕王力：《漢語史稿》（香港：波文書局，1975 年出版），頁 134。

〔註 18〕王力：《漢語詩律學》（北京：中華書局，1973 年出版），頁 535。

語言的轉變不是一天一時造成，像閩南語入聲字至今還保存 p、t、k，根據金周生的研究，南北宋尚保存 ptk 塞尾音，但不可否認也有許多 ptk 混押情形，表示許多地方已經界限混淆。如果王力等人推論正確「t -k -p 的界線泯滅，遠在的-n -ng -m 的界線泯滅之前。」那麼辛棄疾、陳亮、劉過的-p -t -k 混押，絕不是個人行為，或是因為音樂的關係，增加聽覺的美感，這是各地語言演變的走勢，一種共通現象。

（二）稼軒押韻獨有情形

1. 使用古韻

夏敬觀〈跋毛鈔本稼軒詞〉云：「稼軒詞往往以鄉音協韻，全集中不勝枚舉。」〔註 19〕舉七例證明歌麻合用。

夏承燾《唐宋詞論叢》云：「《四庫全書提要》謂宋詞有用古韻之例，此不可信。五代、北宋詞大都應歌之作，為妓女以娛狹客，何取乎古韻。」〔註 20〕

然而稼軒詞除了取用鄉音，還用古韻押韻。

他以第一、二部通協者，有〈一翦梅〉、〈醉翁操〉、〈聲聲慢〉各一首，共三首。如〈醉翁操〉頃予從廓之求觀家譜，見其冠冕蟬聯，世載勳德。廓之甚文而好修，意其昌未艾也。……顧廓之長於楚詞，而妙於琴，輒擬醉翁操，為之詞以敘別。異時廓之綰組東歸，僕當買羊沽酒，廓之為鼓一再行，以為山中盛事云：

> 長松（東，一部）。之風（東，一部）。如公（東，一部）。肯余從（鍾，一部）。山中（東，一部）。人心與吾兮誰同（東，一部），一部。湛湛千里之江（江，二部），上有楓（東，一部）。噫送子于東（東，一部）。望君之門兮九重（鍾，一部）。女無悅己，誰適為容（鍾，一部）。　　不龜手藥，或一朝兮取封（鍾，一部）。昔與遊兮皆童（東，一部）。我獨窮兮今

〔註 19〕夏敬觀：〈跋毛鈔本稼軒詞〉，見鄧廣銘：《稼軒長短句編年箋注》，附錄，頁 580。

〔註 20〕見夏承燾：《唐宋詞論叢．詞韻約例》，頁 51。

翁（東，一部）。一魚兮一龍（鍾，一部），勞心兮忡忡（東，一部）。噫命與時逢（鍾，一部）。子取之食兮萬鍾（鍾，一部）。

這種押韻現象，不是以辛棄疾的鄉音而是按古調押韻。《詞譜》卷二十二按語：

此本琴曲，所以蘇詞不載。自辛詞編入詞中，復遂沿為詞調。在宋人中，亦只有辛詞一首可校。此詞（蘇軾）以元寒刪先四韻同用。辛詞以東冬江三韻同用，猶遵古韻。〔註21〕

從《詞譜》的按語可知辛詞以東冬江三韻同用，猶遵古韻。古韻中「東，江、同屬一部。根據詞序所言，閣之長於楚詞，而妙於琴，辛棄疾按古調，寫此首醉翁操，以為敘別。所以辛棄疾以第一部第二部押韻，不是用方言，而是有意按古調。

2. 陰入通押的現象

辛棄疾詞中出現陰入通押現象，他以

甲、入聲與魚模韻通協

如〈賀新郎〉：

柳暗清波路（遇，四部）。送春歸、猛風暴雨（噳，四部），一番新綠（燭，十五部）。千里瀟湘葡萄漲，人解扁舟欲去（遇，四部）。又檣燕、留人相語（語，四部）。艇子飛來生塵步，唾花寒、唱我新番句（遇，四部）。波似箭，催鳴櫓（姥，四部）。　　黄陵祠上山無數（遇，四部）。聽湘娥、泠泠曲罷，為誰情苦（姥，四部）。行到東吳春已暮（暮，四部），正江闊、潮平穩渡（暮，四部）。望金雀、觚稜翔舞（噳，四部）。前度劉郎今重到，問玄都、千數花存否（姥，四部）。愁為倩天絃訴（暮，四部）。

〔註21〕清．康熙御製：《詞譜》（臺北：洪氏出版社，1980年11月1日出版），卷二十二。

乙、入聲與陰聲麻邪部通協

如〈踏歌〉：

> 攧厥（月，十八部）。看精神、壓一巃兒劣（薛，十八部）。更言語一似春鶯滑（黠，十八部）。一團兒美滿香雪（薛，十八部）。去也（馬，十部）。把春衫、換卻同心結（屑，十八部）。向人道、「不怕輕離別」（薛，十八部），問昨宵因甚歌聲咽（屑，十八部）。　秋被夢，春閨月（月，十八部）。舊家事、卻對何人說（薛，十八部）。告第一莫趁蜂和蝶（帖，十八部），有春歸花落時節（屑，十八部）。

詞中入派三聲，萬樹《詞律》卷一於石孝友〈南歌子〉後下按語：

> 愚謂入聲可作平，人多不信，曰：「入聲派入三聲，始於元人論曲，君何乃移其說於詞？」余曰：「聲音之道，古今遞轉，詩變詞，詞變曲，同是一理。……況詞之變曲，正宋元相接處，豈曲入歌當以入派三聲而詞則不然乎？故知入之作平當先詞而後曲矣。……且用韻句亦可以入為協，如惜香〈醉蓬萊〉以「吉」協「髻」「戲」，坦庵以「極」字協「氣」「瑞」等甚多。若云入不可協，則此等詞入一落韻矣。至通篇入協之詞有可兼用上去，如〈賀新郎〉、〈念奴嬌〉之類。」

王國維《人間詞話》云：

> 稼軒〈賀新郎〉詞「柳暗凌波路，送春歸，猛風暴雨，一番新綠。」又〈定風波〉詞「從此酒酣明月夜，耳熱」，「綠」「熱」二字，皆從上去用。……已開北曲四聲通押之祖。〔註22〕

近人魯國堯〈宋詞陰入通協現象的考察〉，指出全宋詞中有六十九首陰入通協詞，其中五十首與中原音韻的歸類相符。這些詞人包括南北宋人，跟生長地域沒有關係，推論是「詞都必須能付之歌喉，驗之唇吻，拗折嗓子不得。在歌唱中，聲音的延長、悠揚可使某些入聲字的唯

〔註22〕王國維：《人間詞話》，見《詞話叢編》，冊五，頁4259。

閉音韻尾減弱（這裡面唯有27的濕字，56的泣字是p韻尾入聲字，很可注意），故偶可跟主元音相同或相近的陰聲字協韻。」〔註23〕所以稼軒使用陰入通協，不是個例。

3. 使用長尾韻

辛棄疾〈水龍吟〉用些語再題瓢泉，歌以飲客，聲韻甚諧，客皆為之酹：

聽兮清珮瓊瑤些。明兮鏡秋毫些。君為去此，流昏漲膩，生蓬蒿些。虎豹甘人，渴而飲汝，寧猿猱些。大而流江海，覆舟如芥，君為助，狂濤些。　　路遠兮山高些。塊予獨處無聊些。東槽春盎，歸來為我，製松醪些。其外芳芬，團龍片鳳，煮雲膏些。古人兮既往，嗟予之樂，樂簞瓢些。（頁355）

每句韻腳下用「些」字，蔣捷《竹山詞》亦有〈水龍吟〉「效稼軒體招落梅之魂」一首，寫法與辛詞同，此為「長尾韻」。西洋詩謂之「雌韻」，辛棄疾以前未嘗覯也。〔註24〕

4. 全篇同押一字

黃山谷〈瑞鶴仙〉檃括歐陽修〈醉翁亭記〉韻腳皆用「也」字。辛棄疾也有通首以一字協者，如〈柳稍青〉辛酉生日前兩日，夢一道士話長年之術，夢中痛以理折之，覺而賦八難之辭：

莫鍊丹難。黃河可塞，金可城難。休辟穀難。西風飲露，長忍飢難。　　君莫遠游難。何處有西王母難。休採藥難。人沈下土，我上天難。（卷四）

全篇押同一「難」字，而難字又是語助詞。如口語中哪、啊字。

5. 好險韻

山谷詩提倡好奇尚硬，稼軒精通諸子百家，驅使莊騷，他使用的詞韻也都讓人驚心動魄。又如〈水調歌頭〉送鄭厚卿赴衡州：

〔註23〕魯國堯：〈宋詞陽入通協現象的考察〉，見《音韻學研究》（北京：中華書局，1984年出版），頁147。

〔註24〕王易：《詞曲史》，頁49。

寒食不小住，千騎擁春衫。衡陽石鼓城下，記我舊停驂。襟以瀟湘桂嶺。帶以洞庭青草，紫蓋屹西南。文字起騷雅，刀劍化耕蠶。　　看使君，於此事，定不凡。奮髯抵几堂上，尊俎自高談。莫信君門萬里，但使民歌五褲，歸詔鳳凰啣。君去我誰飲，明月影成三。（卷二）

以「衫、驂、蠶、啣」為韻。又如〈賀新郎〉題傅君用山園：

曾與東山約，為倏魚從容分得，清泉一勺，……山頭怪石蹲秋鶚。俯人間、塵埃野馬，孤撐高攫。拄杖危亭扶未到，已覺雲生兩腳。更換卻、朝來毛髮。此地千年曾物化，莫呼猿、且自多招鶴。吾亦有，一丘壑。（卷四）

以「勺、鶚、攫、腳、鶴、壑」相押，真是硬語盤空。

第二節　內容比較

一、內容相同之處

辛棄疾的詞「雄深雅健」，「慷慨縱橫，不可一世」，「大聲鏜鞳，小聲鏗鍧，橫絕六合」，一腔忠憤發之於詞，有大聲疾呼、有不平而鳴者。陳亮是個雄辯的政論家，存詞七十四首與劉過八十七首詞數量差不多，他們的詞都是慷慨悲歌，以抗金統一為主。辛棄疾曾稱讚陳亮，「同父之才，落筆千言，俊麗雄偉，珠明玉堅，文方窘步，我獨沛然。」〔註25〕陳廷焯《白雨齋詞話》評陳亮詞：「陳同甫豪氣縱橫，稼軒幾為所挫。」〔註26〕評劉過詞云：「慷慨激烈，髮欲上指」，「足以使懦夫立志。」〔註27〕三人詞的內容相同之處：

（一）以愛國詞為主

辛棄疾、陳亮與劉過的詞，大都與收復失土，統一國土有關。辛

〔註25〕宋・辛棄疾撰、鄧廣銘輯校、辛更儒箋校：《辛稼軒詩文箋注》，頁122。
〔註26〕清・陳廷焯：《白雨齋詞話》，見《詞話叢編》，冊四，頁3794。
〔註27〕同上註，頁3914。

棄疾這類詞最多，他一面大聲指責「汗血鹽車無人顧，千里空收駿骨。」指責投降派造成的後果。一面勉勵王姓友人：「馬革裹屍當自誓」(〈滿江紅〉)，淳熙十五年，陳亮訪辛棄疾離去後，辛棄疾發出：「道男兒、到死心如鐵。看試手，補天裂」的呼喊（〈賀新郎〉同父見和，再用韻答之）送杜時高想到：「南北共，正分裂」(〈賀新郎〉悲憤填膺。獨宿博山王氏菴時心裡仍記掛：「布被秋宵夢覺，眼前萬里江山。」(〈江神子〉)。登建康賞心亭時，「贏得閒愁千斛。虎踞龍盤何處是，只有興亡滿目。」(〈念奴嬌〉登建康賞心亭，呈留守史致道）想到的仍是江山破碎。

自從「隆興和議」後，南宋彷如女真的附庸。淳熙十三年，章德茂使金，祝賀金世宗的生日。〔註 28〕淳熙十二年除夕，陳亮送章德茂大卿使虜：「不見南師久」(〈水調歌頭〉)，痛斥朝廷小人只知苟安，幾乎沒有「一個半個恥臣戎」，不以向金人屈膝求和為恥，再也不見北伐的南師，所以「萬里腥羶如許，千古英靈安在」，滿腔熱血志在恢復。

淳熙十五年，陳亮步辛棄疾〈賀新郎〉原韻，「父老長安今餘歲，後死無讎可雪。」「算世間那有平分月。胡婦弄，漢宮瑟。」(〈賀新郎〉寄辛幼安和見懷韻）又寫：「天下適安耕且老，看買犁賣劍平家鐵。壯士淚，肺肝裂。」(〈賀新郎〉懷辛幼安，用前韻）又有〈賀新郎〉同劉元實，唐與正陪葉丞相飲云：「舉目江河休感涕，念有君如此何愁虜。」陳亮也在〈滿江紅〉懷韓子師尚書期望抗金名將韓世宗之子能工起抗金重任：「諸老盡，郎君出。恩未報，家何恤。」又對出使金的丘宗卿說：「對遺民，有如皎日，行萬里，依然故物。入奏幾策，天下裏，終定于一。」(〈三部樂〉七月送丘宗卿）期許他出使後入朝，當向皇帝獻策，力陳恢復之議，天下將能統一。

劉過是個慷慨激昂的愛國之士，他在韓侂胄議開邊北伐前夕，寫〈八聲甘州〉，指出北方「依舊塵沙萬里，河落滿腥羶」，現今北方金江

〔註 28〕姜書閣：《陳亮龍川詞箋注》，頁 26。

的野心，〔註 29〕敵人亡我之心永不滅絕，「看東南王氣，飛繞星躔」，唯有主動出擊，收復失地，才是良策。

他在〈沁園春〉御閱還上郭殿帥詞云：「中興事，看君王神武，駕馭英雄。」（卷十一）在〈沁園春〉張路分秋閱：「拂拭腰間，吹毛劍在，不斬樓蘭心不平。」都顯明他的抗金情懷。

（二）登臨、詠物、壽詞都含有政治思想

1. 登臨、詠物之詞

辛棄疾最常在登臨中表達自己的政治思想。如〈水龍吟〉登建康賞心亭，他看到破碎的河山，是「獻愁供恨」，表達自己不隱居、不求名利之心，「休說鱸堪鱠，儘西風歸未？求田問舍，怕應羞見，劉郎才氣。」到江西造口壁想到的是「江晚正愁余，山深聞鷓鴣」（〈鷓鴣天〉）的憂愁。經過南劍樓時，有「千古興亡，百年悲笑，一時登覽」（〈水龍吟〉過南劍雙溪樓）的感懷。韓侂胄草草北伐，擔心「元嘉草草，封狼居胥，贏得倉皇北顧。」（〈永遇樂〉京口北固亭懷古）會有不良的後果。

辛棄疾在詠物詞中也常以梅花自喻清高品德，「新春老去惟梅在，一任狂風日夜吹」（〈感懷示兒輩〉）外，常在詠物詞中感嘆國家興亡，或諷刺朝廷主和派小人種種行徑，不然就借物自況，內容豐富，寫法也變化萬千。如〈賀新郎〉賦琵琶：「千古事、雲飛煙滅。賀老定場無消息，想沈香亭北繁華歇。彈到此，為嗚咽。」音指朝中已沒有醫國手，宋朝難以振興。如「枉學丹蕉，葉底偷染妖紅」，嘲笑小人如宮殿中高大的桂樹般，不管國亡家破，靖康之恥，欽徽被擄，遭此巨變，朝廷偏安江南，「為淒涼、長在醉中」（〈聲聲慢〉嘲紅木犀。余兒時常入京師禁中凝碧池，因書當時所見），依舊盛開，毫不知恥。

陳亮也常在登臨詞中表達自己的政治理念，如登多景樓時，他以地理戰略，進攻形勢來填詞，強調京口、建業一帶，「一水橫陳，連岡

〔註 29〕宋・羅大經：《鶴林玉露》，見《叢書集成新編》，冊八七，頁 114。

三面」，形勢險峻足以與金人對抗，並嘲笑投降派如南朝大臣，「因笑王謝諸人，登高懷遠，也學英雄涕。」（〈念奴嬌〉登多景樓）只會登高流淚，沒有實際的反金行動。

詠物詞如〈水龍吟〉春恨：「恨芳菲世界，游人未賞，都付與，鶯和燕。」借春恨來表明國仇家恨，可見其慷慨熱誠。又如〈一叢花〉溪堂玩月作：「風露浩然，山河影轉，今古照淒涼。」寄託面對殘山剩水的悲哀。

劉過登覽之詞也吟政治思想，如登安遠樓時，面為「舊江山渾是新愁。欲買桂花同載酒，終不是、少年遊。」詞中表明二十年來中原不僅未收復，反而「蘆葉滿汀洲，寒沙帶淺流。」（〈唐多令〉）登覽遠眺，舊愁新怨直湧心頭，殘山剩水依舊冷落，只是徒增惆悵。

閑居江西十年的辛棄疾，被起用為紹興知府兼浙東安撫使，劉過寫〈沁園春〉寄辛稼軒：「古豈無人？可以似吾稼軒者。」稱讚他是千古的英雄，並恭賀他東山再起，「算整頓乾坤終有時」。

2. 壽詞

張炎在《詞源》云：

> 倘盡言富貴則塵俗，盡言功名則諛佞，盡言神仙則迂闊虛誕，當總此三者而為之，無俗忌之辭，不失其壽可也。〔註30〕

劉永濟《詞論》云：

> 介壽之詞，宋時最盛，亦人事所不能免。然必不諛不俗，而措辭渾雅，方為合作。至施之朋友、骨肉之間，則亦貴有真性情語，方見歡欣祝頌之誠。〔註31〕

祝壽詞要避免長壽、富貴、神仙等，而著重抱負、事業。陳亮、劉過的壽詞仍不離長壽、富貴等範圍，而且他們的壽詞份量並不少，但他們還能在壽詞中表達政治思想。

〔註30〕宋．張炎：《詞源》，見《詞話叢編》，冊一，頁266。

〔註31〕劉永濟：《詞論》（臺北：龍田出版社，1982年元月出版），頁85。

辛棄疾在早期作品中，常借祝壽詞表達政治思想。如〈水龍吟〉甲辰歲壽韓南澗尚書感嘆「渡江天馬南來，幾人真是經綸手？」並痛斥「夷甫諸人，神州沈陸，幾曾回首。」感嘆國家缺乏經邦濟世之人。並期待「他年整頭，乾坤事了」。〈水調歌頭〉壽趙漕介菴期待他：「要挽銀河仙浪，西北洗胡沙」。〈千秋歲〉金陵壽史帥致道，時有版築役：「從容帷幄去整頓乾坤了。千百歲，從今盡是中書考。」〈念奴嬌〉趙晉敷文十月望生日自賦詞，屬余和韻：「看取東歸，周家叔父，手把元龜說。」借周公東征作〈大誥〉典故，委婉傳達他對北伐的期待。

陳亮所存三首為朱熹寫的壽詞，雖然他和朱熹志同道不合，也鼓勵他抗金，如〈洞仙歌〉丁未壽朱元晦「許大乾坤這回大。向上頭些子，是雕鶚摶空，籬底下，只有黃花幾朵。」〈蝶戀花〉甲辰壽朱元晦：「手撚黃花還笑。笑比淵明，莫也歸來早。」委婉的譏諷朱熹置國家大事及生民不管，太早歸隱。〈瑞雲濃慢〉壽羅春伯：「騎鯨赤手，問何如長鞭尺箠？向來王謝風流，只今管是。」期望朋友找到克敵致勝的良策，「像東晉王導、謝安一樣幹一番英雄事業，以實現當今朝野上下抗金統一的希望。」〔註 32〕

劉過的壽詞如〈沁園春〉代壽韓平原云：「膽能寒虜；而今胸次，氣欲吞胡。」而且還具體提出意見，「但收攬人才多用儒」，使用人才一定要多用儒者。宋神宗嘉泰四年，韓侂胄定議伐金，民心振奮，劉過寫〈西江月〉賀詞給萎靡的時代增添許多豪情。

他也用〈水調歌頭〉壽王汝良：「斬樓蘭，擒頡利，志須酬。青衫何事，猶在楚尾與吳頭。」又〈滿江紅〉壽：「功甚大，心常小。居廊廟，思耕釣。奈華夷休戚，繫王顰笑。盟府山河書帶礪，成周師保須周召。」內容都是統一山河的期盼。

〔註 32〕王叔珩：《陳亮政論詞選注》（濟南：山東教育出版社，1995 年出版），頁 98。

3. 同為痛抒英雄失路的悲憤

辛棄疾北人南來不被重視，又加上他的主戰觀念在時代中成為逆流，常遭小人猜忌，所以他的詞常流露沈鬱的傷感，或憤恨不平的情懷。如〈摸魚兒〉:「長門事，準擬佳期又誤。蛾眉曾有人妒，千金縱買相如賦，脈脈此情誰訴？君莫舞，君不見、玉環飛燕皆塵土。閑愁最苦。」讀李廣傳後心中不平，寄托閒者被黜之心，如〈八聲甘州〉:「漢開邊，功名萬里，甚當時、健者也曾閒？」〈歸朝歡〉題趙晉臣敷文積翠岩:「細思量；古來寒士，不遇有時遇。」

陳亮是個積極的用世者，隆興和議後，他說：

> 朝廷方幸一旦無事，庸愚齷齪之人皆得以守格令、行文書，以奉陛下之使令，而陛下亦幸其易制而無他也，徒使度外之士擯棄而不得逞，日月蹉跎，而老將至矣。(頁 3)

他二十九歲上書，到五十歲仍是度外之士，有才不遇，蹉跎歲月，耕種家鄉。每想到自己的遭遇，說：

> 每念及此，或推案大呼，或悲淚填臆，或髮上衝冠，或拊掌大笑。(頁 262)

在詞中也表達「悲淚填臆」的痛苦。如〈小重山〉:

> 往事已成空。夢魂飛不到，楚王宮。翠綃和淚暗偷封。江南闊，無處覓征鴻。(頁 219)

往事當然就是當年上〈中興五論〉，上孝宗皇帝的三書，全都如石沉大海，而自己仍如屈原般忠心耿耿，卻「夢魂飛不到，楚王宮。」找不到征鴻，沒人能把他的愛國之情，抗金大計，向皇帝表明。又如〈最高樓〉詠梅:「花不向沈香亭上看；樹不著唐昌宮裡玩。」這首詠物詞自喻高潔的梅花，不願意與牡丹並列，他像梅花一般的高潔，竟扣閽無路，日月蹉跎，結句「管如今，渾似了，更堪憐」堪憐的不是梅花，而是自己。

劉過「上皇帝之書，客諸侯之門」(〈獨醒賦〉卷十二)，曾上書宰相「痛陳恢復中原方略」，但皆被摒棄不用，又屢試不第。因此浪跡江湖。像他這志士根本無從施展抱負，所以詞中有許多英雄失路的悲憤。如〈沁園春〉：「大宋神仙劉秀才。如何好？」幾番應試皆被黜，多年奔跑不得一官，是何等難堪。不僅是己身的得失，也深憂國勢衰頹，濟世之志無伸展。

劉過晚年時，主和派都是朝廷掌權者，所以主戰派受壓抑，〈水調歌頭〉中他說：「酒須飲、詩可作、鋏休彈。」酒可以解憂，詩可以言志。唯「彈鋏何用」？因為統治者昏憒無能，使他「枉催得雙鬢斑白」。何況窮達並無二樣，心情極鬱悶，盼「自有識鴟鸞」，是非公道自在人心。」

又在〈念奴嬌〉云：「不是奏賦明光，上書北闕，無驚人之語。我自匆忙天未許，贏得衣裾塵土。」說明自己的不遇，實在是「天未許」，在於皇帝不賞識，不重用，只有「贏得衣裾塵土」。又如〈賀新郎〉：「男兒事業無憑據。……歌此恨，慰羈旅。」（卷十一）表明自己壯志未酬，不受當政者的重視，流落他鄉，抑鬱不平。男兒事業無著落，只有放聲歌唱，自我慰藉報國無路的悲憤。

又有〈賀新郎〉贈張彥功「誰念天涯牢落況」，及〈賀新郎〉贈鄰人朱唐卿：「多病劉郎瘦。最傷心、天寒歲晚，客他鄉久。……若見故鄉吾父老，道長安、市上狂如舊。」久客他鄉的無奈，只能以狂遮住一身的潦倒。又有〈祝英臺近〉說自己：「笑天涯，還倦客。欲起病無力……憔悴小樓側。」（卷十一）又如〈賀新郎〉：「人世紅塵西障日，百計不如歸好。」詞中有英雄不被重用的憂愁與沒落。

二、內容相異之處

（一）辛棄疾的愛國詞表現壯志難酬、陳亮如政論、劉過對時局不滿

陳亮、劉過與辛棄疾都是好友，比較三人互相酬贈之詞，顯著不同。陳亮四十五歲與辛棄疾鵝湖之會後分離，辛棄疾以〈賀新郎〉詞贈陳亮，寫到「剩水殘山無態度」「兩三雁，也蕭瑟」，內容顯示孤單、

無力感。近人甚指他「補天裂」，只是為了「了卻君王天下事」，他把統一的期望維繫在君王身上。〔註 33〕陳亮和辛棄疾愛國詞同中有異之處，乃辛是朝廷官吏，再怎麼慷慨激昂，也只能在詞中用比興寄託、含蓄委婉表達自己的不滿與期望。陳亮是一布衣，較無忌諱，大聲直斥。比如他們在〈賀新郎〉，辛棄疾寫「兩三雁，也蕭瑟。」感慨志士仁人的稀少，如兩三雁的蕭瑟。對形勢的悲觀，認為主戰的力量薄弱。但陳亮是積極的，他說：「父老長安今餘歲，後死無仇可雪。」是慷慨激昂，指抗金之事不能再拖。辛棄疾的「盤空硬語誰來聽？」只是表現知音少的苦悶。陳亮是「據地一呼吾往矣；萬里搖肢動骨。」憤怒的呼喊，想投入戰爭。辛棄疾更多的是不滿怨鬱，〈摸魚兒〉：「君莫舞，君不見、玉環飛燕皆塵土。閒愁最苦。休去倚危欄，斜陽正在，煙柳斷腸處」含蓄影射的手法，指責當道小人。這也是兩人豪放詞中，同中有異處。

他偶爾也會發出消極之音，在〈水龍吟〉中：「可惜流年，憂愁風雨，樹猶如此！倩何人、喚取紅巾翠袖，搵英雄淚。」表現他的國愁與悲觀。〈江神子〉和人韻：「寫盡胸中、塊磊未全平。」他愛國的熱情一再被打擊，只好發出「座中擁紅粉嬌客，直欲覓安期」的縱情山水，企圖逃脫現實，以及「半夜一聲長嘯，悲天地，為予窄」的感嘆。

陳亮的愛國詞大都政論，〈賀新郎〉酬辛幼安再用韻見寄云：「離亂從頭說。愛吾民，金繒不愛，蔓藤纍葛。」這首詞批評時局，是註解〈戊戌再上孝宗皇帝書〉中的內容：「南方之紅女織尺寸之功于機杼，歲以輸虜人，固已不勝其痛矣。金寶之出於山澤者有限，而輸之虜人則無窮，十數年後，豈不遂就盡哉。」及〈甲辰答朱元晦〉相輝映：「至於堂堂之陣，正正之旗，風雨雲雷交發而並至，龍蛇虎豹變見而出沒，推倒一世之智勇，開拓萬古之胸襟，如世俗所謂粗塊大臠，飽有餘而文不足者。」南宋山河破碎，人民流離失所，正是一味妥協的

〔註 33〕郁賢皓：〈辛棄疾反民族投降的愛國詞〉，見《南京：南京師院學報》（1976 年 2 期），頁 90。

結果。應該「據地一呼」，大顯神威，就能成就如東晉淝水破敵的雄威氣勢。

陳亮另有〈水調歌頭〉送章德茂大卿使虜、〈三部樂〉七月送邱宗卿使虜、〈念奴嬌〉登多景樓等等都是政論詞。

嘉泰三年（1203），劉過五十歲寫〈念奴嬌〉留別辛稼軒，詞中劉過傾訴自己懷才不遇的苦悶，「乾坤許大」，卻無處容身，「十年枉費辛苦」。不在於沒有詩才，也曾「奏賦明光」，陳述治國理念的良策，只是不被皇帝賞識，只有「贏得衣裾塵土」。

劉過的詞，更多的是對時局的感傷與不滿。如〈六州歌頭〉，寫古揚州「鎮長淮」，古戰略要位，然而「邊塵暗，胡馬擾」後，「笙歌散」，成為「故壘荒丘」。而統治者犧牲廣大百姓，自己卻「萬戶封侯」。執政者該因無法保護國土、人民而羞愧。下片寫「興亡夢，榮枯淚，水東流。甚時休」，說明歷史興衰，個人榮枯，正如滾滾江水，自向東流不知盡頭，交織國家興衰，國人身世的飄零之恨。

（二）劉過對民族英雄的謳歌，是辛棄疾、陳亮所無的

劉過的詞中對民族英雄有極動人的感情，如〈六州歌頭〉詞中激昂、悲憤、沈痛的感情起伏跌宕。歌詠岳飛是「中興諸將」，雖死猶生，英名永在，「憶故將軍。淚如傾」。對奸佞小人的切齒痛恨與鞭笞，「萬古分茅土，終不到，舊奸臣。」並砥礪人們為國家統一、民族強盛而奮鬥。又有〈沁園春〉觀競渡：

> 歎沈湘去國，懷沙弔古，江山凝恨，父老興哀。正直難留，靈修已化，三戶真能存楚哉。（卷十一）

他懷念屈原的忠貞，卻只能投江自縊，剩下的三戶真存楚？

辛棄疾、陳亮詞中並沒有特別高舉民族英雄。

（三）劉過詞中有豔體，是陳亮所無的

辛棄疾、劉過有贈妓詞，劉過甚至有兩首豔體詞，〈沁園春〉詠美人指甲，美人足：「每到相思，沈靜動處，斜倚朱唇皓齒間。風流甚，

把仙都暗掐，莫放春閑。」之類的作品，彷彿直承花間。陳廷焯評為：「淫詞褻語，污穢詞壇。即以豔體論，亦是下品。」〔註 34〕然而張炎卻說：「二詞亦自工麗。」〔註 35〕陶宗儀《輟耕錄》亦云：「纖麗可愛。」〔註 36〕

夏承燾〈讀陳亮的龍川詞〉云：「(《龍川詞》) 有狹邪豔體〈念奴嬌〉至金陵一首是贈妓的。」〔註 37〕然而姜書閣《陳亮龍川詞箋注》云：「此詞既是同甫到金陵觀察形勢所作，題亦明寫『至金陵』，自當係就其所見之金陵社會宴安逸惰情形，抒發思感與懷抱。……夏箋謂：『此首是贈妓詞』，未知何據。」〔註 38〕根據〈念奴嬌〉至金陵詞意確實不是豔體詞。

(四) 劉過詞有關心民間疾苦

劉過的詞有關心民生疾苦，雖然數量很少，在〈清平樂〉：

> 新來塞北，傳到真消息，赤地居民無一粒。更五單于爭立。
>
> 維師尚父鷹揚。熊羆百萬堂堂。看取黃金假鉞，歸來異姓真王。(卷十一)

他的詩中也有關心百姓生活如〈悲淮南〉：

> 淮南窮到骨，忍復椎其飢。不知鐵錢禁，作俑者為誰。行商斷來路，清野多流禽。……今者縱虎狼，而使渴與飢。……悲哉淮南民，持此將安之？(卷三)

百姓已經窮困不堪，而朝廷為了補償經濟不足，還設鹽鐵禁，使百姓流連失所。又在〈瓜洲歌〉云：

> 今年城保寨，明年城瓜洲。寇來不能禦，賊去欲自囚。……參差女牆月，深夜照敵樓。泊船遠河口，頗為執事羞。(卷一)

〔註 34〕清・陳廷焯：《白雨齋詞話》，見《詞話叢編》，冊四，頁 3794。

〔註 35〕宋・張炎：《詞源》，見《詞話叢編》，冊一，頁 262。

〔註 36〕宋・陶宗儀：〈輟耕錄〉，見《景印文淵閣四庫全書》，冊一〇四〇，頁 576。

〔註 37〕夏承燾校箋，牟家寬注：《龍川詞校箋》，頁 13。

〔註 38〕姜書閣：《陳亮龍川詞箋注》，頁 38。

〈郭帥遺蕨羹〉云：「主人幕下三千士，談王說霸如蜂起。日日椎鮮與擊肥，餐飫腥羶飽而已。……要看戢戢兒拳短，窮人便是知田漢。」（卷二）在〈祭李侍郎〉云：「方今講論肥民策，不數橫流地上錢。」（卷四）批評官家的富足奢侈，而田家卻苦哈哈。

辛棄疾是關心農民的，然而在農村詞中，只是輕描淡寫「父老爭言雨水勻，眉頭不似去年顰」，並沒有深入反映民生疾苦。他在北方是率令農民軍，然而在〈滿江紅〉賀王帥宣平湖南寇，他歌頌王佐鎮壓陳峒領導的農民軍，把王佐比作「諸葛亮」，把起義人民當作「鼪鼯」，祝賀王佐「捷書急」，甚至立碑記功。他也在江西提刑時鎮壓茶商賴文正領導的茶商。《嘉泰會稽志・人物志》記辛棄疾知江陵時：「得賊輒殺，不復究竟，奸盜屏跡。」辛棄疾似乎不去探討這些人為何成盜原因，只是去討平他們。

第三節　寫作技巧比較

三家詞在寫作技巧尚有以下幾點特色：

一、都愛用俚語、白話

辛棄疾大量使用通俗語言如：

（一）〈賀新郎〉題傅巖叟悠然閣再賦：「嘆人生，不如意事，十常八九。」

（二）〈謁金門〉「不怕與人尤殢，只怕被人調戲。因甚無個阿鵲地，沒功夫里。（俗語說被人提及就打噴嚏，這裡說沒個「阿鵲」，表示無人說他。）

（三）〈戀繡衾〉：「我自是、笑別人底，卻原來、當局者迷。」

（四）〈洞仙歌〉：「味甘終易壞，歲晚還知，君子知交淡如水。」

（五）〈感皇恩〉：「七十古來稀，未為稀有。」

（六）〈減字木蘭花〉：「剛道人生七十稀。」

（七）稼軒詞中慣用「兒」字，如〈西江月〉的「些兒」，〈最高樓〉「園兒」、「亭兒」，〈南歌子〉的「池兒」、「月兒」、「鏡兒」，〈清平樂〉：「裝了」、「蜂兒」等等。

（八）稼軒詞也用了許多民間說話的口氣，用語助詞。如〈鷓鴣天〉：「些底事，誤人哪！不成真個不思家。」〈南鄉子〉贈妓：「不問因由便去嗏。」「巴巴，繫上裙兒隱也哪。」〈江神子〉聞蟬蛙戲作：「良自苦，為官哪？」「還又問：是蟬嗎？」等等。

陳亮曾在〈與鄭景元提幹書〉，論及自己寫的詞：

> 本之以方言俚語，雜之以街談巷論，博搦義理，劫剝經傳，而卒歸之曲子之律。（頁 329）

陳亮的詞是夾雜著白話俚俗語。劉過也有此特性，兩人詞中都喜愛使用白話、俚俗語：陳亮的〈賀新郎〉酬辛幼安，再用韻見寄。如「話殺」、「新著了」、「不成教」、「也解」，用民間口語。在〈最高樓〉詠梅：「樹不著」、「渾似了」，〈念奴嬌〉有「笑人無限也」、「著我些」，〈三部樂〉：「但二滿三平」、「只合是」，〈祝英臺近〉：「百年忘了旬頭」、「包裹生魚，活底怎遭遇」。〈賀新郎〉酬辛幼安，再用韻見寄：「虧殺我」。〈洞僊歌〉丁未壽朱元晦：「許大乾坤這回大。向上頭些子」等等。

劉過的詞也有使用俚語的現象，如〈竹香子〉同郭季端訪舊不遇：「料想那人不在」「匆匆去得忒煞。這鏡兒、也不曾蓋。千朝百日不曾來，沒這些兒箇采。」〈清平樂〉：「忔憎憎地。一捻兒年紀。」〈天仙子〉初赴省別妾：

> 別酒醺，容易醉。回過頭來三十里。馬兒只管去如飛，牽一會。坐一會。斷送殺人共山水。　　是則青山終可喜。不道恩情拚得未。雪迷村店酒旗斜，去也是。住也是。煩惱自家煩惱你。（卷十一）

用民間的俚語入詞。楊升庵《詞品》:「詞俗意佳。」〔註 39〕賀裳稱此詞:「如張融跪膝,只可一不可二。」〔註 40〕

二、以散文入詞

辛棄疾以散文入詞極多,如

(一)〈哨遍〉秋水觀:「於是焉河伯欣然喜,以天下之美盡在己。」

(二)〈六州歌頭〉:「往向北山愚,庶有瘳乎?」

(三)〈行香子〉:「奈一番愁,一番病,一番衰。」

(四)〈卜算子〉:「一榻清風方是閒,真得歸來也。」

(五)〈卜算子〉用莊語:「誰伴揚雄作解嘲,烏有先生也。」

(六)〈哨遍〉:「嗟魚欲事遠遊時,請三思、而行可矣。」

(七)〈新荷葉〉:「後之覽者,又將有感斯文。」等等。

陳亮以散文入詞,有〈賀新郎〉酬辛幼安,再用韻見寄:「丘也幸,由之瑟」,「據地一呼吾往矣」。〈三部樂〉七月二十六壽王道甫:「早三之一」「百二十歲」,〈秋蘭香〉:「須一一排行」,〈桂枝香〉:「但口吻、非鳴雲室。是非耶也」。

劉過以散文入詞〈水調歌頭〉壽王汝良:「今古閱人多矣」,〈賀新郎〉平原納寵姬,能奏方響,席上有作:「人醉也。」〈臨江仙〉四景:「秋光預若借些兒。」〈沁園春〉觀競渡:「三戶真能存楚哉。」〈沁園春〉:「一日須來一百回。」「一別三年,一日三秋。」

三、都喜愛用典故

辛棄疾、陳亮、劉過的詞都喜愛使用典故。劉克莊在〈跋劉叔安感秋八詞〉批評稼軒愛用典說:

> 近歲放翁、稼軒,一掃纖豔,不事斧鑿,高則高矣,但時時掉書袋,要是一癖。

〔註 39〕明・楊升庵:《詞品》,見《詞話叢編》,冊一,頁 454。

〔註 40〕清・賀裳:《皺水軒詞筌》,見《詞話叢編》,冊一,頁 701。

然而劉辰翁〈辛稼軒詞序〉卻讚美：

> 詞至東坡，傾蕩磊落，如詩，如文，如天地奇觀，豈無群兒雌聲學語較工拙。然猶未至用經、用史，牽雅頌入鄭衛也。自稼軒前，用一語如此者必且掩口。及稼軒橫豎爛熳，乃如禪宗棒喝，頭頭皆是。

從鄧廣銘《稼軒詞編年箋注》所收六百二十六首詞，稼軒曾用過的典故約一千五百個，〔註 41〕可見用典確是許多。然而稼軒絕不是為用典而用典，如農村詞就幾乎不用典。他用典完全是學問大，而且為營造詞的藝術氣氛。岳珂《桯史．稼軒論詞》說：他曾當面對稼軒提出〈永遇樂〉一詞「覺用事多」之後，稼軒大喜「「酌酒而謂坐中曰：『夫君實中於痼。』乃味改其語，日數十易，累月猶未竟。」稼軒是填詞大家，竟然「日數十易，累月猶未竟」，想改而改不了，這正說明「用典雖多，然而這些典故卻用得天造地設，……用典多並不是稼軒的缺點，而正體現了他在語言藝術上的特殊成就。」〔註 42〕舉〈永遇樂〉京口北固亭懷古為例：

> 千古江山，英雄無覓，孫仲謀處。舞謝歌臺，風流總被，雨打風吹去。斜陽草樹，尋常巷陌，人道寄奴曾住。想當年：金戈鐵馬，氣吞如虎。（五代後唐李襲吉〈諭梁書〉：「毒手尊拳交相於暮夜；金戈鐵馬，蹂踐於明時。」）
>
> 元嘉草草，封狼居胥，（《史記．霍去病傳》：「元狩四年春，上令大將君青，驃騎將軍去病，將各五萬騎，……約輕齎，絕大幕，涉獲章渠，以誅比車耆。……封狼居胥山。」《宋書．王玄謨傳》：「玄謨每陳北侵之策，上謂殷景仁曰：『聞玄謨陳說，……使人有封狼居胥意。』」）

〔註 41〕馬興榮：〈稼軒詞藝術探微〉，見《詞學》（上海：華東師範大學出版社，1992 年 12 月第一次印刷），頁 93。

〔註 42〕馬群：〈永遇樂〉，見《唐宋詞新賞．辛棄疾》，頁 278。

贏得倉皇北顧（《宋書・索虜傳》:「（元嘉八年）上以滑臺戰守。彌時，遂至陷沒，乃作詩曰:『逆虜亂疆埸，邊將嬰寇仇。……惆悵懼遷逝，北顧涕交流。』」）

四十三年，望中猶記，烽火揚州路。可堪回首，佛狸祠下，一片神鴉社鼓。（《宋書・索虜傳》:「後魏太武帝小字佛狸。」）（陸游《入蜀記》:「瓜步山蜿蜒蟠伏，臨江起小峰，頗巉峻，絕頂有元魏（即後魏）太武廟。」）

憑誰問：廉頗老矣，尚能飯否。（《史記・廉頗藺相如傳》:「廉頗居梁，久之，魏不能信用。趙以數困於秦兵，趙王思復得廉頗，廉頗亦思復用於趙。趙王使使者視廉頗尚可用否，……趙使者既見廉頗。廉頗為之一飯斗米，肉十斤，被甲上馬，以示尚可用。趙使還報王曰:『廉將軍雖老，尚善飯，然與臣坐頃之，三遺矢矣。』趙王以為老，遂不召。」）

稼軒使用典故方法有：

（一）借句

1.〈水調歌頭〉:「眾鳥欣有託，谷亦愛吾廬。」（陶淵明〈讀山海經〉）

2.〈新荷葉〉:「一觴一詠、亦足以暢敘幽情。」（王羲之〈蘭亭集序〉）

3.〈賀新郎〉題停雲亭:「甚矣吾衰矣。」（〈論語〉）

4.〈一剪梅〉:「桃李不言，下自成蹊。」（《史記・李將軍列傳》）

5.〈哨遍〉:「富貴非吾願，皇皇乎欲何之。」（陶淵明〈歸去來辭〉）

（二）化句

1.〈新荷葉〉:「無心出岫，白雲一片孤飛。」（陶淵明〈歸去來辭〉:「雲無心以出岫。」）

2.〈雨中花慢〉:「傾身一飽，淅米茅頭。」（陶淵明〈飲酒詩〉第十:「傾身營一飽」,《晉書・顧愷之傳》: 玄曰:「茅頭淅米箭頭炊。」）

3.〈永遇樂〉:「催詩雨急，片雲斗暗。」(杜甫〈陪諸貴公子丈八溝攜妓納涼晚際遇雨詩〉:「片雲頭上黑，應是雨催詩。」)

4.〈玉樓春〉:「黃花不插滿頭歸，定倩白雲遮且住。」(杜牧〈九月齊山登高詩〉:「人世難逢開口笑，菊花須插滿頭歸。」)

5.〈沁園春〉:「吾非斯人誰與歸。」(范仲淹〈岳陽樓記〉:「微斯人吾誰與歸」。)

6.〈江神子〉和陳仁和韻:「卻笑將軍三羽箭，何日去，定天山?」(《新唐書・薛仁貴傳》:「軍中歌曰:『將軍三箭定天山，壯士長歌入漢關。』」)

稼軒使用典故極多，手法靈活，所以陳霆《渚山堂詞話》說稼軒用事:「不為事所使，稱是妙手。」〔註43〕

陳亮〈賀新郎〉寄辛幼安和見懷韻，此詞有一一六個字，竟一口氣使用九個典故，經過陳亮巧妙的融化，並無生硬的感覺。〈賀新郎〉寄辛幼安和見懷韻:

> 老去憑誰說，看幾番，神奇臭腐。(《莊子・知北游》:「臭腐化為神奇，神奇化為臭腐。」)
>
> 夏裘冬葛。(《淮南子》:「知冬日之葛，夏日之裘，無用於己，則萬物之變猶塵矣也。」)
>
> 父老長安今餘歲，後死無讎可雪。猶未燥，當時生髮。(《宋書・索魯傳》用宋文帝劉義隆事。)
>
> 二十五絃多少恨。(《史記・封禪》太帝使素女鼓五十絃事，又錢起〈歸雁詩〉:「二十五絃彈夜月，不勝清怨卻飛來。」)
>
> 算世間那有平分月。胡婦弄，漢宮瑟。(用烏孫公主、王嬙和蕃事。)
>
> 樹猶如此堪重別。(《世說新語・言語》桓公北伐經金城，見前為琅琊時種柳已十圍事)

〔註43〕明・陳霆:《渚山堂詞話》，見《詞話叢編》，冊一，頁363。

只使君，從來與我，話頭多合。

行矣置之無足問，誰換妍皮癡古。(《晉書·慕容超載記》事)

但莫使，伯牙弦絕。(《呂氏春秋·孝行覽·本味》伯牙鼓琴事。)

九轉丹砂牢拾取。(《抱朴子·金丹》:「九轉之丹，服之三日得仙。」)

管精金，只是尋常鐵。龍共虎，應聲裂。

從以上例子，及陳亮其他詞如〈念奴嬌〉等，因為陳亮詞中含有政論，所以大量使用事典與文典，較少點化前人詩句。

劉過的〈沁園春〉張路分秋閱，連續下了七個典故，使整首詞氣勢磅礡，塑造一個儒將的形象來表達自己的愛國之情。

〈沁園春〉張路分秋閱：

萬馬不嘶，一聲寒角，令行柳營。(《漢書·張陳王周傳》寫西漢周亞夫治軍嚴明，曾營於柳營。)

見秋原如掌，槍刀突出，星馳鐵騎，陣勢縱橫。

人在油幢，戎韜總制，羽扇從容裘帶輕。(《晉書·羊祜傳》記羊祜出陣襄陽十年，常身不披甲，輕裘緩帶。有儒將之風。)

君知否，是山西將種。(《漢書·趙充國辛慶忌傳贊》:「秦漢以來，山東出相，山西出將。」)

曾繫詩盟。

龍蛇紙上飛舫。(李白〈草書歌〉:「時時只見龍蛇走。」)

看落筆、四筵風雨驚。(杜甫〈寄李十二白二十韻〉:「筆落驚風雨，詩成泣鬼神。」)

便塵沙出塞，封侯萬里，印金如斗(《世說新語·尤悔》:「取金印如斗大，繫肘後。」)

未愜平生。拂拭腰間，吹毛劍在，不斬樓蘭心不平。(《漢書傳·介子傳》，用傅介子設計殺樓蘭典故)

歸來晚，聽隨軍鼓吹，已帶邊聲。

吳衡照《蓮子居詞話》云：「辛稼軒別開天地，橫絕古今，論、孟、詩小序、左氏春秋、南華、離騷、史、漢、世說、選學、李、杜詩，拉雜運用，彌見其筆力之峭。」陳亮、劉過的用典和辛稼軒相同，也是驅使經史子集，無一點斧鑿痕，陳亮用史、漢、世說的典故比劉過更多。

第四節　風格比較

辛派三家詞的風格上比較：

一、陳亮比辛棄疾、劉過詞氣勢磅礴樂觀

陳亮與辛棄疾、劉過都是政治同道，但是他們的詞同中有異，辛棄疾的詞雖慷慨激昂，但只能在〈聲聲慢〉：「憑欄望，有東南佳氣，西北神州。」〈賀新郎〉說：「起望衣冠神州路，白日消殘戰骨。嘆夷甫諸人清絕！」他有許多憤恨不平之詞，但他只能寄託兒女私情，如〈摸魚兒〉：「更能消幾番風雨」，或寄託登山臨水之詞，有時在詞中發牢騷，如〈醜奴兒〉：「近來愁似天來大，誰也相憐？誰也相憐？又把愁來做個天。都將今古無窮事，放在愁邊。放在愁邊，卻自移家向酒泉。」〈鷓鴣天〉：「欲上高樓去避愁，愁還隨上高樓。」

可能他是朝廷官吏，又是北人南歸，屢遭讒遭忌，縱使在閑居期間，也一直期望被起用，在這種情形下，他要收斂、要摧剛為柔。

陳亮詞氣勢磅礴，陳亮是布衣，沒有政治顧忌，詞都是直言豪放，〈賀新郎〉云：「堯之都，舜之壤，禹之封：於中應有，一個半個恥臣戎。」縱使當陳亮與劉過處逆境時，心態也不同的。陳亮表現的是積極、慷慨激昂振奮人心。如陳亮七〈水調歌頭〉送章德茂大卿使虜：「萬里腥羶如許，千古英靈安在？磅礴幾時通！胡運何須問，赫日自當中。」明明是悲嘆英魂人物安在？卻堅信敵必滅，國運昌隆。又如〈念奴嬌〉登多景樓：「正好長驅，不須反顧，尋取中流誓。小兒破賊，勢成寧問彊對。」（卷十七）對打敗北方強敵是樂觀、大有信心。

因為「陳亮的斬截痛快，橫放恣肆，語出肺腑，絕少矯飾，自成一家。」〔註44〕而且「每一章就，輒自嘆曰：『平生經濟之懷，略已陳矣。』」〔註45〕陳振孫《直齋書錄解》云，陳亮的詞「自負以經濟之意具在。」〔註46〕都有他的政治抱負。陳亮詞是一種創新也是突破。

毛晉以為陳亮詞不受人憐，是因為「不作妖語媚語」，〔註47〕雖然妖語媚詞在陳亮的集中較少，但他的詞少被提起，是因有經濟有意，詞中論及政治的太多，連葉適都說：「同甫微言十不能解一二。」〔註48〕陳振孫也說：「（陳亮詞）是尤不可曉也。」〔註49〕何況其他以豪放為詞之別格者，更不能瞭解陳亮報國的心事。所以陳亮是寂寞的，這正是他「推倒一世之智勇，開拓萬古之心胸」的豪氣，也是劉過比不上他的地方。

劉過詞缺乏深沈的情感，因此「他的一些豪放詞儘管語出豪縱，有過稼軒，但往往徒具奇肆的形式而缺乏他那沈鬱的內涵」〔註50〕如〈沁園春〉寄辛承旨：「斗酒彘肩」此詞想像大膽構思奇特，又學不少稼軒的表現手法，如散文手法，貫通上下片。但讀來「有趣味而無意味，更談不上有什麼令人感動的力量。」〔註51〕

而且劉過在感懷身世、感嘆懷才不遇之詞較陳亮多，幾乎宣洩無遺。陳亮則較婉約含蓄，只藉詠物詞來表現。

〔註44〕陶爾夫，劉敬圻：《南宋詞史》，頁186。

〔註45〕宋．葉適：《水心集．書龍川詞後》，頁514。

〔註46〕宋．陳振孫撰：《直齋書錄解題》，見《景印文淵閣四庫全書》，冊六七四，頁850。

〔註47〕明．毛晉：〈龍川詞跋〉，見宋．陳亮：《陳亮集》，附錄三，頁482。

〔註48〕宋．葉適：《水心集．龍川文集序》，見《景印文淵閣四庫全書》，冊一一六四，頁238。

〔註49〕宋．陳振孫撰：《直齋書錄解題》，見《景印文淵閣四庫全書》，冊六七四，頁850。

〔註50〕陳如江：《唐宋五十名家詞論》（上海：華東師範大學出版社，1992年7月出版），頁173。

〔註51〕同上註。

二、豪放詞外，辛棄疾詞婉雅，陳亮詞幽秀，劉過詞俊致綺麗

除了豪放外，辛棄疾詞如〈臨江仙〉「金谷無煙宮樹綠」，陳廷焯贊此詞云：「婉雅芊麗。稼軒亦能為此種筆路，真令人心折。」又如沈謙《填詞雜說》：「稼軒詞以激揚奮厲為工，至『寶釵分，桃葉渡』一曲，昵狹溫柔，魂銷意盡，才人伎倆，真不可測。」

陳亮尚有幽秀綺麗的風格。如〈桂枝香〉觀木樨有感，寄呂郎中，以木樨抒感，藉物言志。指桂花是天國殊英，群花之相比，顯得凡俗。「怕群花、自嫌凡俗。向他秋晚，換回春意，幾曾幽獨。」桂花不選在春天開花，卻在肅秋吐芳，實在是想喚起已去的春意。一片高潔心志，「入時太淺、背時太遠，愛尋高躅」，以花自喻。

這首詞選用王安石〈金陵懷古〉的詞牌與詞韻，別具典雅幽秀，語意高遠，秀而有骨。另有〈一叢花〉：「風露浩然，山河影轉，今古照淒涼。」通過秋江月夜的美景，想到江山易主，帶有濃厚的興亡色彩，更表現作者對江鄉的熱愛。全詞幽秀中帶有悲涼。

劉過豪放的長調詞受稼軒影響，小令卻清新婉轉、深邃沈摯。如〈醉太平〉閨情：

> 清高意真，眉長鬢青。小樓明月調箏。寫春風數聲。
>
> 思君憶君，魂牽夢縈翠。綃香煖雲屏，更那堪酒醒。
>
> （卷十一）

詞的上片寫女子彈箏，下片寫思念之情，題目是閨情，確是以白描、口語的手法，卻歸於醇雅。又有〈江城子〉「海棠風韻玉梅春」很有晏殊圓潤的味道。又有〈唐多令〉「蘆葉滿汀洲」，在當時是「楚中歌者競唱之」，〔註52〕並一直受後人稱讚，黃蓼園說：「沈際飛曰：『情暢語俊，韻排音調。』詞旨清越，亦見含蓄不盡之致。」〔註53〕先著《詞潔》評

〔註52〕清・徐釚編著，王百里校箋：《詞苑叢談校箋》，頁177。

〔註53〕清・黃蓼園：《蓼園詞評》，見《詞話叢編》，冊四，頁3053。

為：「數百年來絕作。」〔註 54〕正如劉熙載《藝概》：「劉改之詞，狂逸之中自饒俊致。」〔註 55〕

三、同具狂放精神

王國維《人間詞話》：

蘇、辛，詞中之狂。〔註 56〕

王國維正確的指出辛棄疾愛國詞中的特色，是「狂」。如〈賀新郎〉：「不恨古人吾不見，恨古人不見吾狂耳。」《桯史》說稼軒常誦此句。為何他偏愛此句，原因是一腔熱血北人而南來而不被信任，加上主戰思想是逆時代潮流，英雄無用武之地，還常遭莫須有罪名打壓，所併發出來的咆哮、怒吼。

從他的詞中可見其狂歌、狂態、狂放精神：

（一）〈沁園春〉：「我醉狂吟，君作新聲，以歌和之。」

（二）〈水調歌頭〉：「長恨復長恨，裁作短歌行。何人為我楚舞，聽我楚狂聲？」

（三）〈玉樓春〉：「狂歌擊碎村醪醆，欲舞還憐衫袖晚。」

（四）〈江神子〉：「酒兵昨夜壓愁城。太狂生。轉關情。寫盡胸中、磈磊未全平。」

（五）〈賀新郎〉：「夜半狂歌悲風起，聽錚錚，陣馬簷間鐵。」

（六）〈水調歌頭〉：「醉舞狂歌欲倒，老子頗堪哀。」

陳亮曾言「有非常之人，然後可以見非常之功。」(〈上孝宗皇帝第一書〉）在這個非常的時代，確實是需要非常之人，然而「使悟今世上之儒士，自以為得正心誠意之學者，皆風痹不知痛癢之人也舉一世安於君父之仇而方低頭拱手以談性命，不知何者謂之性命乎。」(〈上孝宗皇帝第一書〉）這種犀利的言語，使得朝廷震動，並視之為「狂怪」。回鄉後又「落魄醉酒，與邑之狂士飲，醉中戲為大言，言涉犯

〔註 54〕清・先著：《詞潔》，見《詞話叢編》，冊二，頁 1349。

〔註 55〕清・劉熙載：《詞概》，見《詞話叢編》，冊四，頁 3695。

〔註 56〕王國維：《人間詞話》，見《詞話叢編》，冊五，頁 4259。

上」，(《宋史・陳亮傳》他自稱：「亮少以狂豪馳騁諸公間，旋又修飾語言，誑人以求知。」他這種狂態，主要是多年科舉不第，上書不被重視，眼見國家分裂，主和派苟且，所激發出的狂態。他的詞中多有狂語，如：

（一）〈念奴嬌〉：「何處尋取狂徒？可能著意，更問渠濃骨。」

（二）〈水調歌頭〉：「太平胸次，笑他磊魄欲成狂。」

（三）〈點絳唇〉：「酒聖詩狂，只遣愁無計。」

陳亮最欣賞李白，有〈謫仙歌〉並序，他的狂態即是如杜甫稱李白：「佯狂真可哀。」

劉過稱自己的個性，如「峰稜四面起，節操一生堅，……從教方有礙，終不效規圓。」(〈方竹杖〉卷七)「鼓行之老氣不衰，嫉惡之剛腸猶在。」(〈建康獄中上吳居父〉卷十二)不僅嫉惡如仇，並「自放於禮法之外」，(〈答曹元章並序〉卷三)連狂放的陸游，在紹熙四年(1193)，遇到他時，也說他：「胸中九淵蛟龍盤，筆底六月冰雹寒。放翁七十病欲死，相逢尚能刮眼看。」〔註57〕

他狂放的個性，可由〈題東林寺〉窺知：「老夫為不愛官職，買得狂名滿世間。」(卷八)狂正是他個性的寫照。他曾說：

> 某本非放縱曠達之士，垂老無所成立，故一切取窮達貴賤死生之變，寄之杯酒，浩歌痛飲，旁視無人，意將有所逃者。於是禮法之徒始以狂名歸之，某亦受而不辭。(〈與許從道書〉卷十二)

他本不是狂放之徒，狂是別人給的封號，在人才不被重視的時代，他不諱言自己狂，並以狂行事，並相信後世有好其狂者。他說：

> 吾觀天下齷齪之士滔滔皆是，後世必有好予之狂者。」(〈答曹元章〉卷三)

〔註57〕宋・陸游：《劍南詩稿》，見《景印文淵閣四庫全書》，冊一一六二，頁443。

劉過他曾因一時疏狂而觸怒了某官僚，而下到建康監獄。幾乎送了生命，〔註 58〕他有〈建康獄中上吳居父時魏杭廣夫為秋官〉詩（卷十二），真是何等狂豪。也因為如此，他的〈獨醒賦〉有最好的寫照：「半生江湖，流落齟齬。」（卷十二）

劉過表現自己的狂放，最有名的是他的〈沁園春〉寄辛承旨，時承旨招，不赴詞。

〔註 58〕宋・周密：《浩然齋雅談》，頁 844。

第八章　結　論

辛棄疾（1140～1207）、陳亮（1143～1194）、劉過（1154～1205），處於宋高宗、孝宗、光宗、寧宗時代的人，他們從事詩文歌詞活動的年代，在 1161 到 1207 年左右。

這時期的政治背景是隆興和議（1164）後，朝廷主和派佔上風，士大夫皆厭厭無氣。在社會背景方面，朝廷上下奢華成風，「尤甚於東都」。歌妓文化盛行，狎妓風氣盛，而且達官貴族家中多蓄妓，這些家妓能歌善舞，這時主人把他們些當貨品贈人，有的成為家主同舟共濟的紅粉知己，歌妓唱士大夫或家主所寫的詞，詞人因歌妓，填詞更具靈感，所以他們彼此的關係密切。

在文學風氣中，一、當時人充滿矛盾的詞學觀念、他們以為詞是用來歌唱，是娛樂用，所以只有政事之餘才來填詞，甚至有文人認為填詞是罪過，日後感覺到後悔，而且宋代官方書目不著錄詞集，文集與詞集是不收集在一起，詞篇常散佚。二、文人喜愛用詞酬贈，不管是祝壽、送別、酬唱都用詞來表達。詞在南宋豪放詞派詞人手中，已經擺脫花間席上，由女聲演唱的和樂傳統，成為士大夫之間相交往唱和的言志工具。

本節爰就前七章研究三人交游情形、詞作內容、詞韻、風格、技巧，詞學地位、對後世的影響，加以歸納：

一、就三人交游言

辛棄疾與陳亮在那年定交，兩人詩文集中都無明確記載。劉過一生布衣，宋史無傳，在辛棄疾的詩、詞、文，無一字提及劉過，因此交往情形，也是眾說紛紜。

前人有三種說法，認為辛棄疾、陳亮定交臨安，然而時間說法不一。本文考定辛棄疾、陳亮是在乾道六年定交臨安。辛、陳以後互有書往來，淳熙十五年有鵝湖之會，並辛、陳唱和的三首〈賀新郎〉，既是同一詞調、同一韻腳、同樣豪情壯志、思想內容。雖然鵝湖之會沒有達成預期的效果，但在詞史確是壯舉，兩人的友情感人，而且日益增加。

辛棄疾與劉過兩人結交，應早於寧宗紹熙四年（1193）前。他們交往以後，稼軒喜愛劉過的「盤空硬語」，劉過又蓄意學辛棄疾詞，嘉泰三年（1203），辛棄疾招劉過至幕府，開禧元年劉過又曾入京口訪晤，稼軒甚至常以金錢接濟劉過，所以兩人情誼甚深。

二、就生平言

（一）遭遇相似

辛棄疾北人南來，不被見容，遭七次彈劾，罪名不外是「姦貪兇暴」「用錢如泥沙，殺人如草芥」、「殘酷貪饕，姦贓狼藉」、「敢為貪酷，雖以黜責，未快公論」、「酷虐裒斂」、「坐謬舉」、「好色貪財，淫行聚斂」。二十年的閑居江西，英雄空老，有志難伸。

陳亮家貧、多年科舉不第，又兩次入獄，下獄原因是「第以當路之見憎，況復旁觀之共謗。」跟政治有關。他曾說：「亮之生於斯世也，如木出於嵌岩嶔崎之間，奇蹇艱澀，蓋未以常理論。而人力又從而掩蓋磨滅之。」因為他主張恢復抗金，政治界的人討厭他；因他反理學，學界的人也厭惡他。葉適所言：「竟用空言羅織其罪。」

劉過多年科舉不第，漂泊天涯。他的「詩雄賦老不入世俗眼」，他在〈與許從道書〉說：「倒指記之，自戊申（1188）及今己未（1199），日月逾邁，動經一紀。君猶書生，我為布衣。……某亦自借湖南之次，寂寞無聞。」（卷十二）長達十二年，幾番應試皆被黜，多年奔跑不得一官，是何等難堪，因此一生「厄於韋布，放浪荊楚，客食諸侯間。」因為他一生布衣，以致連愛國思想都被誤解沽名釣譽。

（二）個性相似

辛棄疾勇猛果敢，如勇擒義端、怒斬張安國、平劇盜賴文政、創飛虎營隆興賑災，下令「閉糴者配，搶糴者斬」等等。

陳亮為人才氣豪邁，喜談兵，議論風生。淳熙五年，上皇帝第一書，書奏，孝宗赫然震動，欲榜朝堂，以勵群臣。曾覿知之。將見亮；亮不攀權貴，竟踰垣而逃。再詣闕上第三書，帝想給他官做，陳亮說：「吾欲為社稷開數百年之基，寧用以博一官乎？」亟渡江而歸。

劉過狂放的個性，可由〈題東林寺〉窺知：「老夫為不愛官職，買得狂名滿世間。」（卷八）「峰稜四面起，節操一生堅，……從教方有腸猶在。」（〈建康獄中上吳居父〉卷十二）不僅嫉惡如仇，並「自放於禮法之外」，（〈答曹元章並序〉卷三）狂正是他個性的寫照。

（三）政治觀念相同

三人都是主戰派，強烈主張收復失土，都曾上書，辛棄疾曾上〈美芹十論〉、〈九議〉，陳亮「六達帝廷，上恢復中原之策；兩譏宰相，無輔佐上聖之能。」劉過曾伏闕上書，並奔走於達官之間。三人觀察地形，都以襄陽為軍事重鎮，並把抗金統一期望寄託在朝臣上，贈詞、寫信，期勉抗金恢復中原。

三、就詞的內容而言

（一）相同之處

1. 都以抗金為主。
2. 詠物、登臨、祝壽詞都有政治思想。
3. 同為抒寫英雄失路的悲憤。

（二）相異之處

1. 辛棄疾的愛國詞表現壯志難酬、陳亮如政論、劉過對時局不滿。

2. 劉過對民族英雄的謳歌，是辛棄疾、陳亮所無。

3. 劉過詞中有豔體。辛棄疾、劉過有贈妓詞，劉過甚至有兩首豔體詞。這是陳亮所無的。

4. 劉過詞有關心民間疾苦，雖然數量少，如〈清平樂〉詞。辛棄疾也是關心農民的，他在北方是率領農民軍，然而在〈滿江紅〉賀王帥宣平湖南寇，他歌頌王佐鎮壓陳峒領導的農民軍，把王佐比作「諸葛亮」，把起義人民當作「鼪鼯」，祝賀王佐「捷書急」，甚至立碑記功。他也在江西提刑時鎮壓茶商賴文正領導的茶商，辛棄疾似乎不去探討這些人為何成盜原因，只是去討平他們。

稼軒在農村詞中，也只是輕描淡寫「父老爭言雨水勻，眉頭不似去年顰」，並沒有深入反映民生疾苦。有人以為他「家境富裕，妨礙他深入瞭解下情」，其實他遷居瓢泉，經濟情形已經不佳，並遣散歌妓。他逝世後，《乾隆鉛山縣志》說他：「家無餘財，僅遺詩詞、奏議、雜物書集。」主要原因是他閑居江西瓢泉時，深受陶淵明、白樂天、邵堯夫的影像，思想趨向淡薄，並以閒適的眼光看自然。

稼軒尚有俳諧詞等，嬉笑怒罵間，寄託許多身世、家國之感。就詞作內容題材的豐富、多樣性而言，陳亮劉過詞的內容不如辛豐富，作品總體成就也較辛稍遜色，他們確是南宋辛派詞人中，不可忽視的愛國詞人。

四、就詞調而言

辛棄疾所使用的詞調高達九十二調，他特別偏愛的詞調為是〈鷓鴣天〉（六十三首）、〈水調歌頭〉（三十七首）。陳亮七十四首詞中，一共用四十八個調。劉過八十七首詞，用過三十二詞調，陳亮所選的詞調較劉過豐富。陳亮最愛〈賀新郎〉詞牌五首，〈水調歌頭〉四首。劉過最愛〈沁園春〉十七首，〈浣溪沙〉九首。

五、就詞韻言

（一）越出韻部情形

三人詞用韻與戈載《詞林正韻》相比較，都有越出韻部的情形，因為辛棄疾的詞最多，其越出《詞林正韻》有二十三類，一百四十四首，約佔全詞百份之二十二。陳亮有五類十首，約佔全詞的百分十四，劉過有六類十四首，約佔全詞的百分十六。

在入聲的使用上辛棄疾最寬泛，陳亮也比劉過寬泛，兩人常有詞韻「p、t、k」通協。或是三部、五部通協（韻尾皆為 i），或是詞韻第六部（韻尾是 n），第十一部（韻尾 ng），第十三部（韻尾 m）通協等等。

這種入聲收音「p、t、k」混押情形，不是單一現象、或個人行為，也不是豪放派詞人不守律，而是當時語言的演變，t-k-p 的界線泯滅，早在（n-n g-m）以前，而且有些鄉音已分不清 n-n g -m 系統，加上詞為歌唱的關係可隨聲融轉，在字韻的安排上比詩有更大的靈活性。只要韻（韻尾）相近，即可以按拍倚聲。

（二）稼軒押韻特有情形

稼軒的詞多，他的押韻也複雜變化多端：

1. 使用古韻

稼軒詞除了取用鄉音，還用古韻押韻。他有三首詞，第一、二部通協者，古韻中「東、江」用屬一部。根據《詞譜》，東冬江三韻同用，是按古調押韻。

2. 陰入通押的現象

稼軒押韻陰入通押的現象，甲、入聲與魚模韻通協，乙、入聲與陰聲麻邪部通協。

3. 使用長尾韻

稼軒〈水龍吟〉每句韻腳下用「些」字，辛棄疾以前未嘗有人如此填詞。

4. 全篇同押一字

如〈柳稍青〉全篇押同一「難」字。

5. 好險韻

稼軒〈賀新郎〉以「勺、鶚、攫、腳、鶴、壑」相押，真是硬語盤空。

六、就技巧而言

（一）辛棄疾、陳亮、劉過詞共同特色，是擅長 1、散文入詞；2、多採口語方言；3、三人都喜愛用典故。

（二）稼軒寫農村詞，喜用純為白描手法。

（三）三人在詠物詞中都寄託國家興亡，批評小人、感嘆身世、或是詠物以明志。

（四）稼軒閑退長達二十年，縱情山水。特別這期間，他詞的現實性、積極性極強，同時詞的浪漫性與想像力更豐富。詞中常借用神話傳說，浪漫性、想像力，再加工的方法，表達報國無門，現實與理想的矛盾。劉過在浪漫性與想像力，也承襲稼軒作風。陳亮詞的現實性較強，想像力比劉過稍弱。

七、就風格而言

（一）陳亮比辛棄疾、劉過詞氣勢磅礡，及對時局樂觀

（二）三家詞為豪放詞風，但也有婉約之詞，如辛棄疾詞清而麗，婉而嫵媚。陳亮詞幽秀清麗的，劉過的小令俊致綺麗，含蓄不盡。

（三）三人愛國詞中都具有狂語、狂歌、狂態、狂放精神。

八、詞壇影響而言

（一）三家詞相互影響

劉熙載《藝概》曾說：「陳同甫與稼軒為友，其人才相若，詞亦相似。」他們之間以〈賀新郎〉三詞同調、同韻唱和的詞，詞風彼此影響。劉過詞明顯受辛棄疾影響。

（二）對當代詞壇影響

戴復古在〈望江南〉詞中稱宋自遜：「歌詞漸有稼軒風」。蔣捷的〈水龍吟〉，寫法完全仿辛棄疾〈水龍吟〉《楚辭》招魂體。其他學辛詞者，如程珌是稼軒三老友，〈六州歌頭〉送辛棄疾，就組合稼軒詞中的某些佳句，〈沁園春〉讀史記有感，即效稼軒《天問體》的〈木蘭花慢〉。又有劉學箕、劉克莊、劉辰翁等都明顯學辛詞，並步稼軒詞原作。陳洵《海綃說詞》：「南宋諸家，鮮不為稼軒牢籠者。」這話是正確的。

劉過的〈唐多令〉的詞調原為僻調。自從劉過填此詞後，和者如林，劉辰翁追和七闋。周密因劉過詞有「二十年重過南樓」，更名曰〈南樓令〉，可見影響之大。

（三）對後代詞壇的影響

金元好問、元代如薩都拉、張翥、王潔、邵亨貞、張元翰、張埜等人，另有明朝王夫之、楊慎等詞人，寫作方式、風格，都受稼軒影響，清朝受辛詞影響最大，為陽羨派陳維崧等人。

劉過兩首纖麗淫靡的〈沁園春〉詠美人足、美人指甲，元沈景高便有和作，邵亨貞有詠美人目，美人眉。明、清之際，徐石麒寫二十八首美人詞，曹溶有〈惜紅衣〉美人鼻、俞汝言有〈沁園春〉美人耳、沈皞有〈沁園春〉美人眉、董以寧〈沁園春〉美人肩、彭孫遹〈鷓鴣天〉美人指甲、朱彝尊也以〈沁園春〉詞牌寫十二首美人額、齒、鼻、肩等詞，皆因劉過的影響。

從辛棄疾、陳亮、劉過三人詞風看，三人會成為好友，因為他們的個性，遭遇、政治觀念相同，同質性很高。他們均在豪邁詞風上，展現他們的成就與特色，尤其稼軒的詞莊諧婉約，無所不能，拓展了詞的領域，而陳亮、劉過雖不及稼軒詞，也有尺短寸長的優點。他們使詞柔媚婉約的豔風，拓展成以詞論政，抒發愛國思想，寄託身世之感，開創豪邁雄渾的天地，是另闢蹊徑，他們的精神是可佩的，對詞壇的影響是巨大的，在文學史必能建立了不朽的地位。

重要參考書目

（依朝代、書名筆畫排列）

一、辛棄疾、陳亮、劉過著作與相關書籍

（一）辛棄疾

1. 《辛棄疾全集》，宋．辛棄疾撰、徐漢明編校勘，成都：四川文藝出版社，1994 年 8 月，第一版。
2. 《辛棄疾研究論文集》，孫崇恩、劉德仕、李福仁主編，北京：中國文聯出版社公司，1993 年 2 月，第一版第一次印刷。
3. 《辛棄疾評傳》，王延梯撰，臺北：國際文化事業公司，1985 年，第一版。
4. 《辛棄疾詞傳》，鍾銘鈞撰，鄭州：中洲古籍出版社，1985 年 2 月，第一版。
5. 《辛棄疾詞選》，朱德才選注，北京：人民出版社，1988 年 7 月，第一版。
6. 《辛棄疾詞鑑賞》，濟南：齊魯出版社，1986 年 12 月，第一版。
7. 《辛棄疾傳》，姜林洙撰，臺北：中國學術著作委員會，1964 年 2 月，初版。
8. 《辛棄疾論叢》，劉乃昌撰，濟南：齊魯書社，1979 年，第一版。
9. 《辛稼軒先生年譜》，梁啟超撰，臺北：臺灣中華書局，1960 年 1 月出版。

10. 《辛稼軒先生年譜》，鄭騫撰，臺北：華世出版社，1977 年 1 月，補訂一版。
11. 《辛稼軒詩文箋注》，宋．辛棄疾撰、鄧廣銘輯校、辛更儒箋注，上海：上海古籍出版社，1995 年 12 月，第一次印刷。
12. 《稼軒長短句》，宋．辛棄疾撰，上海：上海人民出版社，1975 年 1 月，第一版。
13. 《稼軒長短句編年》，蔡義江、蔡國黃撰，濟南：齊魯書社，1987 年 8 月初版。
14. 《稼軒詞及其作品》，喻朝剛撰，長春：時代文藝出版社，1989 年 3 月第一版。
15. 《稼軒詞心探微》，劉揚忠撰，濟南：齊魯書社，1990 年 2 月，第一版。
16. 《稼軒詞百首訪析》，劉揚忠撰，石家莊：花山文藝書版社，1983 年 11 月，第一版。
17. 《稼軒詞研究》，陳滿銘撰，臺北：文津出版社，1980 年 9 月。
18. 《稼軒詞疏證》，梁啟勳撰，臺北：廣文書局，1977 年 1 月，初版。
19. 《稼軒詞集導讀》，常國武撰，成都：巴蜀出版社，1988 年 9 月，第一版。
20. 《稼軒詞編年箋注》(附《辛稼軒年譜》)，宋．辛棄疾撰、鄧廣銘撰，臺北：華正書局，2003 年 9 月，三版。
21. 《稼軒詞縱横談》，鄭臨川撰，成都：巴蜀出版社，1987 年 6 月，第一版。
22. 《蘇辛詞比較研究》，陳滿銘撰，臺北：文津出版社，1989 年 1 月，再版。

（二）陳亮

1. 《宋陳龍川先生亮年譜》，顏虛心撰，臺北：臺灣商務印書館，1980 年 6 月初版。

2. 《陳亮年譜》，童振福撰，臺北：臺灣商務印書館，1982 年 10 月，初版。

3. 《陳亮政論詞選注》，王叔珩注，濟南：山東教育出版社，1995 年出版。

4. 《陳亮評傳》，董平、劉宏章著，南京：南京大學出版社，1996 年 3 月第一次印刷。

5. 《陳亮集》，宋．陳亮撰，臺北：漢京文化事業公司，1983 年 2 月初版。

6. 《陳亮與南宋浙東學派》，方如金等著，北京：人民出版社，1996 年 9 月第一次印刷。

7. 《陳亮龍川詞箋注》，宋．陳亮撰，姜書閣注，北京：北京人民出版社，1980 年 9 月出版。

8. 《龍川詞校箋》，宋．陳亮撰，夏承燾校箋、牟家寬注，上海：上海古籍出版社，1982 年 4 月，第一次印刷。

（三）劉過

1. 《龍洲集》，宋．劉過撰，《景印文淵閣四庫全書》，冊一一七二，臺北：臺灣商務印書館，1983 年，初版。

2. 《龍洲集》，楊明校編，上海：上海古籍出版社，1978 年 9 月，第一次印刷。

3. 《龍洲道人詩集》，宋．劉過，舊抄本。

二、史傳紀事

1. 《史記會注考證》，漢．司馬遷撰，日．瀧川龜太郎考證，臺北：文史哲出版社，1997 年，再版。

2. 《漢書》，漢．班固撰，唐．顏師古注，臺北：鼎文書局，1981 年 2 月，四版。

3. 《後漢書》，南朝宋．范曄撰，臺北：鼎文書局，1991 年 2 月，六版。
4. 《晉書》，唐．房玄齡撰，臺北：鼎文書局，1976 年 10 月，初版。
5. 《宋書》，南朝梁．房沈約撰，臺北：鼎文書局，1975 年 6 月，初版。
6. 《舊唐書》，後晉．劉昫等撰，臺北：鼎文書局，1976 年 10 月，初版。
7. 《新唐書》，宋．歐陽修、宋．宋祁撰，臺北：鼎文書局，1978 年。
8. 《宋史》，元．脫脫撰，北京：北京中華書局，1990 年 12 月，第二次印刷。
9. 《續資治通鑑》，清．畢沅編，北京：北京中華書局，1979 年 6 月，第四次印刷。
10. 《兩朝綱目備要》，不著撰人，《景印文淵閣四庫全書》，冊三二九，臺北：臺灣商務印書館，1985 年，初版。
11. 《三朝北盟會編》，宋．徐夢莘撰，《景印文淵閣四庫全書》，冊三五〇～三五二，臺北：臺灣商務印書館，1985 年，初版。
12. 《宋史紀事本末》，明．陳邦瞻撰，上海：上海古籍出版社，1994 年 7 月第一次印刷。
13. 《宋史新編》，明．柯維麒撰，臺北：文津出版社，1974 年，初版。
14. 《宋會要輯稿》，清．徐松纂輯，臺北：新文豐出版社，1976 年出版。
15. 《直齋書錄解題》，宋．陳振孫撰，《景印文淵閣四庫全書》，冊六七四，臺北：臺灣商務印書館，1985 年 2 月，初版。
16. 《建炎以來朝野雜記》，宋．李心傳撰，《景印文淵閣四庫全書》，冊六〇八，臺北：臺灣商務印書館，1985 年 2 月，初版。
17. 《會稽續志》，宋．張淏，《景印文淵閣四庫全書》，冊四六八，臺北：臺灣商務印書館，1985 年 2 月，初版。

18. 《夢粱錄》，宋・吳自牧撰，《景印文淵閣四庫全書》，冊五九〇，臺北：臺灣商務印書館，1985 年 2 月，初版。
19. 《慶元黨禁》，宋・滄洲樵叟，《景印文淵閣四庫全書》，冊四五一，臺北：臺灣商務印書館，1985 年 2 月，初版。
20. 《文獻通考》，元・馬端臨撰，《景印文淵閣四庫全書》，冊六一〇～六一六，臺北：臺灣商務印書館，1985 年 2 月，初版。
21. 《錢塘遺事》，元，劉一清，《景印文淵閣四庫全書》，冊四〇八，臺北：臺灣商務印書館，1985 年 2 月，初版。
22. 《二十二史箚記》，清・趙翼撰，臺北：世界出版社，1971 年 4 月，七版。
23. 《四庫全書總目提要》，清・永瑢、紀昀，《景印文淵閣四庫全書》，臺北：臺灣商務印書館，1983 年 10 月，初版。
24. 《江西通志》，清・謝旻監修，清・陶成編纂，《景印文淵閣四庫全書》，冊五一五，臺北：臺灣商務印書館，1985 年 2 月，初版。
25. 《鉛山縣志》，清・連柱等纂修，臺北：成文出版社，1983 年 3 月初版，據清乾隆四十九年刊本。

三、子部叢書

（一）諸子譜錄

1. 《莊子集釋》，清・郭慶藩輯，臺北：世界書局，1962 年出版。
2. 《朱子大全》，宋・朱熹撰，臺北：臺灣中華書局，1965 年出版。
3. 《朱子語類》，宋・朱熹撰，《景印文淵閣四庫全書》，冊七〇〇～七〇二，臺北：臺灣商務印書館，1985 年，初版。
4. 《朱文公文集續集》，宋・朱熹撰，《四庫全書縮印本初編》，冊十，臺北：臺灣商務印書館，1975 年，初版。
5. 《朱子年譜》，清・田懋竑撰，見《叢書集成新編》，冊八七，臺北：新文豐出版公司，1985 年出版。

6. 《宋元學案》，明．黃宗羲撰，陳叔諒，李心莊重編，臺北：正中書局，1987 年 5 月臺第六次印行。

（二）筆記雜著

1. 《世說新語箋疏》，南朝宋．劉義慶著，劉孝標注，余嘉錫箋疏，上海：上海古籍出版社，1995 年 5 月第二次印刷。
2. 《中吳紀聞》，宋．龔明之撰，《叢書集成簡篇》，冊七八七，臺北：新文豐出版公司，1985 年出版。
3. 《四朝聞見錄》，宋．葉紹翁撰，《景印文淵閣四庫全書》，冊一〇三九，臺北：臺灣商務印書館，1985 年，初版。
4. 《玉照新志》，宋．王明清撰，《景印文淵閣四庫全書》，冊一〇三八，臺北：臺灣商務印書館，1985 年 2 月，初版。
5. 《石林燕語》，宋．葉夢得撰，《景印文淵閣四庫全書》，冊八六三，臺北：臺灣商務印書館，1985 年，初版。
6. 《夷堅支志》，宋．洪邁撰，《景印文淵閣四庫全書》，冊一〇四七，臺北：臺灣商務印書館，1985 年，初版。
7. 《冷齋夜話》，宋．惠洪撰，《景印文淵閣四庫全書》，冊八六三，臺北：臺灣商務印書館，1985 年，初版。
8. 《東軒筆錄》，宋．魏泰撰，《景印文淵閣四庫全書》，冊一〇三七，臺北：臺灣商務印書館，1985 年 2 月，初版。
9. 《林下偶談》，宋．吳氏撰，《叢書集成新編》，冊十二，臺北：新文豐出版公司，1985 年出版。
10. 《邵氏聞見後錄》，宋．邵博，《景印文淵閣四庫全書》，冊一〇三九，臺北：臺灣商務印書館，1985 年，初版。
11. 《青箱雜記》，宋．吳處厚撰，《景印文淵閣四庫全書》，冊一〇三六，臺北：臺灣商務印書館，1985 年 2 月初版。
12. 《師友談紀》，宋．李廌，《景印文淵閣四庫全書》，冊八六三，臺北：臺灣商務印書館，1985 年，初版。

13. 《耆舊續聞》，宋．陳鵠，《景印文淵閣四庫全書》，冊一〇三九，臺北：臺灣商務印書館，1985 年，初版。
14. 《能改齋漫錄》，宋．吳曾撰，《景印文淵閣四庫全書》，冊八五〇，臺北：臺灣商務印書館，1985 年，初版。
15. 《高齋漫錄》，宋．曾慥，見《景印文淵閣四庫全書》，冊一〇三八，臺北：臺灣商務印書館，1985 年 2 月，初版。
16. 《桯史》，宋．岳珂，《景印文淵閣四庫全書》，冊一〇三九，臺北：臺灣商務印書館，1985 年，初版。
17. 《清波雜志》，宋．周煇撰，《景印文淵閣四庫全書》，冊一〇三九，臺北：臺灣商務印書館，1985 年 2 月，初版。
18. 《揮麈錄》前錄、後錄、三錄、餘話，宋．王明清撰，《景印文淵閣四庫全書》，冊一〇三八，臺北：臺灣商務印書館，1985 年 2 月，初版。
19. 《游宦紀聞》，宋．張世南撰，《景印文淵閣四庫全書》，冊八六四，臺北：臺灣商務印書館，1985 年，初版。
20. 《貴耳集》，宋．張端義撰，《景印文淵閣四庫全書》，冊八六五，臺北：臺灣商務印書館，1985 年，初版。
21. 《墨客揮犀》，宋．彭乘撰，《景印文淵閣四庫全書》，冊一〇三七，臺北：臺灣商務印書館，1985 年 2 月，初版。
22. 《養疴漫筆》，宋．趙溍撰，《叢書集成新編》，冊八七，臺北：新文豐出版公司，1985 年出版。
23. 《錢氏私志》，宋．錢世昭撰，《景印文淵閣四庫全書》，冊一〇三七，臺北：臺灣商務印書館，1985 年 2 月，初版。
24. 《隨隱漫錄》，宋．陳世崇撰，《景印文淵閣四庫全書》，冊一〇四〇，臺北：臺灣商務印書館，1985 年，初版。
25. 《避暑錄話》，宋．葉夢得撰，《景印文淵閣四庫全書》，冊八六三，臺北：臺灣商務印書館，1985 年，初版。

26. 《歸田錄》，宋．歐陽修撰，《景印文淵閣四庫全書》，冊一〇三六，臺北：臺灣商務印書館，1985 年 2 月初版。
27. 《類說》，宋．曾慥，《景印文淵閣四庫全書》，冊八七三，臺北：臺灣商務印書館，1985 年，初版。
28. 《鶴林玉露》，宋．羅大經撰，《景印文淵閣四庫全書》，冊八六五，臺北：臺灣商務印書館，1985 年，初版。
29. 《山房隨筆》元．蔣正子撰，《景印文淵閣四庫全書》，冊一〇四〇，臺北：臺灣商務印書館，1985 年，初版。
30. 《研北雜志》，元．陸友撰，《景印文淵閣四庫全書》，冊八六六，臺北：臺灣商務印書館，1985 年，初版。
31. 《庶齋老學叢談》，元．盛如梓撰，《景印文淵閣四庫全書》，冊八六六，臺北：臺灣商務印書館，1985 年，初版。
32. 《啽囈集》，元．宋无撰，明嘉靖五年趙章刊本。
33. 《書史會要》，明．陶宗儀撰，《景印文淵閣四庫全書》，冊八一四，臺北：臺灣商務印書館，1985 年，初版。
34. 《輟耕錄》，明．陶宗儀撰，《景印文淵閣四庫全書》，冊一〇四〇，臺北：臺灣商務印書館，1985 年，初版。

四、詩文詞集

（一）詞籍

1. 《花間集評注》，後蜀．趙崇祚輯，李冰若箋注，北京：人民文學出版社，1993 年 6 月，第一次印刷。
2. 《唐宋諸賢絕妙好詞》，宋．黃昇編，臺北：文馨出版社，1975 年 1 月，初版。
3. 《全宋詞》，唐圭璋編，臺北：世界書局，1984 年 3 月，再版。
4. 《全宋詞補輯》，孔凡禮輯，臺北：源流出版社，1982 年 12 月，初版。

5. 《宋六十名家詞》，明．毛晉編，臺北：復華書局，1973 年 6 月 10 日，初版。
6. 《花菴詞選》，宋．黄昇編，臺北：文馨出版社，1975 年 1 月，初版。
7. 《草堂詩餘》，宋．不著撰人，《景印文淵閣四庫全書》本，臺北：臺灣商務印書館，1986 年 3 月，初版。
8. 《絕妙好詞》，宋．周密編，查為仁、厲鶚注，《四部備要》本，臺北：臺灣中華書局，1967 年 6 月初版。
9. 《樂府雅詞》，宋．曾慥編，《四部叢刊初編縮本》，臺北：臺灣商務印書館，1975 年，初版。
10. 《校輯宋金元詞》，趙萬里編，臺北：臺聯國風出版社，1972 年出版。
11. 《明詞彙刊》，趙尊嶽輯，上海：上海古籍出版社，1992 年 7 月。
12. 《花草粹編》，明．陳耀文編，《景印文淵閣四庫全書》，臺北：臺灣商務印書館，1983 年，初版。
13. 《草堂詩餘》，明．沈際飛評選，明崇禎間刊本。
14. 《歷代詩餘》，清．沈辰垣、王奕清編，《景印文淵閣四庫全書》本，臺北：臺灣商務印書館，1986 年 3 月，初版。
15. 《詞綜》，清．朱彝尊編、王昶續補，臺北：世界書局，1980 年 5 月出版。
16. 《彊村叢書》，朱祖謀校輯，臺北：廣文書局，1970 年 3 月出版。
17. 《藝蘅館詞選》，梁令嫻選，臺北：臺灣中華書局，1970 年 10 月出版。

（二）詩文集

1. 《陶淵明集校箋》，晉．陶潛撰，楊勇校箋，臺北：正文出版社，1987 年，未著版次。

2. 《東觀集》，宋・魏野撰，見《景印文淵閣四庫全書》，冊一〇八七，臺北：臺灣商務印書館，1985 年，初版。

3. 《梁谿集》，宋・李綱撰，《景印文淵閣四庫全書》，冊一一二六，臺北：臺灣商務印書館，1985 年，初版。

4. 《蘇軾文集》，宋・蘇軾撰、孔凡禮點校，北京：中華書局，1987 年 10 月，第一版第二次印刷。

5. 《文忠集》，宋・周必大撰，《景印文淵閣四庫全書》，冊一一四七，臺北：臺灣商務印書館，1985 年，初版。

6. 《水心集》，宋・葉適撰，《景印文淵閣四庫全書》，冊一一六四，臺北：臺灣商務印書館，1985 年，初版。

7. 《石屏集》，宋・戴復古撰，《叢書集成續編》，冊一六六，臺北：新文豐出版公司，1989 年出版。

8. 《兩宋名賢小集》，宋・陳思，《景印文淵閣四庫全書》，冊一三六四，臺北：臺灣商務印書館，1985 年，初版。

9. 《東萊呂太史集》，宋・呂祖謙撰，《叢書集成續編》，冊一二八，臺北：新文豐出版公司，1189 年 7 月出版。

10. 《東萊呂太史集》，宋・呂祖謙撰，《叢書集成續編》，冊一二八，臺北：新文豐出版公司，1989 年 7 月出版。

11. 《勉齋集》，宋・黃榦撰，《景印文淵閣四庫全書》，冊一一六八，臺北：臺灣商務印書館，1985 年，初版。

12. 《後村先生大全集》，宋・劉克莊撰，《四部叢刊初編縮》，冊二七三，臺北：臺灣商務印書館，1967 年出版。

13. 《後樂集》，宋・衛涇撰，《景印文淵閣四庫全書》，冊一一六九，臺北：臺灣商務印書館，1985 年，初版。

14. 《洺水集》，宋・程珌撰，《景印文淵閣四庫全書》，冊一一七一，臺北：臺灣商務印書館，1985 年，初版。

15. 《須溪集》，宋．劉辰翁撰，《景印文淵閣四庫全書》，冊一一八六，臺北：臺灣商務印書館，1985 年，初版。

16. 《誠齋集》，宋．楊萬里撰，《景印文淵閣四庫全書》，冊一一六一，臺北：臺灣商務印書館，1985 年，初版。

17. 《鉛刀集》，宋．周信道撰，《景印文淵閣四庫全書》，冊一一五四，臺北：臺灣商務印書館，1985 年，初版。

18. 《漫塘集》，宋．劉宰撰，《景印文淵閣四庫全書》，冊一一七〇，臺北：臺灣商務印書館，1985 年，初版。

19. 《劍南詩稿》，宋．陸游撰，《景印文淵閣四庫全書》，冊一一六二，臺北：灣商務印書館，1985 年，初版。

20. 《澗泉集》，宋．韓淲撰，《景印文淵閣四庫全書》，冊一一八〇，臺北：臺灣商務印書館，1985 年，初版。

21. 《疊山文集》，宋．謝枋得撰，《四部叢刊續編》，冊一三一，臺北：臺灣商務印書館，1966 年出版。

22. 《瀛奎律髓》，元．方回撰，《景印文淵閣四庫全書》，冊一三六六，臺北：臺灣商務印書館，1985 年，初版。

五、詩文評類

（一）詞話

1. 《詞話叢編》，唐圭璋編，臺北：新文豐出版公司，1988 年 2 月，臺一版。

2. 本文參考諸家如下：

3. 《古今詞話》，宋．楊湜撰，《詞話叢編》冊一，臺北：新文豐出版公司，1988 年 2 月，臺一版。

4. 《苕溪漁隱詞話》，宋．胡仔撰，《詞話叢編》冊一，臺北：新文豐出版公司，1988 年 2 月，臺一版。

5. 《浩然齋詞話》，宋．周密撰，《詞話叢編》冊一，臺北：新文豐出版公司，1988 年 2 月，臺一版。
6. 《能改齋詞話》，宋．吳曾撰，《詞話叢編》冊一，臺北：新文豐出版公司，1988 年 2 月，臺版。
7. 《詞源》，宋．張炎，《詞話叢編》冊一，臺北：新文豐出版公司，1988 年 2 月，臺一版。
8. 《碧雞漫志》，宋．王灼撰，《詞話叢編》冊一，臺北：新文豐出版公司，1988 年 2 月，臺一版。
9. 《渚山堂詞話》，明．陳霆撰，《詞話叢編》冊一，臺北：新文豐出版公司，1988 年 2 月，臺一版。
10. 《詞品》，明．楊慎撰，《詞話叢編》冊一，臺北：新文豐出版公司，1988 年 2 月，臺一版。
11. 《藝苑卮言》，明．王世貞撰，《詞話叢編》冊一，臺北：新文豐出版公司，1988 年 2 月，臺一版。
12. 《七頌堂詞繹》，清．劉體仁，《詞話叢編》冊一，臺北：新文豐出版公司，1988 年 2 月，臺一版。
13. 《人間詞話》，王國維撰，《詞話叢編》冊五，臺北：新文豐出版公司，1988 年 2 月，臺一版。
14. 《介存齋論詞雜著》，清．周濟撰，《詞話叢編》冊二，臺北：新文豐出版公司，1988 年 2 月，臺一版。
15. 《古今詞論》，清．王又華撰，《詞話叢編》冊一，臺北：新文豐出版公司，1988 年 2 月，臺一版。
16. 《左庵詞話》，清．李佳撰，《詞話叢編》冊四，臺北：新文豐出版公司，1988 年 2 月，臺一版。
17. 《白雨齋詞話》，清．陳廷焯撰，《詞話叢編》冊四，臺北：新文豐出版公司，1988 年 2 月，臺一版。

18. 《西甫詞說》，清．田同之撰，《詞話叢編》冊二，臺北：新文豐出版公司，1988 年 2 月，臺一版。

19. 《宋四家詞選目錄序論》，清．周濟撰，《詞話叢編》冊二，臺北：新文豐出版公司，1988 年 2 月，臺一版。

20. 《花草拾蒙》，清．王士禎，《詞話叢編》冊一，臺北：新文豐出版公司，1988 年 2 月，臺一版。

21. 《金粟詞話》，清．彭孫遹撰，《詞話叢編》冊一，臺北：新文豐出版公司，1988 年 2 月，臺一版。

22. 《雨村詞話》，清．李調元撰，《詞話叢編》冊二，臺北：新文豐出版公司，1988 年 2 月，臺一版。

23. 《海綃說詞》，清．陳洵撰，《詞話叢編》冊五，臺北：新文豐出版公司，1988 年 2 月，臺一版。

24. 《張惠言論詞》，清．張惠言撰，《詞話叢編》冊二，臺北：新文豐出版公司，1988 年 2 月，臺一版。

25. 《袌碧齋詞話》，清．陳銳撰，《詞話叢編》冊五，臺北：新文豐出版公司，1988 年 2 月，臺一版。

26. 《復堂詞話》，清．譚獻撰，《詞話叢編》冊四，臺北：新文豐出版公司，1988 年 2 月，臺一版。

27. 《湘綺樓評詞》撰，清．王闓運撰，《詞話叢編》冊五，臺北：新文豐出版公司，1988 年 2 月，臺一版。

28. 《詞苑粹編》，清．馮金伯輯，《詞話叢編》冊三，臺北：新文豐出版公司，1988 年 2 月，臺一版。

29. 《詞概》，清．劉熙載撰，《詞話叢編》冊四，臺北：新文豐出版公司，1988 年 2 月，臺一版。

30. 《詞說》，清．蔣兆蘭撰，《詞話叢編》冊五，臺北：新文豐出版公司，1988 年 2 月，臺一版。

31. 《詞徵》，清．張德瀛撰，《詞話叢編》冊五，臺北：新文豐出版公司，1988 年 2 月，臺一版。

32. 《詞潔輯評》，清．先著、程洪撰，《詞話叢編》冊二，臺北：新文豐出版公司，1988 年 2 月，臺一版。

33. 《詞論》，清．張祥齡撰，《詞話叢編》冊五，臺北：新文豐出版公司，1988 年 2 月，臺一版。

34. 《詞學集成》，清．江順詒撰，《詞話叢編》冊四，臺北：新文豐出版公司，1988 年 2 月，臺一版。

35. 《蒿庵論詞》，清．馮煦撰，《詞話叢編》冊四，臺北：新文豐出版公司，1988 年 2 月，臺一版。

36. 《遠志齋詞衷》，清．鄒祇謨，《詞話叢編》冊一，臺北：新文豐出版公司，1988 年 2 月，臺一版。

37. 《皺水軒詞筌》，清．賀裳撰，《詞話叢編》冊一，臺北：新文豐出版公司，1988 年 2 月，臺一版。

38. 《蓮子居詞話》，清．吳衡照撰，《詞話叢編》冊三，臺北：新文豐出版公司，1988 年 2 月，臺一版。

39. 《蓼園詞評》，清．黄蓼園撰，《詞話叢編》冊四，臺北：新文豐出版公司，1988 年 2 月，臺一版。

40. 《論詞隨筆》，清．沈祥龍撰，《詞話叢編》冊四，臺北：新文豐出版公司，1988 年 2 月，臺一版。

41. 《賭棋莊詞話》、《續詞話》，清．謝章鋌撰，《詞話叢編》冊四，臺北：新文豐出版公司，1988 年 2 月，臺一版。

42. 《歷代詞話》，清．王奕清撰，《詞話叢編》冊二，臺北：新文豐出版公司，1988 年 2 月，臺一版。

43. 《蕙風詞話》，清．況周頤撰，《詞話叢編》冊五，臺北：新文豐出版公司，1988 年 2 月，臺一版。

44. 《聲執》，陳匪石撰，《詞話叢編》冊五，臺北：新文豐出版公司，1988 年 2 月，臺一版。

45. 《雙硯齋詞話》，清．鄧廷楨撰，《詞話叢編》冊三，臺北：新文豐出版公司，1988 年 2 月，臺一版。

46. 《聽秋聲館詞話》，清．丁紹儀撰，《詞話叢編》冊三，臺北：新文豐出版公司，1988 年 2 月，臺一版。

47. 《靈芬館詞話》清．郭麐撰，《詞話叢編》冊二，臺北：新文豐出版公司，1988 年 2 月，臺一版。

48. 《詞林正韻》，清．戈載撰，臺北：臺灣商務印書館，1986 年出版。

49. 《詞林紀事補正》，清．張宗橚撰、楊寶霖補正，上海：上海古籍出版社，1998 年 11 月出版

50. 《詞律》，清．萬樹撰，《景印文淵閣四庫全書》，冊一四九六，臺北：臺灣商務印書館，1986 年 3 月，初版。

51. 《詞律詞典》，潘慎編撰，太原：山西人民出版社，1991 年 9 月，第一版第一次印刷。

52. 《詞苑叢談校箋》，清．徐釚編著，王百里校箋，北京：北京人民出版社，1998 年 2 月第一次印刷。

53. 《御定詞譜》，清．康熙御製，臺北：洪氏出版社，1980 年 11 月出版。

（二）詩文評

1. 《文心雕龍讀本》，南朝梁．劉勰撰，王庚生注譯，臺北：文史哲出版社，1985 年 3 月，初版。

2. 《六一詩話》，宋．歐陽修撰，《景印文淵閣四庫全書》，冊一四七八，臺北：臺灣商務印書館，1986 年 3 月，初版。

3. 《中山詩話》，宋．劉攽撰，《景印文淵閣四庫全書》，冊一四七八，臺北：臺灣商務印書館，1986 年 3 月，初版。

4. 《本事詩》，宋．孟棨撰，《景印文淵閣四庫全書》，冊一四七八，臺北：臺灣商務印書館，1986 年 3 月，初版。
5. 《後山詩話》，宋．陳師道撰，《景印文淵閣四庫全書》，冊一四七八，臺北：臺灣商務印書館，1986 年 3 月，初版。
6. 《苕溪漁隱叢話》，宋．胡仔撰，卷五十七，見《叢書集成新編》，冊七八，臺北：新文豐出版公司，1985 年出版。
7. 《浩然齋雅談》，宋．周密撰，《景印文淵閣四庫全書》，冊一四八一，臺北：臺灣商務印書館，1986 年 3 月，初版。
8. 《艇齋詩話》，宋．曾季狸撰，《叢書集成新編》，冊七九，臺北：新文豐出版公司，1985 年出版。
9. 《歸田詩話》，明．瞿佑撰，《歷代詩話諸編》，臺北：木鐸出版社，1983 年 9 月，初版。

六、詞學專著

1. 《中國詞學史》，謝桃坊撰，成都：巴蜀書社，1993 年 6 月出版。
2. 《中國詩史》，陸侃如、馮沅君撰，臺北：作家出版社，1957 年出版。
3. 《日本學者中國詞學研究論文集》，王水照、保苅佳昭編選，上海：上海古籍出版社，1991 年 5 月初版。
4. 《全宋詞精華分類鑑賞集成》，潘百齊主編，南京：河海大學出版社，1991 年 12 月，第一版第一次印刷。
5. 《朱子大傳》，束景南，福州：福建教育出版社，1992 年出版。
6. 《宋人軼事彙編》，丁傳靖輯，臺北：源流文化事業公司，1982 年 9 月，初版。
7. 《宋代文學史》，孫望、常國武編，北京：北京人民文學出版社，1996 年 9 月第一次印刷。
8. 《宋代文學思想史》，張毅，北京：中華書局，1995 年 4 月出版。

9. 《宋代詞學資料彙編》，張惠民編，汕頭：汕頭大學出版社，1993年11月，第一版第一次印刷。
10. 《宋代詞學審美理想》，張惠民，北京：人民文學出版社，1995年4月出版。
11. 《宋明理學與文學》，馬積高撰，長沙：湖南師範大學出版社，1989年10月。
12. 《宋南渡詞人群體研究》，王兆鵬撰，臺北：文津出版社，1992年3月，初版。
13. 《宋詞的風格學》，楊海明撰，臺北：木鐸出版社，1987年6月。
14. 《宋詞通論》，薛礪若撰，臺北：臺灣開明書店，1980年1月。
15. 《宋詞散論》，詹安泰撰，廣州：廣東人民出版社，1982年1月。
16. 《宋詞概論》，謝桃坊撰，成都：四川文藝出版社，1992年8月。
17. 《宋詞選》，胡雲翼選注，上海：上海古籍出版社，1988年6月第二次印刷。
18. 《宋詞舉》，陳匪石撰，臺北：正中書局，1983年9月，臺四版。
19. 《宋詞鑑賞辭典》，賀新輝主編，北京：燕山出版社，1987年3月，第一版第一次印刷。
20. 《東坡樂府編年箋注》，石聲淮、唐玲玲箋注，臺北：華正書局，1993年出版。
21. 《南宋制撫年表》，吳廷燮，北京：北京中華書局，1984年4月第一次印刷。
22. 《南宋詞史》，陶爾夫、劉敬圻撰，哈爾濱：黑龍江人民出版社，1992年12月第一次印刷。
23. 《南宋詞研究》，王偉勇撰，臺北：文史哲出版社，1987年9月，初版。
24. 《姜白石編年箋校》，夏承燾撰，臺北：臺灣中華書局，1984年10月臺二版。

25. 《迦陵論詞叢稿》，葉嘉瑩撰，臺北：明文書局，1981 年 9 月，初版。
26. 《音韻學研究》，魯國堯撰，北京：中華書局，1984 年出版。
27. 《唐宋五十名家詞論》，陳如江撰，上海：東華師範大學出版社，1992 年 7 月出版。
28. 《唐宋五代詞簡析》，劉永濟選釋，臺北：龍田出版社，1982 年 1 月出版。
29. 《唐宋名家詞論集》，葉嘉瑩撰，臺北：正中書局，1987 年 11 月，初版。
30. 《唐宋名家詞選》，龍木勛選注，臺北：臺灣開明書局，1976 年 8 月。
31. 《唐宋詞百科大辭典》，王洪主編，北京：學苑出版社，1990 年 9 月，第一版第一次印刷。
32. 《唐宋詞欣賞》，夏承燾撰，臺北：文津出版社，1983 年 10 月出版。
33. 《唐宋詞通論》，吳熊和撰，杭州：杭州古籍出版社，1985 年 1 月。
34. 《唐宋詞新賞》，張淑瓊主編，臺北：地球出版社，1990 年 1 月。
35. 《唐宋詞精華分卷》，王洪主編，北京：朝華出版社，1991 年 10 月，第一版第一次印刷。
36. 《唐宋詞論叢》，夏承燾撰，香港：中華書局，1985 年 9 月初版。
37. 《唐宋詞選釋》，俞平伯選釋，臺北：木鐸出版社，1980 年 6 月出版。
38. 《唐宋詞簡釋》，唐圭璋選釋，臺北：木鐸出版社，1982 年 3 月出版。
39. 《唐宋詞鑑賞辭典》，唐圭璋主編，上海：上海辭書出版社，1988 年 8 月，第一版第一次印刷。

40. 《唐宋詞鑑賞辭典》，唐圭璋主編，南京：江蘇古籍出版社，1987年7月，第一版第二次印刷。
41. 《參軍戲與元雜劇》，曾永義，臺北：聯經出版事業公司，1992年4月出版。
42. 《婉約詞派的流變》，艾治平，瀋陽：遼寧大學出版社，1994年1月。
43. 《景午叢編》，鄭騫撰，臺北：臺灣中華書局，1972年1月，初版。
44. 《詞曲史》，王易撰，臺北：廣文出版社，1979年出版10月，四版。
45. 《詞牌彙釋》，聞汝賢撰，1963年5月出版。
46. 《詞集序跋匯編》，施蟄存等編，中國社會科學出版社，1994年12月。
47. 《詞話學》，朱崇才撰，臺北：文津出版社，1995年1月出版。
48. 《詞論》，劉永濟撰，臺北：龍田出版社，1982年元月，初版。
49. 《詞學古今談》，繆鉞、葉嘉瑩撰，臺北：萬卷樓圖書公司，1992年10月，初版。
50. 《詞學考銓》，林玫儀撰，臺北：聯經出版事業公司，1987年12月，初版。
51. 《詞學研究論文集》，（1949～1979）上海東華師範大學出版社，1982年3月初版。
52. 《詞學通論》，吳梅撰，臺北：盤庚出版社，未著出版年月與版次。
53. 《詞學論薈》，趙為民、程郁綴選輯，臺北：五南圖書出版公司，1989年7月，初版。
54. 《詞學論叢》，唐圭璋撰，臺北：宏業書局，1988年9月出版。
55. 《詩詞曲語詞匯釋》，張相撰，臺北：臺灣中華書局，1980年8月，臺六版。

56. 《豪放詞派選集》，廖仲安主編，李勤印選注，北京：北京師範學院出版社，1993 年 4 脫，第一版第一次印刷。

57. 《靈谿詞說》，繆鉞、葉嘉瑩撰，臺北：國文天地雜誌社，1987 年 11 月，初版。

七、學位論文、期刊

1. 《辛稼軒詠物詞研究》，林承坯撰，國立台灣師範大學國文研究所博士論文，1993 年 5 月。

2. 〈不斬樓蘭心不平〉——論劉過的抗戰愛國詞，劉銀光撰，《中國古代古代文學研究》，1991 年 11 期。

3. 〈宋代福建詞人用韻考〉，魯國堯撰，《語言文字學術論文集》，1989 年 1 月出版。

4. 〈辛棄疾的詠物寓言詞〉，陸永品撰，《中洲學刊》，1988 年 1 期。

5. 〈辛棄疾的詠物詞芻議〉，薛祥生撰，《山東師大學報》，1990 年 3 期。

6. 〈辛棄疾與陳亮的鵝湖之會〉，劉乃昌撰，《山東師院學報》，1978 年 4 期。

7. 〈辛詞與陶詩〉，袁行霈撰，《文學遺產》，1992 年第 1 期。

8. 〈青衫更有濟時心〉——試論劉過，閻華撰，《徐州師範學院學報》，1983 年 1 期。

9. 〈唐宋俳諧詞敘論〉《詞學》，第 10 輯，華東師範大學出版社，1992 年 12 月第一版。

10. 〈陳亮詞對傳統寫法的打破〉，鄭謙撰，《思想戰線》，1984 年 4 期。

11. 〈試析劉過與辛棄疾交往之因由〉，胡敦倫撰，(江西社會科學)，1991 年，第 1 期。

12. 〈豪情如火，快語如刀〉——陳亮詞論，陸堅撰，《文學評論》，1987 年 2 月。

13. 〈劉過之生平與詞風〉，黃孝光撰，《木鐸》，8期，1979年12月。
14. 〈劉過生平事蹟繫年考證〉，華岩撰，《文學遺產增刊十七輯》，1991年9月出版。
15. 〈劉過龍洲詞〉，黃孝光撰，《中原學報》，8期，1979年12月。
16. 〈稼軒的俳諧詞〉，鄧魁英撰，中國文聯出版公司，1993年2月出版。
17. 〈稼軒詞韻說略〉，周篤文、馮統一撰，《詞學》，華東師範大學出版社，1990年10月。
18. 〈論辛棄疾農村詞的詞風〉，沈伯華撰，《揚州師院學報》，1986年1期。
19. 〈論陳亮的文風與詞風〉，陳華文撰，《浙江師範大學學報》，1982年3期。
20. 〈論劉過及其詞〉，馬興榮撰，《詞學》，第2輯，華東師範大學出版社，1983年10月第一版。
21. 〈論劉熙載詞論中的元分人物〉，吳宏一撰，《王叔岷先生八十壽慶論文集》，大安出版社，1993年6月。
22. 〈歷史的選擇——宋代詞人歷史定位的定量分析〉，王兆鵬、劉尊明撰，《文學遺產》1995年4月。
23. 〈龍川詞初探〉，趙超鷗撰，《浙江師範學院學報》，1982年3期。
24. 〈簡論劉龍洲豪放詩詞〉，王河撰，《江西社會科學》，1984年5期。
25. 〈艷詞的發展軌跡及文化內涵〉，張宏生，《社會科學戰線》，1995年第4期。